Las aventuras de Tom Sawyer

Belén. Enero 2004

Las aventuras de Tom Sawyer

Mark Twain

EL PAIS
AVENTURAS

Título original: *The Adventures of Tom Sawyer*

© Grupo Anaya, S. A., 1991

© De la traducción:

Doris Rolfe

© De las notas:

María Isabel Villarino

© De esta edición:

2004, Diario EL PAÍS, S. L.

Miguel Yuste, 40

28037 Madrid

Traducción: Doris Rolfe

Diseño de la colección: Manuel Estrada

ISBN: 84-96246-10-8

Depósito legal: M-51.146-2003

Impreso en España por Mateu Cromo, S. A., Pinto (Madrid)

Prefacio

La mayor parte de las aventuras relatadas en este libro ocurrieron en la realidad; una o dos fueron experiencias mías, y las demás, de muchachos que eran mis compañeros de escuela. Huck Finn[*] está sacado de la vida real; Tom Sawyer también, aunque no de un solo individuo; es un conjunto de las características de tres muchachos que conocí, y por eso puede decirse que pertenece al orden compuesto de la arquitectura.

Las extrañas supersticiones mencionadas en el relato prevalecían entre los niños y los esclavos en el Oeste durante el período en que transcurre esta historia, es decir, hace treinta o cuarenta años.

Aunque mi libro es principalmente para el entretenimiento de muchachos, espero que no por eso sea desdeñado por los mayores, ya que una de mis intenciones ha sido recordar a los adultos con agrado lo que

---

[*] «El carácter de Huckleberry Finn es fiel reflejo del de Tom Blankenship, un muchacho de Hannibal sucio, hambriento e ignorante, pero con el mejor corazón del mundo... era la única persona independiente... de la comunidad, y por lo tanto continua e inalterablemente feliz, y envidiado por todos nosotros». El apellido Finn lo tomó Mark Twain del de un borrachín local y Huckleberry (abreviado a Huck) es el nombre de un arbusto silvestre (de la familia de las *Gaylussacia*) de hojas simples, flores pequeñas y fruto en drupa, que se da en las regiones cálidas de América.
En cuanto al apellido Sawyer, es posible que se le ocurriera a Mark Twain recordando a Bob Sawyer, un personaje que aparece en *Los papeles póstumos del Club Pickwick,* de Dickens, obra que indudablemente leyó.

ellos mismos fueron en otro tiempo, y cómo sentían y pensaban y hablaban, y en qué raras empresas se metían a veces.

EL AUTOR
Hartford, 1876

Capítulo 1

—¡Tom!

No hubo respuesta.

—¡Tom!

No hubo respuesta.

—¿Qué le habrá pasado a ese muchacho? ¡Eh tú, Tom!

No hubo respuesta.

La vieja señora se bajó las gafas y miró por encima de ellas alrededor del cuarto; luego se las subió y miró hacia fuera por debajo de las mismas. Raras veces o casi nunca miraba *a través de ellas* para buscar una cosa tan pequeña como un muchacho; eran sus anteojos de ceremonia, el orgullo de su corazón, y su finalidad estribaba en «dar tono» y no en ser útiles... Hubiera podido ver igual de bien a través de un par de arandelas del fogón. Se quedó perpleja un momento y luego dijo, no irritada, pero sí lo bastante alto como para que la oyeran los muebles:

—Bueno, como te agarre, te juro que voy...

No terminó la frase, porque ya estaba agachada, hurgando con la escoba por debajo de la cama, y por lo tanto necesitaba el aliento para acentuar los escobazos. Pero el único que dio señales de vida fue el gato.

—¡Jamás he visto cosa semejante a este muchacho!

Se acercó a la puerta abierta y allí se quedó mirando hacia los tomates y los chamicos* que constituían

_____

* *Datura stramonium:* hierba solanácea de hojas anchas, flores blancas de cáliz largo tubular y frutos en cápsulas erizadas de púas. Las hojas y semillas se usan como narcótico.

la huerta. Tom seguía sin aparecer. De modo que dirigió la voz según un ángulo calculado para larga distancia, y gritó:

—¡Eh, Tom!

Oyó un leve ruido a su espalda y se volvió justo a tiempo de agarrar a un chiquillo por los bajos de la chaqueta y frenarlo en seco.

—¡Ya! ¿Cómo no se me ocurrió que estarías en esa despensa? ¿Qué hacías ahí dentro?

—Nada.

—¡Nada! Mira esas manos. Y mira esa boca. ¿Qué *es* esa porquería?

—No lo sé, tía.

—Pues yo sí lo sé. Es mermelada... eso es lo que es. Mil veces te he dicho que si no dejas en paz la mermelada te voy a despellejar. Dame esa vara.

La vara se agitaba en el aire... el peligro era extremo...

—¡Huy! ¡Mira detrás de ti, tía!

La anciana señora se dio la vuelta, recogiéndose las faldas para esquivar el peligro, y el niño huyó al instante, cruzó de un salto la alta valla de madera y desapareció del otro lado. Su tía Polly se quedó sorprendida un momento y luego se echó a reír bondadosamente.

—Demonio de chico, ¿no acabaré de aprender nunca? ¡Con la de faenas de ésas que me ha hecho y aún no estoy prevenida! Pero no hay peor tonto que un tonto viejo. El loro viejo no aprende a hablar, ya lo dice el refrán. Pero, por vida mía, nunca me hace la misma jugada dos días seguidos, y ¿cómo va a saber una lo que le espera? Al parecer, sabe exactamente hasta dónde puede achucharme sin que me enfade de veras, y sabe que si puede distraerme un momento o hacerme reír se me pasa el enfado y no puedo pegarle ni una vez. No cumplo con mi deber con ese niño, y lo que digo, Dios lo sabe, es la pura verdad. El que ahorra la vara, malcría al niño, como dice la Biblia.* Estoy almacenando

---

* *Proverbios*, 23, 13-14.

pecado y sufrimiento para los dos. Tiene el diablo metido en el cuerpo, pero, ¡Dios mío!, es el hijo de mi propia hermana muerta, pobrecito, y no tengo valor para pegarle. Cada vez que le dejo escapar, me remuerde la conciencia y cada vez que le pego casi se me parte este viejo corazón. Bueno, bueno, el hombre nacido de mujer es corto de días y harto de inquietudes, como dicen las Escrituras* y creo que así es. Ese muchacho hará novillos esta tarde, y me veré obligada a hacerle trabajar mañana como castigo. Es muy duro mandarle trabajar los sábados cuando todos los muchachos están de vacaciones, pero él odia el trabajo más que cualquier otra cosa, y tengo que cumplir con mi deber o, si no, acabaré por echarlo a perder.

Desde luego Tom hizo novillos, y lo pasó muy bien. Regresó a casa apenas a tiempo de ayudar a Jim, el pequeño muchacho negro, a serrar la leña para el día siguiente y a partir unas astillas antes de la cena... Por lo menos llegó a tiempo de contarle a Jim sus aventuras mientras Jim hacía las tres cuartas partes del trabajo. Sid, el hermano (o mejor dicho el hermanastro) menor de Tom, ya había terminado su parte del trabajo (que consistía en recoger astillas), porque era un muchacho tranquilo y poco dado a las aventuras y a meterse en líos.

Mientras Tom cenaba y robaba azúcar cuando se le presentaba la ocasión, la tía Polly le hacía astutas preguntas con segundas... porque quería atraparle y obligarle a hacer revelaciones perjudiciales. Como muchas otras almas cándidas tenía la vanidad especial de creerse dotada de talento para la diplomacia oscura y misteriosa, y en su imaginación gustaba de convertir sus más transparentes ardides en máravillas de astucia insidiosa. Le dijo:

—Tom, hacía bastante calor en la escuela, ¿verdad?

—Sí, señora.

---

* *Job*, 14, 7-2.

—Mucho calor, ¿no?

—Sí, señora.

—¿Y no tenías ganas de irte al río a nadar, Tom?

A Tom le recorrió un escalofrío de susto... un toque de desagradable sospecha. Escudriñó la cara de la tía Polly, pero no descubrió nada. Así que dijo:

—No, señora, no tenía muchas ganas.

La vieja extendió la mano, tocó la camisa de Tom y dijo:

—Pues ahora no tienes demasiado calor.

Y le complació comprobar que había descubierto que la camisa estaba seca sin que nadie supiera cuáles eran sus intenciones. Pero a pesar de sus esfuerzos, Tom se había dado cuenta de qué lado soplaba el viento. Así que se adelantó a lo que pudiera ser su próxima jugada:

—Algunos chicos nos echamos agua de la bomba por la cabeza... La mía aún sigue mojada, ¿ves?

A la tía Polly le fastidió darse cuenta de que se le había pasado aquel detalle de las pruebas circunstanciales y había perdido una baza. Luego tuvo otra idea brillante:

—Tom, no tuviste que descoser el cuello de tu camisa por donde yo lo había cosido para echarte agua por la cabeza, ¿verdad? Anda, ¡desabróchate la chaqueta!

La preocupación se borró de la cara de Tom. Abrió la chaqueta. El cuello de la camisa seguía firmemente cosido.

—¡Bah! Vete ya de aquí. Estaba segura de que habías hecho novillos y habías ido a nadar. Pero te perdono, Tom. Como dice el refrán, ya veo que eres como el gato escaldado... De todas formas, no te has portado tan mal. Por lo menos *esta vez*.

Lamentaba a medias que su astucia hubiera fallado, y a medias se alegraba de que Tom hubiera sido obediente por una vez.

Pero Sidney dijo:

—Pues yo creía que habías cosido su cuello con hilo blanco, pero ya veo que *es* negro.

—¡Pues sí que lo cosí con hilo blanco! ¡Tom!

Pero Tom no quiso oír más. Al salir por la puerta dijo:

—Siddy, me las pagarás.

Ya en un lugar seguro, Tom examinó dos agujas grandes prendidas en las solapas de su chaqueta; una aguja estaba enhebrada con hilo blanco y la otra con negro. Dijo:

—Ella nunca lo habría notado a no ser por Sid. ¡... dito sea! A veces lo cose con blanco y a veces con negro. Ojalá se decidiera por uno o por otro... yo no puedo estar al tanto. Pero juro que le sacudiré bien a Sid por lo que ha hecho. ¡Yo le enseñaré!

Tom no era el chico modelo de la aldea. Sin embargo, conocía muy bien al chico modelo... y lo detestaba.

Al cabo de dos minutos, o incluso antes, había olvidado todas sus dificultades. No porque sus dificultades fueran ni una pizca menos pesadas y amargas para él de lo que las de un hombre son para ese hombre, sino porque un interés nuevo y acuciante las venció y las desterró de su mente durante un rato... igual que las desgracias de los hombres se olvidan ante la emoción de nuevas empresas. Este nuevo interés era una manera de silbar, nueva y muy apreciada, que acababa de aprender de un negro, y que iba dispuesto a practicar sin que lo molestaran. Consistía en un raro trino de pájaro, una especie de gorjeo líquido, producido al tocar el paladar con la lengua a intervalos cortos en medio de la música: el lector seguramente recuerda cómo se hace si ha sido niño alguna vez. A fuerza de práctica y atención, pronto aprendió el truco para hacerlo, y siguió orgulloso calle abajo, con la boca llena de armonía y el alma llena de gratitud. Sentía lo que siente un astrónomo que ha descubierto un nuevo planeta... pero, sin duda, en cuanto a placer fuerte, profundo y puro, el muchacho tenía ventaja sobre el astrónomo.

Las tardes del verano eran largas. Todavía no había oscurecido. Al rato, Tom dejó de silbar. Un forastero se encontraba delante de él, un muchacho algo más grande que él. Un recién llegado de cualquier edad, mujer o varón, era una curiosidad impresionante en la pobre aldea miserable de San Petersburgo. Además, este muchacho iba bien vestido... bien vestido un día de entre semana. Esto era sencillamente asombroso. Su gorra era una cosa delicada, su chaqueta de paño azul bien ajustada era nueva y elegante, al igual que los pantalones. Llevaba zapatos... y eso que sólo era viernes. Incluso llevaba corbata, una cintilla de vivo color. Tenía un aire de gran ciudad que a Tom le roía las entrañas. Cuanto más contemplaba Tom aquella maravilla espléndida, más despreciaba su elegancia y más y más raída le parecía su propia ropa. Ni el uno ni el otro dijeron nada. Si uno se movía, el otro se movía... pero sólo de lado, en círculo; se observaban sin cesar, sin quitarse el ojo de encima. Por fin, Tom dijo:

—¡A que te doy una paliza!

—A ver si te atreves.

—Claro que puedo.

—Claro que no.

—Sí que puedo.

—Qué vas a poder.

—A que sí.

—A que no.

—Sí.

—No.

Una pausa desagradable. Luego Tom dijo:

—¿Cómo te llamas?

—Eso no es cosa tuya.

—Ya verás si *lo es*.

—Demuéstramelo.

—Como sigas así, lo haré.

—Eso, eso, *eso*. ¡A ver!

—Anda, te crees muy listo, ¿verdad? Soy capaz de darte una paliza con una mano atada, si me da la gana.

—Entonces, ¿por qué no lo haces, ya que lo *dices*?

—Sí que lo *haré*, si te metes conmigo.

—¿Ah, sí?... He visto a familias enteras en el mismo apuro.

—¡Listillo! Te crees *algo, ¿verdad?*... ¡Anda, vaya una gorra!

—Si te gusta, como si no. ¡Atrévete a quitármela! Y el que no se atreva es un gallina.

—¡Eres un mentiroso!

—Y tú más.

—Eres un mentiroso redomado y además un cobardica.

—¡Bah!... Vete a paseo.

—Oye... como sigas en ese plan, agarro una piedra y te la tiro a la cabeza.

—*No* me digas.

—Claro que sí.

—Entonces, ¿por qué no lo haces? ¿Por qué sigues *diciéndolo* y no lo haces? Es porque tienes miedo.

—No *tengo* miedo.

—Sí que lo tienes.

—Que no.

—Que sí.

Otra pausa, y seguían mirándose fijamente y dando vueltas. Al rato estaban hombro contra hombro. Tom dijo:

—¡Vete de aquí!

—¡Vete tú!

—No me iré.

—Ni *yo* tampoco.

Así se quedaron, bien apuntalados con una pierna hacia delante, empujándose con todas sus fuerzas, y mirándose con odio. Pero ni el uno ni el otro podía sacar ventaja. Después de forcejear hasta que los dos estuvieron sudorosos y enrojecidos, fueron cediendo con muchas precauciones, y Tom dijo:

—Eres un cobarde y un renacuajo. Me voy a chivar a mi hermano mayor, que es capaz de aplastarte con el dedo meñique, ya verás como sí.

—¿A mí qué me importa tu hermano mayor? Yo tengo un hermano que es más grande que él... y además es capaz de tirarle por encima de esa valla

(Ambos hermanos eran imaginarios.)

—Eso es mentira.

—Será porque *tú* lo digas.

Tom trazó una raya en el polvo con el dedo gordo del pie y dijo:

—*Atrévete* a pasar de aquí y te doy una paliza que te dejo molido... ¡El que no se atreva es un cochino ladrón!

El muchacho recién llegado traspasó la raya al instante y dijo:

—Ya que has dicho que lo harías, anda, atrévete a hacerlo.

—No me provoques y ándate con cuidado.

—Pues *dijiste* que lo harías... ¿Por qué no lo haces?

—¡Jolines! Por dos centavos ya *verás* si lo hago.

El chico forastero sacó del bolsillo dos grandes monedas de cobre y se las alargó con desdén. Tom las tiró al suelo de un golpe. Al instante los dos muchachos rodaban y daban vueltas por el polvo, agarrados como gatos, y durante el espacio de un minuto se tiraron del pelo y se rasgaron la ropa, se dieron puñetazos y se arañaron las narices, y se cubrieron de polvo y de gloria. Al cabo se despejó el panorama, y por entre la niebla de la batalla apareció Tom, sentado a horcajadas sobre el muchacho forastero, pegándole con los puños.

—¡Date por vencido! —dijo.

El muchacho sólo luchaba por soltarse. Estaba llorando... principalmente de rabia.

—¡Ríndete! —y seguían los golpes.

Por fin el forastero pudo emitir un ahogado «me rindo» y Tom le dejó levantarse, diciéndole:

—Así aprenderás. Mejor que de aquí en adelante tengas cuidado de con quién te metes.

El muchacho forastero se alejó, sacudiéndose el polvo de la ropa, sollozando, sorbiéndose los mocos y mirando de vez en cuando hacia atrás, meneando la cabeza y amenazando a Tom con lo que le iba a hacer «la próxima vez que lo encontrara». A esto Tom le replicaba con burlas, y empezaba a alejarse con aires de gran triunfo; pero, en cuanto volvió la espalda, el forastero cogió una piedra, se la tiró y le dio en mitad de la espalda. Luego el chico se dio la vuelta y salió corriendo como un gamo. Tom persiguió al traidor hasta su casa y de esta manera se enteró de dónde vivía. Luego tomó posiciones ante la puerta durante un buen rato, retando al enemigo a que saliera, pero el enemigo se limitó a hacerle muecas a través de la ventana y se negó a aceptar el reto. Por fin apareció la madre del enemigo y llamó a Tom niño malvado, perverso y vulgar, y le ordenó que se fuera. Así que se fue, pero diciendo que «juraba» que aquel muchacho «iba a pagárselas».

Llegó a casa bastante tarde aquella noche, y cuando trepaba con cuidado para entrar por la ventana cayó en una emboscada encarnada en la persona de su tía, y cuando ella vio el estado en que traía la ropa, su decisión de transformar en día libre de Tom, el sábado, en cautiverio y trabajos forzados, adquirió una firmeza diamantina.

Capítulo 2

Amaneció el sábado por la mañana y todo el mundo estival relucía lozano, rebosante de vida. En cada corazón resonaba una melodía y, si el corazón era joven, la música salía de los labios. Se veía ánimo y alegría en cada cara y ligereza en cada paso. Las acacias estaban en flor y su aroma llenaba el aire. La colina Cardiff, más allá y por encima de la aldea, verdeaba de vegetación y quedaba a suficiente distancia como para semejar una Tierra Deleitosa* encantada, serena y tentadora.

Apareció Tom en la acera con un cubo de cal y una brocha de mango largo. Contempló la valla y se esfumó toda su alegría, y una profunda melancolía se apoderó de su espíritu. Treinta metros de valla de madera, de tres metros de alto. La vida le parecía hueca, y la existencia nada más que una carga pesada. Suspirando, mojó la brocha y la pasó por la tabla más alta; repitió la operación; lo hizo otra vez; comparó la insignificante raya encalada con el enorme continente de valla sin encalar, y se sentó descorazonado sobre una pequeña cerca que protegía un árbol. Jim salió dando saltos por el portalón con un cubo de cinc en la mano y cantando «Las chicas de Buffalo». Acarrear agua de la fuente del pueblo había sido hasta entonces un trabajo odioso a juicio de Tom; pero ahora no se lo parecía. Se acordaba de que siempre había gente alrededor de la bomba. Chicos y chicas, blancos, mu-

---

* Alusión a las Montañas Deleitosas que describe el escritor inglés Bunyan (1628-1688) en su célebre obra *El viaje del peregrino* (*The Pilgrim's Progress*, 1678).

latos y negros, se juntaban allí esperando su turno; descansaban, se cambiaban juguetes, discutían, se peleaban y se lo pasaban en grande. Y recordaba que, aunque la fuente quedaba sólo a una distancia de ciento cincuenta metros, Jim nunca regresaba con un cubo de agua en menos de una hora... y con todo y con eso normalmente alguien tenía que ir a buscarle. Tom dijo:

—Oye, Jim, yo traeré el agua si tú encalas un rato.

Jim se negó, meneando la cabeza, y dijo:

—No puedo, amito Tom. La vieja señora me dijo que fuera a buscar el agua y sin entretenerme con nadie. Que ya se suponía ella que el amito Tom me iba a pedir que encalara, y me dijo que no le hiciera caso y que yo fuera a lo mío... que *ella* se cuidaría de lo del *encalao*.*

—Oh, no hagas caso de lo que te dijo, Jim. Siempre dice lo mismo. Dame el cubo... no tardo más que un minuto y *ella* ni se entera.

—Ay, no me atrevo, amito Tom. Si la vieja señora me coge, me arranca la cabeza. Ya lo creo que lo hace.

—*¡Ella!* Pero si nunca pega a nadie... Te da un golpe con el dedal... y eso qué es, digo yo. Sí que dice cosas terribles, pero las palabras no duelen... bueno, no duelen con tal de que ella no llore. Jim, te daré una canica. ¡Te daré una blanca!

Jim empezó a vacilar.

—¡Una grande y blanca, Jim! Con ésta se gana siempre.

—¡Huy! ¡Sí que es buena, sí, ya lo creo! Pero, amito Tom, le tengo muchísimo miedo a la vieja señora...

—Y además, si me dejas traer el agua, te enseño el dedo del pie que tengo magullado.

Jim era un simple mortal... y la tentación demasiado fuerte para él. Dejó el cubo en el suelo, cogió la ca-

---

* En el original inglés aparece reflejada la especial pronunciación del negro Jim, que tiende a deformar, abreviando, muchas palabras, así como a omitir las consonantes finales de palabra. En castellano resulta casi imposible conseguir este efecto, excepción hecha de los participios en -*ado* y algún otro caso aislado. Lo mismo sucede cuando hablan los chicos, sobre todo Huckleberry Finn.

nica blanca y se agachó a mirar el dedo con gran interés mientras Tom se quitaba la venda. Un segundo después, Jim iba volando calle abajo con el cubo en la mano y el trasero caliente, Tom encalaba con todas sus ganas y la tía Polly se retiraba del campo de batalla con una zapatilla en la mano y una mirada de triunfo en los ojos.

Pero la energía de Tom no duró. Empezó a pensar en lo que tenía planeado para pasarlo bien ese día, y sus penas se multiplicaron. Pronto vería pasar a los chicos libres, camino de toda clase de expediciones apetecibles, y se burlarían de él un montón porque tenía que trabajar... Sólo el pensarlo le quemaba como el fuego. Sacó sus bienes mundanales y los examinó: trozos de juguetes, canicas y objetos inútiles; lo bastante para comprar un cambio de *trabajo,* quizá, pero ni la mitad de lo necesario para comprar media hora de libertad total. Así que volvió a guardar sus pobres recursos en el bolsillo y renunció a la idea de intentar sobornar a los muchachos. En aquel momento oscuro y desesperanzado, ¡de repente tuvo una inspiración! ¡Nada menos que una inspiración enorme, magnífica!

Tomó la brocha y se puso a trabajar tan tranquilo. Al poco apareció ante su vista Ben Rogers... aquel cuyas burlas temía más que las de cualquier otro chico. Ben venía dando saltos y brincos... prueba suficiente de que tenía el corazón ligero y grandes esperanzas. Venía comiéndose una manzana, y a ratos lanzaba un largo grito melodioso, seguido de un profundo *talán-talán, talán-talán,* porque imitaba a un barco de vapor. Al acercarse redujo la velocidad, enfiló por el centro de la calle, se inclinó a estribor y fue girando lentamente y con trabajosa pomposidad y ceremonia... porque representaba al *Gran Missouri,* y se suponía que tenía un calado de nueve pies. Era al mismo tiempo barco y capitán y campanas de la sala de máquinas, así que allí estaba de pie sobre la cubierta superior dando órdenes y ejecutándolas:

—¡Párela, señor! ¡Tilín-tilín!

Aminoró la marcha y fue acercándose lentamente a la acera.

—¡Marcha atrás! ¡Tilín-tilín!

Tenía los brazos rígidos, pegados a los costados.

—¡Hacia atrás a estribor! ¡Tilín-tilín! ¡Chau! ¡Chau-au-chau!

La mano derecha, mientras tanto, giraba en majestuosos círculos, porque representaba una rueda de trece metros.

—¡Atrás a babor! ¡Tilín-tilín! ¡Chau-ch-chau-chau!

—¡Alto a estribor! ¡Tilín-tilín! ¡Alto a babor! ¡Adelante a estribor! ¡Párela! ¡Despacio esa rueda! ¡Tilín-tilín! ¡Chau-au-au! ¡Preparen la amarra! *¡Aprisa!* Venga ese cabo de muelle... ¿qué hacen ahí? ¡Pasen una gaza* alrededor de ese tocón! Alto ahí... ¡ahora, suelten! ¡Parados los motores, señor! ¡Tilín-tilín! ¡Chis-chiss-chiss! *(Probando las llaves de presión.)*

Tom siguió encalando... no hizo caso del barco de vapor. Ben le miró fijamente un momento y luego dijo:

—¡Hola! Te la has *cargao*, ¿eh?

No hubo respuesta. Tom observó el último toque con ojo de artista, luego volvió a pasar la brocha delicadamente y contempló el resultado, como antes. Ben atracó a su lado. A Tom se le hacía la boca agua pensando en la manzana, pero siguió pintando. Ben dijo:

—¡Hola, viejo! Tienes que trabajar, ¿eh?

De repente Tom giró sobre los talones y dijo:

—¡Anda, pero si eres tú, Ben! ¡No me había dado cuenta!

—Oye, me voy a nadar. ¿No te gustaría ir también? Pero claro, prefieres *trabajar,* ¿verdad? ¡Claro que sí!

Tom contempló al muchacho un momento y dijo:

—¿A qué llamas tú trabajar?

—Pues a *eso* que estás haciendo, ¿no?

Tom continuó pintando y le contestó con indiferencia:

_____
* Presilla que se hace en el extremo de una cuerda para hacer un nudo corredizo.

—Bueno, puede que lo sea y puede que no. Lo que sí sé es que a Tom Sawyer le va bien.

—¡Venga ya! ¿No irás a decirme que te *gusta*?

La brocha siguió moviéndose.

—¿Que si me gusta? Bueno, no veo por qué no me va a gustar. ¿Es que le dejan a uno encalar la valla todos los días?

Estas palabras arrojaron una nueva luz sobre el asunto. Ben dejó de mordisquear la manzana. Tom pasó la brocha de un lado a otro con delicadeza... dio un paso atrás para estudiar el efecto... añadió un toque acá y allá... criticó el efecto otra vez... Ben observaba cada movimiento, cada vez con más interés, cada vez más absorto. Al rato, dijo:

—Oye, Tom, *déjame* pintar un poco.

Tom se lo pensó, estaba a punto de acceder, pero cambió de opinión:

—No... no, más vale dejarlo, Ben. Verás, mi tía Polly es una maniática con esta valla... Como da a la calle, ¿sabes? Si fuera la de atrás, a mí no me importaría, ni a *ella* tampoco. Sí, es muy exigente con esta valla; hay que encalarla con mucho cuidado; estoy seguro de que no hay ni un chico entre mil, ¡qué digo!, ni entre dos mil, que sepa hacerlo como es debido.

—No... ¿de veras? Anda, hombre, déjame intentarlo. Sólo un poco... Yo te dejaría si estuvieras en mi caso, Tom.

—Ben, me gustaría dejarte, palabra de honor; pero tía Polly... Fíjate que Jim quería hacerlo, y ella no le dejó; Sid quería hacerlo, y tampoco le dejó a Sid. Conque ya ves cómo está el asunto. Si te pones a pintar la valla y pasa algo...

—¡Pamplinas! Tendré tanto cuidado como tú. Ahora, déjame probar. Oye, te daré el corazón de la manzana.

—Bueno, toma... No, Ben, déjalo. Me da miedo.

—¡Te daré la manzana *entera*!

Tom le entregó la brocha con gesto de mala gana, pero con el corazón alegre. Y mientras el ex vapor *Gran*

Missouri trabajaba y sudaba bajo el sol, el artista jubilado, sentado a la sombra, sobre un barril, balanceaba las piernas, masticaba la manzana y planeaba el degüello de otros inocentes. No le faltaba personal; por allí pasaban muchachos a cada rato; venían a burlarse, pero se quedaban a encalar la valla. Antes de que Ben se agotara, ya había vendido Tom el turno siguiente a Billy Fisher por una cometa en buenas condiciones, y cuando *éste* se cansó, Johnny Miller compró los derechos a cambio de una rata muerta y un bramante para llevarla colgada... y así sucesivamente, hora tras hora. Y al llegar la media tarde, Tom, que aquella misma mañana era un pobre muchacho indigente, literalmente nadaba en la abundancia. Tenía, además de las cosas ya mencionadas, doce canicas, parte de un birimbao, un trozo de una botella azul que servía de lente, un carrete para disparar, una llave que no servía para abrir nada, un trozo de tiza, un tapón de vidrio de una garrafa, un soldado de hojalata, un par de renacuajos, seis petardos, un gatito tuerto, una perilla de bronce de una puerta, un collar de perro —sin el perro—, el mango de un cuchillo, cuatro trozos de cáscara de naranja y un viejo y destartalado marco de guillotina de una ventana.

Además había pasado un rato agradable y ocioso... y con mucha compañía... ¡y la cerca tenía tres manos de cal encima! Si no se le hubiera acabado la cal, Tom habría dejado en bancarrota a todos los muchachos de la aldea.

Tom se dijo a sí mismo que, al fin y al cabo, este mundo no era tan traidor. Había descubierto, sin darse cuenta, una de las principales leyes que rigen el comportamiento humano, a saber, que para hacer que un hombre o un muchacho codicie una cosa, sólo hay que hacerla difícil de conseguir. Si Tom hubiera sido un gran filósofo, como el escritor de este libro, se hubiera dado cuenta de que el Trabajo consiste en lo que uno está *obligado* a hacer y de que el Juego consiste en lo que uno no está obligado a hacer. Y esto le habría ayudado a comprender por qué el confeccionar flores artificiales o darle vueltas a una noria es un trabajo, mientras que derribar bolos o escalar el Mont Blanc es sólo una diversión. En Inglaterra hay caballeros adinerados que en verano conducen diligencias de cuatro caballos en un trayecto diario de veinte o treinta millas porque ese privilegio les cuesta dinero; pero, si se les ofreciera un sueldo por ese servicio, la ocupación lo transformaría en trabajo y entonces los caballeros renunciarían a él.

El muchacho meditó un rato sobre el cambio importante que habían sufrido sus circunstancias mundanas y luego se encaminó al cuartel general para dar cuenta de su actuación.

Capítulo 3

Tom se presentó ante su tía Polly, que estaba sentada junto a una ventana abierta en una agradable habitación trasera que servía a la vez de dormitorio, cuarto de desayuno, comedor y biblioteca. El suave aire estival, el silencio tranquilizador, el aroma de las flores y el zumbido soñoliento de las abejas habían obrado su efecto, y la anciana daba cabezadas sobre su labor de punto... porque no tenía más compañía que el gato y éste se había dormido en su regazo. Tenía las gafas muy colocadas en lo alto de la cabeza encanecida para mayor seguridad. Había dado por supuesto que Tom habría desertado del trabajo desde hacía mucho tiempo, y se quedó maravillada al ver cómo se ponía de nuevo en su poder de forma tan intrépida. Le dijo:

—¿Puedo ir a jugar ahora, tía?

—¿Qué? ¿Tan pronto? ¿Hasta dónde has pintado?

—Lo he terminado todo, tía.

—Tom, no me mientas, no puedo soportarlo.

—No miento, tía; está todo *terminado*.

La tía Polly se fiaba poco de tal testimonio. Salió para verlo con sus propios ojos y se hubiera dado por satisfecha con que un veinte por ciento de la declaración de Tom fuera verdad. Así que cuando vio que toda la valla estaba encalada, y no sólo encalada, sino primorosamente cubierta de manos de pintura, e incluso con una raya añadida en el suelo, su asombro fue inexpresable. Dijo:

—Pero, bueno, ¿será posible? Las cosas como son... ¡Hay que ver *lo bien* que trabajas cuando te da la gana,

Tom! —y luego aguó el cumplido al añadir—: Pero tengo que decir que rarísimas veces te da la gana. Bueno, vete ya a jugar, pero procura volver antes de una semana, o te daré unos azotes.

Estaba tan abrumada por el esplendor de la hazaña de Tom, que le llevó a la despensa y escogió una manzana excelente y se la entregó junto con un edificante discurso sobre el valor y el gusto especiales que cobraba un regalo que llegaba sin pecado y por esfuerzos virtuosos. Y mientras concluía con un afortunado floreo sacado de las Escrituras, Tom le «birló» una rosquilla.

Luego salió dando saltos y vio a Sid que empezaba a subir por la escalera exterior que conducía a los cuartos traseros del segundo piso. Agarró unos terrones y en un abrir y cerrar de ojos el aire se llenó de arena. Caían sobre Sid como una tempestad de granizo, y antes de que la tía Polly pudiera recobrar sus sorprendidas facultades y volar en su socorro, seis o siete terrones habían dado en el blanco y Tom había saltado por encima de la cerca y desaparecido. La cerca tenía una puerta, pero por lo general él andaba demasiado escaso de tiempo para utilizarla. Su alma quedaba en paz, ahora que había ajustado cuentas con Sid por haber llamado la atención sobre el hilo negro, metiéndole en líos.

Tom dio toda la vuelta a la manzana y llegó a una callejuela llena de barro que pasaba por detrás del establo de las vacas de su tía. Pronto se halló a salvo de captura y castigo, y caminó deprisa hacia la plaza de la aldea, donde, según habían convenido, estaban reunidas dos compañías «militares» de muchachos, dispuestas a entrar en liza. Tom era el general de uno de estos ejércitos; Joe Harper (un amigo íntimo), el general del otro. Estos dos ilustres comandantes no se dignaban luchar en persona —eso quedaba para la gente de *menor categoría*—; estaban sentados juntos en un altozano y dirigían las operaciones dando órdenes que transmitían sus ayudantes de campo. El ejército de Tom obtuvo una gran victoria, después de una batalla larga y cruenta. Luego se contaron los muertos, se canjearon los prisioneros, se establecieron los términos de las siguientes hostilidades y se fijó el día de la inevitable batalla; después ambos ejércitos en formación se alejaron a paso de marcha, y Tom regresó solo a casa.

Al pasar por delante de la casa donde vivía Jeff Thatcher, vio a una muchacha desconocida en el jardín, una criatura graciosa con ojos azules y el pelo rubio peinado en dos largas trenzas; llevaba un vestido blanco de verano y unos pantaloncitos bordados que le asomaban por debajo de la falda. El héroe recién coronado cayó sin disparar una bala. Una cierta Amy Lawrence desapareció de su corazón sin dejar tras de sí ni un recuerdo. Él, que creía que la amaba con locura y su pasión era auténtica adoración, ¡y resulta que era sólo una pobre inclinación pasajera! Le había costado meses conquistarla; sólo hacía una semana que ella se había rendido; había sido el muchacho más feliz y más orgulloso del mundo durante sólo siete breves días, y ahora, en un instante, ella se esfumaba de su corazón como un extraño cuya casual visita ha concluido.

Con ojos furtivos adoró a este nuevo ángel, hasta que vio que ella le había descubierto; entonces Tom se hizo el disimulado y empezó a lucir todas sus habilidades, como suelen hacer tontamente los chicos, para ganarse su admiración. Así siguió un rato, haciendo bobadas grotescas, pero al cabo, en medio de una peligrosa exhibición gimnástica, miró de reojo y vio que la niña iba camino de la casa. Tom se acercó a la valla y se apoyó en ella, lamentándose y esperando que se quedara fuera un rato más. Ella se detuvo en los peldaños un momento y luego avanzó hacia la puerta. Tom suspiró profundamente cuando ella pisó el umbral. Pero enseguida se iluminó su cara, porque ella le arrojó un pensamiento por encima de la valla, antes de desaparecer.

El muchacho dobló la esquina corriendo y se detuvo a poca distancia de la flor, y entonces, poniéndose la mano como visera ante los ojos, empezó a mirar calle abajo como si hubiera descubierto algo de interés que pasase por aquella dirección. Luego recogió del suelo una paja e intentó mantenerla en equilibrio sobre la nariz, con la cabeza echada hacia atrás, y mientras se movía de un lado para otro intentándolo, se fue acercando poco a poco a la flor; por fin su pie descalzo descansó sobre ella y los ágiles dedos del pie se cerraron apresando la flor, y así se fue Tom, dando saltos con el tesoro, hasta desaparecer a la vuelta de la esquina. Allí estuvo un momento mientras metía la flor dentro de la chaqueta junto al corazón, o tal vez junto al estómago, porque no estaba muy al tanto ni era demasiado puntilloso en cuestiones de anatomía.

Luego volvió y anduvo rondando la valla hasta el anochecer, luciendo sus habilidades como antes, pero la muchacha no se dejó ver de nuevo, aunque Tom se consoló un poco con la esperanza de que hubiera estado cerca de una ventana y pendiente de sus demostraciones. Por fin regresó a casa de mala gana, con la cabecita llena de fantasías.

Durante la cena estuvo de tan buen humor, que su tía se preguntó «qué se le habrá metido en la cabeza a este niño». Recibió una buena regañina por haberle tirado terrones a Sid, pero no pareció que a Tom le molestara lo más mínimo. Intentó robar azúcar bajo las mismas narices de su tía, y ella tuvo que pegarle en los nudillos por eso.

—Tía, a Sid no le pegas cuando te lo coge —dijo Tom.

—Bueno, es que Sid no es tan pesado como tú. Si te dejara, estarías siempre metiendo la mano en ese azucarero.

Al poco rato se fue ella a la cocina, y Sid, muy ufano de saberse inmune, extendió la mano hacia el azucarero, con un alarde de superioridad que para Tom resultaba casi insoportable. Pero a Sid le resbalaron los dedos y el azucarero se cayó y se rompió. Tom se quedó extasiado. Tanto que incluso controló la lengua y se quedó callado. Pensó que no soltaría ni una palabra, ni siquiera cuando entrara su tía, sino que se quedaría absolutamente inmóvil hasta que ella preguntara quién había hecho el daño, y entonces él se lo contaría, y no habría cosa mejor en el mundo que ver cómo le «cascaban» al niño modelo. Estaba tan exultante que apenas pudo contenerse cuando regresó la anciana y se quedó parada sobre las ruinas, descargando rayos de ira por encima de las gafas. Tom se dijo: «¡Ahora veremos!». ¡Al momento siguiente se encontró tirado en el suelo! La mano poderosa se alzaba dispuesta a pegarle otra vez cuando Tom gritó:

—Oye, espera, ¿por qué me pegas a *mí*? ¡Ha sido Sid!

—¡Vaya! Bueno, no te lo habré dado en balde. Seguro que habrás estado haciendo alguna barrabasada en mi ausencia.

Le remordía la conciencia y deseaba decir algo amable y bondadoso, pero temía que esto se interpretase como una confesión de que se había equivocado y la disciplina le impedía actuar así. De modo que guardó silencio y continuó sus tareas con el corazón afligido. Tom, resentido, se metió en un rincón, rumiando sus penas. Sabía que, en el fondo de su corazón, su tía estaba de rodillas ante él, y aquella certidumbre le proporcionaba amarga satisfacción. Él no desplegaría ninguna bandera de paz, ni haría caso de la suya. Sabía que de vez en cuando una mirada anhelante caía sobre él a través de un velo de lágrimas, pero él se negaba a darse por aludido. Se veía a sí mismo mortalmente enfermo y a su tía inclinada sobre él, pidiéndole una pequeña palabra de perdón; pero él volvería la cara a la pared y moriría sin decir esa palabra. Ah, ¿cómo se sentiría ella entonces? Y se imaginaba que lo traían del río a casa, muerto, con los rizos mojados y las pobrecitas manos ya quietas para siempre, y su afligido corazón descansando en paz. ¡Habría que verla, inclinada sobre él, derramando lágrimas como agua de lluvia, implorando a Dios con sus labios que le devolviera a su niño y prometiendo que nunca, nunca más lo volvería a maltratar! Y él se quedaría allí, yerto y frío y blanco, sin dar señales de vida, pobrecita víctima cuyas penas habían acabado. De tal modo exacerbaba sus sentimientos con

31

tan patéticos pensamientos, que tenía que tragar continuamente saliva, so pena de atragantarse, y sus ojos nadaban en un velo de agua que se desbordaba al parpadear y le corría por la cara y le goteaba por la punta de la nariz. Y esta forma de mimar sus penas le resultaba tan voluptuosa que no podía soportar la intromisión de ninguna alegría mundana, de ningún placer irritante; era demasiado sagrada para tales contactos; así que cuando al cabo de un rato entró bailando su prima Mary, loca de alegría por estar de nuevo en casa, tras una eterna estancia de una semana en el campo, él se levantó y salió entre nubes y tinieblas por una puerta, mientras por la otra ella traía consigo la música y la luz del sol.

Anduvo vagando lejos de los lugares predilectos de los niños, buscando sitios desolados que armonizaran con su espíritu. En el río había una balsa de troncos que le tentó, y se sentó en el borde a contemplar la melancólica inmensidad de la corriente, deseando, mientras tanto, poder morir ahogado, de repente e inconscientemente, sin tener que sufrir la desagradable rutina trazada por la naturaleza. Luego pensó en su flor. La sacó, ajada y marchita, y esto aumentó mucho su lúgubre felicidad. Se preguntó si *ella* sentiría lástima de él si lo supiera. ¿Lloraría y desearía tener derecho a rodearle el cuello con sus brazos y consolarle? ¿O le volvería la espalda fríamente como todo el traidor mundo? La imagen le producía tal agonía de sufrimiento agradable, que la repasó una y otra vez en la mente y la retocó bajo nuevas y variadas luces, hasta que se le gastó por completo. Por fin se levantó suspirando y se alejó por entre las sombras de la noche.

A eso de las nueve y media o diez recorrió la calle desierta hasta llegar a donde vivía Su Adorada Desconocida; se detuvo un momento; no oyó ningún ruido; una vela arrojaba un débil resplandor sobre la cortina de una ventana del segundo piso. ¿Estaría allí la sagrada presencia? Saltó la cerca, caminó furtivamente por entre las plantas hasta encontrarse bajo aquella ventana;

estuvo mirándola un buen rato, emocionado; luego se tendió en el suelo, bajo ella, boca arriba con las manos cruzadas sobre el pecho, sosteniendo su pobre flor marchita. Así se dejaría morir: fuera, en el mundo frío, sin techo ni cobijo, sin una mano amable que le enjugara la humedad mortal de su frente, ni una cara cariñosa que se inclinara sobre él con lástima cuando le llegara el momento de la agonía final. Y así le vería *ella* cuando se asomara a la ventana a contemplar la alegre mañana, y, ¡ay!, ¿dejaría caer acaso una pequeña lágrima sobre su forma sin vida? ¿Dejaría escapar un suspiro al ver aquella vida joven y brillante tan rudamente marchita, segada tan a destiempo?

Se abrió la ventana, la voz discordante de una criada profanó el sagrado silencio ¡y un diluvio de agua empapó los restos mortales del mártir postrado!

El héroe, medio ahogado, se puso en pie de un salto con un bufido de alivio. Se oyó el zumbido de un proyectil en el aire, mezclado con el murmullo de una blasfemia, y luego un ruido como de vidrio estrellándose, y una pequeña forma desdibujada saltó por encima de la cerca y salió disparada entre las tinieblas.

Un poco después, mientras Tom, ya desnudo y dispuesto a acostarse, examinaba su ropa empapada a la luz de una vela de sebo, Sid se despertó, pero si se le pasó remotamente por la imaginación hacer cualquier referencia a lo sucedido, cambió de parecer y guardó silencio, pues en la mirada de Tom se advertía el peligro.

Tom se acostó sin añadir a las que ya sufría la molestia de rezar, y Sid tomó nota mentalmente de esta omisión.

Capítulo 4

El sol se levantaba sobre un mundo tranquilo y sus rayos brillaban sobre la pacífica aldea como una bendición. Después del desayuno, la tía Polly cumplió con sus devociones habituales, que empezaban con una oración elaborada sobre la base de sólidas hileras de citas bíblicas, encadenadas con una fina mezcla de originalidad, y luego, en pleno apogeo, leyó un severo capítulo de la ley mosaica, como si estuviera en el Sinaí.

Luego Tom se arremangó los pantalones, por así decirlo, y se puso a «empollar los versículos». Hacía días que Sid se había aprendido la lección. Tom puso todo su empeño en recordar cinco versículos y escogió una parte del Sermón de la Montaña, porque no podía encontrar otros versículos más cortos.

Al cabo de media hora, Tom tenía una vaga idea general de su lección, pero nada más, porque su mente andaba vagando por el amplio campo del pensamiento humano y sus manos estaban ocupadas con diversiones que le distraían. Mary cogió el libro para tomarle la lección, y él trató de abrirse paso a través de la niebla:

—Bienaventurados los... los...*

—Pobres...

—Sí... pobres; bienaventurados los pobres de espíritu, porque ellos... ellos...

—De *ellos*...

---

* Tom trata de aprenderse las bienaventuranzas: *Mateo*, 5, 3-11.

—De *ellos*. Bienaventurados los pobres de espíritu, porque de ellos es el reino de los cielos. Bienaventurados los que lloran, porque ellos... ellos...

—Se...

—Porque ellos se...

—Se...

—Porque ellos se... ¡Oh, no sé lo que es!

—*¡Serán!*

—¡Eso, *serán*! Porque ellos serán... porque ellos serán... serán llorados... ah... bienaventurados los que lloran... porque serán... ¿serán *qué*? ¿Por qué no me lo dices, Mary? ¿Por qué eres tan cicatera?

—Ay, Tom, no seas cabezota, no lo hago por fastidiarte. Soy incapaz de semejante cosa. Anda, vuelve a estudiártelo. No te desanimes, Tom, ya verás como lo consigues... y si lo haces te daré una cosa muy bonita. Hale, sé bueno.

—¡De acuerdo! ¿Qué es, Mary? Dime qué es.

—Ahora no pienses en ello, Tom. Ya sabes que si te digo que es bonito es porque *lo es*.

—Claro que sí, Mary. Bueno, atacaremos de nuevo.

Y se puso a «atacar de nuevo»... y bajo la doble presión de la curiosidad y la esperada ganancia, lo hizo con tanto espíritu que logró un éxito brillante. Mary le dio una flamante navaja «Barlow»[*] que valía doce centavos y medio, y la sacudida de placer que lo recorrió de arriba abajo hizo vibrar todo su ser. La verdad era que la navaja no servía para cortar nada, pero era una Barlow «auténtica», y ello ya era mérito suficiente, aunque sigue resultando un enigma, que tal vez quede para siempre sin resolver, por qué *tendrían* los chicos del Oeste la idea de que la falsificación podría ser peor que el original. Tom se empeñó en escarificar[**] el aparador con la navaja, y se disponía a emprenderla con el escri-

_____

[*] Navaja de una sola hoja de diferentes tamaños que se conoce con el nombre de su fabricante, el inglés Russell Barlow (siglo XVIII).

[**] Escarificar: hacer incisiones superficiales en la piel o en cualquier otra superficie.

torio cuando le llamaron a vestirse para ir a la escuela dominical.

Mary le dio una palangana con agua y un trozo de jabón, y él salió y puso la palangana sobre un pequeño banco junto a la puerta; luego metió el jabón en el agua y lo dejó a un lado; se remangó la camisa, vertió el agua en el suelo con cuidado y después entró en la cocina y empezó a restregarse la cara vigorosamente con la toalla que estaba colgada detrás de la puerta. Pero Mary le quitó la toalla y dijo:

—¿No te da vergüenza, Tom? No debes portarte así. El agua no te va a hacer daño.

Tom se sintió un poco desconcertado. Volvieron a llenar la palangana y esta vez él se quedó mirándola un rato, haciendo acopio de valor, respiró profundamente y empezó. Cuando al rato entró en la cocina, con los ojos cerrados y tentando con las manos en busca de la toalla, un honroso testimonio de espuma y agua goteaba de su cara. Pero cuando emergió de la toalla, aún no se encontraba en condiciones satisfactorias, porque el territorio limpio terminaba de repente en la barbilla y las mandíbulas, como una máscara; debajo y más allá de esa línea había una extensión oscura de tierra sin regar que seguía hacia abajo y alrededor del cuello. Mary se hizo cargo de *él* y cuando terminó la tarea lo dejó hecho un hombre y un hermano,[*] sin distinción de color, y su pelo mojado estaba cuidadosamente cepillado, y los cortos rizos arreglados con una simetría delicada (él se alisó a solas los rizos con gran dificultad y se aplastó el pelo sobre la cabeza, ya que consideraba los rizos como afeminados, y los suyos le llenaban la vida de

---

[*] «¿Acaso no soy un hombre y un hermano?» era la inscripción que aparecía en un niedallón diseñado en 1787 por el ceramista inglés Josiah Wedgwood (1730-1795) y que representaba a un negro encadenado, con la rodilla hincada en el suelo y las manos elevadas al cielo. Se adoptó como insignia de la sociedad antiesclavista londinense y posteriormente se popularizó también en Estados Unidos.

amargura). Luego Mary le sacó un traje que en los dos últimos años se ponía sólo los domingos: lo llamaban sencillamente el «otro traje», con lo cual ya podemos deducir la modestia de su guardarropa. La chica le «dio un repaso» después de haberse vestido él, le abrochó la chaqueta hasta la barbilla, le bajó el enorme cuello de la camisa por encima de los hombros, le cepilló bien y le coronó con el sombrero de paja moteada. Tenía un aspecto sumamente mejorado e incómodo. Y la verdad es que se encontraba tan incómodo como aparentaba, porque el traje y la limpieza eran un freno que le exasperaba. Esperaba que Mary se olvidara de los zapatos, pero la esperanza se marchitó; ella los untó completamente de sebo, como era la costumbre, y les sacó brillo. El chico perdió la paciencia y dijo que siempre le obligaban a hacer todo lo que no quería hacer. Pero Mary le dijo, con voz persuasiva:

—Por favor, Tom, sé buen chico.

Así que se puso los zapatos, refunfuñando. Mary se arregló enseguida y los tres niños se pusieron en camino hacia la escuela dominical, un lugar que Tom odiaba de todo corazón; pero a Sid y a Mary les gustaba.

Las horas de la escuela dominical eran de nueve a diez y media, y luego celebraban los oficios religiosos. Dos de los niños se quedaban voluntariamente a oír el sermón, y el tercero siempre se quedaba también... por razones más imperativas. Los bancos de la iglesia, duros y de respaldos altos, tenían cabida para unas trescientas personas; el edificio era pequeño y sencillo, y encima tenía una especie de caja de tablas de pino que servía de campanario. Al llegar a la puerta, Tom se quedó rezagado y saludó a un compañero también muy endomingado:

—Oye, Billy, ¿tienes un vale amarillo?

—Sí.

—¿Qué pides por él?

—¿Qué me das?

—Un trozo de regaliz y un anzuelo.

—Déjame verlos.

Tom los exhibió. Resultaron satisfactorios y la propiedad cambió de manos. Luego Tom cambió un par de canicas blancas por tres vales rojos y alguna chuchería por un par de azules. Salió al paso de otros muchachos según iban llegando, y siguió comprando vales de varios colores durante diez o quince minutos más. Luego entró en la iglesia con un enjambre de chicos y chicas ruidosos y limpios, se dirigió a su asiento y empezó a discutir con el primer muchacho que encontró a mano. Intervino el maestro, un hombre serio, entrado en años; al volver éste la espalda, Tom le tiró del pelo al muchacho del banco vecino y aparentó estar embebido en su libro cuando el chico se dio la vuelta; al rato pinchó con un alfiler a otro compañero hasta que dijo «¡ay!», y recibió otra reprimenda de su maestro. Todos los chicos del grupo estaban cortados por el mismo patrón: eran inquietos, ruidosos y molestos. Cuando llegaba la hora de recitar las lecciones, ni uno se sabía los versículos perfectamente y había que irles apuntando frase a frase. Sin embargo, terminaron a duras penas y cada uno recibió su premio en forma de pequeños vales azules, en cada uno de los cuales estaba impreso un pasaje de las Escrituras; se le daba un vale azul al que era capaz de recitar dos versículos. Diez vales azules equivalían a uno rojo, y podían cambiarse por éste; diez vales rojos equivalían a uno amarillo; por diez vales amarillos el Superintendente* te daba una Biblia de encuadernación muy sencilla (que valía cuarenta centavos en aquellos felices tiempos). ¿Cuántos de mis lectores tendrían la diligencia y la aplicación necesarias para memorizar dos mil versículos, aun a cambio de recibir una Biblia de Doré**? Y, sin embargo, Mary había conseguido dos Biblias de esta manera, fruto del trabajo paciente de dos años, y un muchacho de

---

* En las Iglesias reformadas, título dado a los pastores que, en una circunscripción eclesiástica, ejercen la autoridad presidencial.
** Pintor e ilustrador francés (1832-1883).

padres alemanes había ganado cuatro o cinco. Una vez recitó de carrerilla tres mil versículos, pero el esfuerzo que supuso para sus facultades mentales fue demasiado violento y desde ese día en adelante el chico se quedó poco menos que atontado, lamentable desgracia para la escuela, porque antes, en ocasiones importantes, delante de invitados, el Superintendente siempre llamaba a aquel muchacho para «darse pisto» (como decía Tom). Sólo los alumnos mayores conseguían guardar los vales y perseverar en tan fastidioso trabajo el tiempo suficiente como para ganarse una Biblia, y por eso la entrega de uno de estos premios era una circunstancia rara y digna de atención; el aventajado alumno alcanzaba aquel día tanta notoriedad que de repente el corazón de todos ellos se enardecía con renovada ambición, que solía durar un par de semanas. Es posible que las ansias intelectuales de Tom nunca hubieran sentido la necesidad de uno de aquellos premios, pero no cabe duda de que todo su ser llevaba mucho tiempo añorando el honor y la gloria que acompañaban al premio.

A su debido tiempo, el Superintendente se puso de pie delante del púlpito, con un libro de himnos en la mano y el dedo índice metido entre las hojas, y reclamó silencio. Cuando el Superintendente de una escuela dominical pronuncia su discursito acostumbrado, el libro de himnos en la mano le es tan necesario como inevitable es la partitura en la mano de un cantante que se adelanta sobre el escenario y canta un solo en un concierto, aunque el motivo para ello es un misterio, pues ni uno ni otro consultan jamás el libro de himnos ni la partitura. Este Superintendente era un hombre delgado de treinta y cinco años, con una perilla rubia y el pelo corto del mismo color; llevaba un cuello duro alto, cuyo borde superior casi le llegaba a las orejas y cuyas agudas puntas curvadas alcanzaban las comisuras de la boca, que era como una valla que le obligaba a mirar siempre hacia adelante y a volver el cuerpo entero si se precisaba un punto de vista lateral;

la barbilla se apoyaba en una amplia corbata remata-
da en flecos, que era tan ancha y larga como un billete
de banco*; las puntas de sus botas se doblaban aguda-
mente hacia arriba, como los patines de un trineo, siguiendo la moda del momento, un efecto que los jóvenes conseguían con paciencia y esfuerzo al sentarse
durante horas con los dedos de los pies apretados contra una pared. El señor Walters tenía un aspecto muy
serio y un corazón muy sincero y honrado, y sentía tanta reverencia por las cosas y los lugares sagrados, y tanto
los separaba de los asuntos mundanos, que sin darse
cuenta su voz de domingo había adquirido una entonación peculiar que no tenía los días laborales. Empezó de esta forma:

—Vamos, niños, quiero que todos estéis sentados
tan derechos y formales como podáis y que me prestéis
atención durante uno o dos minutos. Ya, eso es. Así se
portan los niños buenos. Veo que una niña mira por la
ventana... Supongo que se cree que estoy ahí fuera en
alguna parte... quizá subido en un árbol echando dis-
cursos a los pajaritos. (*Risitas de aprobación.*) Quiero deciros cuánto me complace ver tantas caritas radiantes
y limpias reunidas en un lugar como éste para aprender a obrar bien y ser buenos.

Y así seguía y seguía. No hace falta transcribir el resto del discurso. Es modelo único y a todos nos resulta
familiar.

La última parte del discurso quedó algo deslucida
porque se reanudaron las peleas y otras diversiones entre ciertos muchachos malos y se empezaron a extender por amplias zonas movimientos y susurros que llegaron a alcanzar incluso bases de rocas tan aisladas e
incorruptibles como Sid y Mary. Pero luego, de repente, cesó todo sonido, al callarse la voz del señor Wal-

---

* El primer papel moneda no se emitió en Estados Unidos hasta
1861. Mark Twain se refiere aquí a los certificados o títulos al por-
tador, anteriores a los actuales billetes de banco y de mayor tamaño que éstos.

ters, y la conclusión del discurso fue recibida con un estallido de silenciosa gratitud.

Una buena parte de los susurros se debían a un acontecimiento que era más o menos raro: la entrada de visitas. Eran el abogado Thatcher, acompañado por un anciano muy débil, un caballero de edad mediana, corpulento y bien parecido, con el pelo gris oscuro, y una señora muy digna, que sin duda era su mujer. La señora traía a una niña de la mano. Tom había estado intranquilo y se sentía descontento e irritado; además, le remordía la conciencia, no podía mirar a los ojos a Amy Lawrence, no podía soportar su expresión enamorada. Pero cuando vio a la pequeña forastera, su alma estalló de dicha en un instante. Enseguida empezó a darse importancia pegando a los chicos con todas sus fuerzas, tirándoles del pelo, haciendo muecas, en una palabra, utilizando todas las mañas que le parecían apropiadas para fascinar a una chica y ganar su aprobación. Su alegría sólo tenía una espina: el recuerdo de su humillación en el jardín de aquel ángel, y aquella historia escrita en la arena pronto iba desapareciendo bajo las olas de felicidad que ahora la lavaban.

Dieron a los visitantes el asiento de mayor honor, y tan pronto como acabó el discurso del señor Walters, éste les presentó a la escuela. El hombre de edad mediana resultó ser un personaje prodigioso, nada menos que el juez del condado, sin duda la más augusta creación que los niños habían visto jamás, y se preguntaban de qué materia estaba hecho, y casi tenían ganas de oírle rugir y también casi temían que lo hiciera. Venía de Constantinopla, un pueblo situado a doce millas de distancia, así que había viajado y había visto mundo; aquellos ojos habían contemplado el palacio de justicia del condado, que, según decían, tenía el tejado de cinc. Un silencio impresionante y las filas de ojos que le miraban fijamente dieron testimonio del temor reverencial que inspiraban estos pensamientos. Éste era el gran juez Thatcher, hermano del abogado del lugar. Jeff Thatcher se adelantó enseguida, cosa que demostraba su parentesco con el gran hombre, provocando la envidia de toda la escuela. ¡Lo que hubiera dado por poder oír aquellos comentarios en voz baja!:

—¡Mírale, Jim! Ahí sube. Anda, ¡mira! Va a darle la mano, ¡se la *da*! ¡Diablos! ¿No te gustaría ser Jeff?

El señor Walters empezó a «darse pisto» efectuando todo tipo de movimientos y actividades oficiales, dando órdenes, pronunciando juicios, disparando consejos de acá para allá a cualquier punto donde encontraba un blanco. El bibliotecario «se daba pisto» y corría de un lado para otro con los brazos llenos de libros, farfullando y quejándose como gustan de hacer las autoridades de poco pelo. Las jóvenes maestras «se daban pisto» inclinándose tiernamente sobre alumnos que poco antes habían recibido un manotazo, amenazando muy cursis con el dedo a los niñitos malos y dando palmaditas cariñosas a los buenos. Los jóvenes maestros «se daban pisto» con pequeñas regañinas y otras muestras de autoridad e incansable celo en cuestiones de disciplina... y la mayoría de los maestros de ambos sexos se afanaban constantemente por los alrededores de la biblioteca y del púlpito, adonde tenían que acercarse hasta dos y tres veces (al parecer con gran contrariedad por su parte). Las niñas pequeñas «se daban pisto» de varias maneras, y los niños «se daban pisto» con tantas energías que el aire se llenó de proyectiles de papel y ruido de forcejeos. Y por encima de todo esto el gran hombre seguía sentado e irradiaba una majestuosa sonrisa judicial sobre toda la concurrencia y se calentaba al sol de su propia grandeza... porque él también «se daba pisto».

Sólo faltaba una cosa para colmar el éxtasis del señor Walters, y ésa era la oportunidad de entregar el premio de una Biblia y exhibir a un niño prodigio. Varios estudiantes tenían vales amarillos, pero ninguno tenía suficientes; el Superintendente había investigado el asunto entre los estudiantes sobresalientes. En aquel momento hubiera dado cualquier cosa por tener otra vez a aquel muchacho alemán en su sano juicio.

Y entonces, cuando ya no cabía ninguna esperanza, Tom Sawyer se adelantó con nueve vales amarillos, nueve vales rojos y diez azules, y pidió una Biblia. Fue como un rayo en medio de un cielo despejado. Walters no esperaba una aplicación semejante de Tom ni en los próximos diez años. Pero no había lugar a dudas: allí estaban los vales auténticos y eran de ley. Así que hicieron subir a Tom al lugar donde se encontraba el juez y el resto de los elegidos y se anunció el gran notición desde el centro de operaciones. Fue la sorpresa más pasmosa de aquella década y causó una sensación tan profunda que elevó al nuevo héroe a la altura del juez, así que la escuela ya tenía dos maravillas a las que contemplar, en vez de una. Todos los muchachos se concomían de envidia; pero los que sufrieron las penas más amargas fueron los que comprendieron demasiado tarde que ellos mismos habían contribuido a este odiado esplendor, al entregar sus vales a Tom a cambio de los bienes que él había acumulado vendiendo el privilegio de encalar la valla. Éstos se despreciaban a sí mismos por haberse dejado caer en tan astuta trampa, tendida por un hábil enemigo oculto.

A Tom le entregaron el premio con toda la efusión de la que el Superintendente podía hacer gala, dadas las circunstancias; pero parecía como si le faltase convicción, porque el instinto del pobre hombre le decía que allí había un misterio que quizá no resistiría a la luz; era sencillamente un disparate pensar que *aquel* muchacho hubiera almacenado en su mollera dos mil gavillas de sabiduría bíblica, cuando una docena agotaría su capacidad, sin duda.

Amy Lawrence estaba orgullosa y contenta y trató de mostrárselo a Tom, pero él se negó a mirarla. Ella se extrañó; luego se inquietó un poco; después empezó a *asaltarla* una leve sospecha; observó con atención; una mirada furtiva le reveló todo y entonces se le rompió el corazón; se sentía celosa y enfadada y las lágrimas le vinieron a los ojos y odió a todo el mundo. A Tom más que a nadie (al menos eso creía ella).

Presentaron a Tom al juez, pero tenía la lengua atada, apenas podía respirar, le temblaba el corazón, en parte a causa de la pasmosa grandeza del hombre, pero principalmente porque era el padre de *ella*. Le hubiera gustado caer de rodillas y adorarle, si estuvieran a oscuras. El juez puso la mano en la cabeza de Tom y le llamó muchachito admirable y le preguntó cómo se llamaba. El chico tartamudeó, respiró con dificultad y logró decir:

—Tom.

—Oh, no, no es Tom, es...

—Thomas.

—Ah, eso es. Ya me parecía a mí que faltaba algo. Muy bien. Pero supongo que tendrás también un apellido, y me lo vas a decir, ¿no?

—Dile al caballero tu apellido, Thomas —dijo Walters—, y di *señor*. No debes olvidar los buenos modales.

—Thomas Sawyer..., señor.

—¡Eso es! Eres un buen muchacho. Un muchacho excelente. Un hombrecito de provecho. Dos mil versículos son muchos, muchos, una gran cantidad. Y nunca te arrepentirás del trabajo que te ha costado aprenderlos, porque el conocimiento vale más que nada del mundo; es lo que hace a los hombres grandes y buenos; tú mismo serás un hombre grande y bueno algún día, Thomas, y entonces mirarás hacia atrás y dirás: Todo se lo debo al preciado privilegio de haber asistido a la escuela dominical en mi niñez, todo se lo debo a mis queridos maestros que me enseñaron a aprender, todo se lo debo al buen Superintendente, que me animó y me vigiló y me dio una hermosa Biblia, una Biblia espléndida y elegante, para tenerla y llevarla siempre conmigo... ¡todo se lo debo a lo bien que he sido educado! Eso es lo que dirás, Thomas..., y no cambiarías esos dos mil versículos por todo el dinero del mundo..., claro que no lo harías. Y ahora, ¿no te importaría contarme a mí, y a esta señora, algunas de las cosas que has aprendido...? No, ya sé que no te importa..., porque estamos orgullosos de los niños que aprenden. Vamos a ver, seguro que sabes los nombres de los doce discípulos. ¿A que nos vas a decir los nombres de los dos primeros elegidos?

Tom se tiraba de un botón de la chaqueta, con cara de vergüenza. Al oír esto se sonrojó y bajó los ojos. Al señor Walters se le cayó el alma a los pies. Se dijo a sí mismo: este muchacho es incapaz de contestar a la pregunta más simple. *¿Por qué* le habrá preguntado a él el juez? Sin embargo, se sintió obligado a intervenir, y dijo:

—Contesta al caballero, Thomas, no tengas miedo.

Tom se demoró, vacilando.

—¿A que me lo vas a contar a *mí*...? —dijo la señora—. Los nombres de los dos primeros discípulos son...

—¡DAVID y GOLIAT!

... Bajemos un caritativo telón sobre el resto de la escena.

Capítulo 5

A eso de las diez y media empezó a tocar la campana cascada de la pequeña iglesia y al rato la gente comenzó a reunirse para el sermón matutino. Los niños de la escuela dominical se dispersaron por el local y ocuparon bancos junto a sus padres, para quedar bajo vigilancia. La tía Polly llegó, y Tom, Sid y Mary se sentaron a su lado, colocando a Tom junto al pasillo con el fin de que estuviera lo más lejos posible de la ventana abierta y del seductor panorama estival. La multitud enfilaba por las naves laterales: el administrador de correos, anciano y necesitado, que había conocido tiempos mejores; el alcalde y su mujer —porque allí, entre otras cosas innecesarias, tenían alcalde—; el juez de paz; la viuda Douglas, rubia, elegante y cuarentona, una buena persona, generosa y acomodada, cuya mansión en la colina era el único palacio del pueblo; era muy hospitalaria y daba las fiestas más espléndidas de que San Petersburgo podía jactarse; el encorvado y venerable comandante Ward y su mujer; el abogado Riverson, persona notable llegada de lejos; luego entró la belleza del lugar, seguida por una tropa de jovencitas dispuestas a partir corazones con sus vestidos de batista cubiertos de cintas; después llegaron en bloque todos los empleadillos del pueblo, que habían aguardado a la entrada, chupando los puños de sus bastones y formando una muralla circular de admiradores llenos de brillantina y sonrisas tontas, hasta que la última chica hubo pasado ante sus miradas castigadoras, y en último lugar llegó el Muchacho Modelo, Willie

Mufferson, tan pendiente de su madre como si ella fuera de cristal tallado. Siempre acompañaba a su madre a la iglesia, y era el orgullo de todas las matronas. Todos los chicos le odiaban por ser tan bueno y por ser además el ejemplo que los mayores continuamente les «refregaban por las narices». Su pañuelo blanco colgaba de su bolsillo trasero, igual que todos los domingos… como por casualidad. Tom no tenía pañuelo, y consideraba pretenciosos a los muchachos que lo llevaban.

Ya reunida la congregación, la campana tocó una vez más, para avisar a los lentos y rezagados, y entonces un silencio solemne cayó sobre la iglesia, sólo interrumpido por las risitas ahogadas y los susurros del coro en la tribuna. El coro siempre reía así y susurraba durante todo el servicio religioso. Una vez hubo un coro de iglesia que no era maleducado, pero ahora se me ha olvidado dónde fue. Sucedió hace muchísimos años y apenas puedo recordarlo, pero creo que fue en algún país extranjero.

El pastor anunció el himno y lo leyó todo, verso a verso, con fruición, empleando un estilo peculiar muy admirado por aquellos lares Su voz empezó en tono medio y fue subiendo hasta llegar a cierto punto en que pronunció con gran énfasis la sílaba acentuada, y luego cayó en picado como desde un trampolín:

¿Me llevarán al cielo en floridos *le- chos de ocio,*

mientras otros luchan por ganarlo, navegando por *ma- res sangrientos?*

Le consideraban un lector maravilloso. En los acontecimientos «sociales» de la iglesia siempre le pedían que leyera poesía y, cuando acababa, las señoras levantaban las manos y las dejaban caer lánguidamente en el regazo, y ponían los ojos en blanco y meneaban la cabeza, como para decir: «No hay palabras para expresarlo; es algo demasiado hermoso, *demasiado* hermoso para este mundo mortal».

Después de cantar todos el himno, el reverendo señor Sprague se transformó en un tablón de anuncios y leyó «avisos» de reuniones y de asociaciones y tantas otras cosas, que parecía que la lista no se iba a acabar hasta el día del juicio final; extraña costumbre que todavía perdura en América, incluso en las ciudades, aun en estos tiempos en que hay periódicos en abundancia. Muchas veces, cuanto menos motivo hay para justificar una costumbre tradicional, más difícil es deshacerse de ella.

Y luego el pastor oró. Una oración cumplida y generosa, en la que no faltaban los detalles: rogó por la iglesia y por los hijitos de la iglesia; por otras iglesias de la aldea; por la aldea misma; por el condado; por el estado; por los funcionarios del estado; por los Estados Unidos; por las iglesias de los Estados Unidos; por el Congreso; por el Presidente; por los funcionarios del Gobierno; por los pobres marineros zarandeados en mares turbulentos; por los millones de oprimidos que gimen bajo la bota de las monarquías europeas y los déspotas orientales; por los que tienen a su alcance la luz y la buena nueva y, sin embargo, tienen ojos y no ven y oídos y no oyen;[*] por los idólatras de las lejanas islas del mar, y concluyó con el ruego de que las palabras que iba a pronunciar pudieran recibirse con agrado y favor y ser como semillas sembradas en la tierra fértil, que producen al cabo una agradecida cosecha de bienes.[**] Amén.

Hubo un crujir de vestidos y la congregación, que había estado de pie, se sentó. El muchacho cuya historia relata este libro no disfrutó de la oración; se limitó

---

[*] Alusión bíblica al *Salmo* 115, 5-6. véase también *Isaías,* 6, 10, repetido en la parábola del sembrador (*Mateo,* 13, 13-15).
[**] Nueva alusión a la parábola del sembrador (*Mateo,* 13, 8 y 23).

a aguantarla... si es que llegó a tanto. Estuvo inquieto todo el rato, tomó nota inconscientemente de los detalles de la oración, pues, aunque no escuchaba, conocía el terreno de antiguo y el recorrido rutinario del pastor a través de él, y cuando se introducía alguna pequeña variante su oído la detectaba y todo su ser se rebelaba contra ella; consideraba que era una injusticia y además una canallada hacer añadidos. En medio de la oración una mosca se posó en el respaldo del banco que tenía delante y fue un martirio espiritual verla frotarse con calma las patas, pasárselas alrededor de la cabeza y pulirla con tanto vigor que parecía que se la iba a arrancar del cuerpo, y el hilito de su cuello quedaba a la vista; se raspaba las alas con las patas traseras y las alisaba junto al cuerpo como si fueran faldillas de un frac, enfrascada en su aseo con toda tranquilidad, como si supiera que estaba perfectamente a salvo. Como en verdad lo estaba, porque, por muy urgentemente que las manos de Tom desearan agarrarla, no se atrevían: él creía que su alma sería destruida al instante si hacía semejante cosa durante la oración. Pero al oír la frase final, su mano empezó a ahuecarse y moverse furtivamente hacia delante, y en cuanto se escuchó el «amén» la mosca cayó prisionera de guerra. Su tía detectó la acción y le mando soltarla.

El pastor anunció el texto y discurseó monótonamente sobre un argumento tan prosaico que al poco rato muchos oyentes empezaron a dar cabezadas... y, sin embargo, era un argumento que trataba del fuego eterno del infierno y que dejaba a los elegidos predestinados convertidos en un grupo tan pequeño que casi no valía la pena salvarlo.[*] Tom contó las páginas del ser-

---

[*] La teología calvinista pone particular énfasis en el pasaje del *Apocalipsis* (7, 5-8), de San Juan, según el cual se salvarán ciento cuarenta y cuatro mil (doce mil de cada una de las doce tribus de los hijos de Israel) sellados, o elegidos por Dios. Ya adulto, Clemens se mofaba, aunque con cierta incomodidad, de los dogmas presbiterianos aprendidos de boca de su madre y de los maestros de la escuela dominical.

món; después de salir, siempre sabía de cuántas páginas constaba, pero raras veces sabía nada más del discurso. Sin embargo, esta vez, durante un rato, se interesó de veras. El pastor trazó un cuadro grandioso y conmovedor del momento en que se reunirían las huestes de este mundo al cumplirse el milenio, cuando el león y el cordero yacerían juntos y un niño pequeño los conduciría.* Pero lo patético, la lección, la moraleja del gran espectáculo pasaron desapercibidos para el muchacho; él sólo pensaba en lo notorio del personaje principal ante las naciones que le contemplaban; se le iluminó la cara al pensarlo y se dijo a sí mismo que le gustaría ser aquel niño, con tal que el león fuera manso.

Luego se renovaron sus padecimientos al reanudarse tan pesado discurso. Al rato se acordó de un tesoro que tenía y lo sacó. Era un gran escarabajo negro con mandíbulas formidables... un bicho «pellizquero», como él lo llamaba. Lo llevaba en una caja de perdigones. La primera cosa que hizo el escarabajo fue morderle el dedo. La reacción fue inmediata: el escarabajo salió disparado por la nave lateral aterrizando boca arriba y el dedo lastimado acabó en la boca del muchacho. Allí se quedó el escarabajo, moviendo inútilmente las patas, sin poder darse la vuelta. Tom lo miraba y deseaba recogerlo, pero se encontraba demasiado lejos de su alcance. Otras personas, a las que no les interesaba el sermón, encontraron alivio en el escarabajo, y también lo miraban. Al rato, un perro de lanas vagabundo se acercó cansinamente, con el corazón triste, perezoso por el calor del verano y el silencio, cansado del cautiverio, suspirando por un cambio. Divisó el escarabajo y levantó y meneó la lánguida cola. Estudió el premio; dio unas vueltas alrededor de él; hizo frente al enemigo, se acercó a olfatearlo; luego levantó el hocico y se dispuso cautamente a atraparlo, aunque falló por poco; lo

---

* «Serán vecinos el lobo y el cordero, / y el leopardo se echará con el cabrito, / el novillo y el cachorro pacerán juntos, / y un niño pequeño los conducirá.» (*Isaías,* 11, 6-7).

intentó de nuevo, una y otra vez; empezaba a gozar de la diversión; se tumbó en el suelo con el escarabajo entre las patas y continuó con los experimentos; por fin se cansó y luego se quedó indiferente y distraído. Dio unas cabezadas y poco a poco su barbilla descendió hasta tocar al enemigo, que se la agarró. Hubo un aullido agudo, el perro sacudió la cabeza y el escarabajo cayó un par de metros más adelante, otra vez de espaldas. Los espectadores vecinos temblaban con una suave alegría interior; varias caras se escondieron detrás de abanicos y pañuelos, y Tom estaba totalmente feliz. El perro parecía atontado, que era seguramente como se sentía; pero había también resentimiento en su corazón y ganas de vengarse. Así que se acercó al escarabajo y empezó un ataque cauteloso; saltaba hacia él desde todos los puntos de un círculo, quedándose con las patas delanteras a unos centímetros del animalillo; cada vez lo tenía más acosado y sacudía la cabeza agitando las orejas. Pero volvió a cansarse después de un rato; intentó divertirse con una mosca, pero no encontró alivio; persiguió a una hormiga, con la nariz pegada al suelo, y pronto se cansó también de aquello, bostezó, suspiró, olvidó al escarabajo por completo y se sentó encima de él. Entonces hubo un aullido salvaje de agonía y el perro pasó zumbando por la nave lateral; los aullidos continuaban, y el perro seguía corriendo; cruzó la iglesia por delante del altar; bajó volando por la otra nave; pasó de largo por delante de las puertas; con gran algarabía recorrió la recta final; su angustia crecía a la par que su marcha, hasta que ya no era más que un cometa lanudo moviéndose en órbita con el brillo y la velocidad de la luz. Por fin la víctima, desesperada, cambió de rumbo y saltó al regazo de su amo; éste lo tiró por la ventana y la voz de la aflicción acabó por debilitarse y desaparecer en la distancia.

A aquellas alturas, todo el mundo en la iglesia estaba colorado, intentando sofocar la risa, y el sermón se hallaba en punto muerto. Al rato se reanudó el discurso, pero prosiguió a trancas y barrancas, pues no existía ninguna posibilidad de causar impacto, ya que hasta los sentimientos más graves se recibían con ahogadas explosiones de júbilo impío, a salvo tras el respaldo de algún banco remoto, como si el pobre pastor hubiera dicho una cosa extrañamente chistosa. Fue un verdadero alivio para toda la congregación cuando acabó aquel suplicio y se pronunció la bendición.

Tom Sawyer regresó a casa bastante contento, pensando para sí que el servicio divino resultaba bastante satisfactorio cuando tenía un poco de variedad. Sólo un pensamiento le aguaba la fiesta: estaba dispuesto a consentir que el perro jugara con su bicho pellizquero, pero creía que no era honrado por su parte llevárselo.

Capítulo 6

Llegó el lunes por la mañana y Tom se sintió tristísimo. El lunes por la mañana siempre le pasaba lo mismo... porque empezaba otra semana de lento sufrimiento en la escuela. Normalmente empezaba ese día deseando que no hubieran existido días de fiesta intermedios, pues el retorno al cautiverio y las cadenas resultaba así mucho más odioso.

Tom se quedó echado, pensando. Al rato se le ocurrió que le gustaría estar enfermo, en cuyo caso podría quedarse en casa y no asistir a la escuela. Se vislumbraba una pequeña posibilidad. Pasó revista a su organismo. No encontró ninguna enfermedad, así que volvió a revisarlo. Entonces creyó detectar síntomas de cólico y se puso a alentarlos con bastante esperanza. Pero pronto se debilitaron y al rato desaparecieron por completo. Siguió cavilando. De repente descubrió una cosa: uno de los dientes superiores se le movía. ¡Qué suerte! Estaba a punto de empezar a quejarse, como «punto de arranque» según lo llamaba él, cuando se le ocurrió que si se presentaba ante el tribunal con aquel argumento, su tía se lo sacaría y le haría daño. Así que decidió guardar el diente en reserva por el momento y buscar otra cosa. Durante un rato no se le ocurrió nada, pero luego se acordó de haber oído al médico hablar de algo que había obligado a un paciente a quedarse en cama durante dos o tres semanas, con riesgo de perder un dedo de la mano. Así que el muchacho, muy entusiasmado, sacó su dedo malo de debajo de la sábana y se puso a inspeccionarlo. Pero entonces se percató de que ignoraba los supuestos síntomas. Sin embargo, le pareció que valía la pena intentarlo, así que se puso a quejarse con bastantes energías.

Pero Sid siguió profundamente dormido.

Tom se quejó en voz más alta, imaginando que empezaba a sentir dolor en el dedo del pie.

Sin resultado por parte de Sid.

Tom ya estaba sin aliento con tantos esfuerzos. Descansó un rato y luego respiró hondo y lanzó una serie de gemidos admirables.

Sid siguió roncando.

Tom estaba fuera de quicio. Gritó: «¡Sid, Sid!», y le sacudió. El procedimiento resultó eficaz, y Tom empezó a quejarse de nuevo. Sid bostezó, se estiró y se incorporó con un resoplido; apoyado en un codo se quedó mirando fijamente a Tom. Éste siguió quejándose. Sid dijo:

—¡Tom! ¡Oye, Tom!

No le contestó.

—¡Oye, Tom! ¡Tom! ¿Qué te pasa, Tom? —y le sacudió y le miró la cara ansiosamente.

Tom gimoteó:

—Oh, no hagas eso, Sid. No me muevas.

—Pues ¿qué te pasa, Tom? Voy a llamar a la tía.

—No... no te preocupes. Ya se me pasará, seguramente. No llames a nadie.

—Pero ¡tengo que hacerlo! No te quejes tanto, Tom, es horrible. ¿Cuánto rato llevas así?

—Horas. ¡Ay! No te muevas tanto, Sid, me vas a matar.

—Tom, ¿por qué no me despertaste antes? ¡Anda, Tom, no *te pongas* así! Se me pone la carne de gallina de oírte. Tom, ¿qué es lo que tienes?

—Te lo perdono todo, Sid. *(Quejido.)* Todo lo que me has hecho. Cuando ya no esté...

—Ay, Tom, ¿no te estarás muriendo, eh? No, Tom..., oye, no te vayas a morir. A lo mejor...

—Los perdono a todos, Sid. *(Quejido.)* Díselo, Sid. Y, Sid, dale mi marco de ventana y mi gatito tuerto a esa chica forastera que ha venido al pueblo, y dile...

Pero Sid había cogido su ropa y se había ido. Tom sufría de veras, gracias al estupendo funcionamiento de su imaginación, y por eso sus quejidos habían cobrado un tono de autenticidad.

Sid bajó volando las escaleras y dijo:

—¡Ay, tía Polly, ven! ¡Tom está muriéndose!

—¡Muriéndose!

—Sí, tía. ¡Corre, date prisa!

—¡Tonterías! ¡No lo creo!

Sin embargo subió corriendo las escaleras, con Sid y Mary pisándole los talones. Y se puso pálida, además, y le temblaban los labios. Cuando llegó junto a la cama dijo, casi sin aliento:

—¡Eh, Tom!, ¿qué te pasa?

—Ay, tía, tengo...

—¿Qué te pasa? ¿Qué *es* lo que te pasa, hijo?

—Ay, tía, es el dedo malo, ¡tengo la gangrena!

La anciana se dejó caer en una silla y rió un poco, y luego lloró un poco, y luego hizo las dos cosas a la vez. Con ello se quedó muy aliviada y dijo:

—Tom, qué susto me has dado. Anda, déjate de tonterías y sal de la cama.

Los quejidos cesaron y el dolor desapareció del dedo. El muchacho se sentía un poco ridículo y dijo:

—Tía Polly, *parecía* la gangrena, y me dolía tanto que no me importaba nada lo del diente.

—Así que el diente, ¿eh? ¿Qué pasa con el diente?

—Tengo uno que se me mueve y me duele una barbaridad.

—Ya, ya. No empieces otra vez con los quejidos. Abre la boca. Bueno, es verdad, *tienes* uno que se te mueve, pero no te vas a morir por eso. Mary, tráeme un hilo de seda y una brasa de la cocina.

Tom dijo:

—Ay, por favor, tía, no me lo saques. Ya no me duele. Que me muera, si es mentira. Por favor, no lo hagas, tía. No quiero faltar a la escuela.

—Ah, no, ¿verdad? ¿Así que armaste todo este lío porque pensabas que te dejaría quedarte en casa para ir a pescar? Tom, Tom, te quiero tanto, y parece que te empeñas en romperme el corazón con tus disparates.

57

Ya estaba listo el equipo para la extracción dental. La anciana ató un cabo del hilo de seda al diente de Tom con un nudo corredizo y ató el otro extremo al barrote de la cama. Entonces cogió la brasa y se la acercó a la cara del muchacho. Al momento, el diente colgaba balanceándose del barrote de la cama.

Pero todas las desgracias tienen sus compensaciones. Cuando después del desayuno Tom se dirigía hacia la escuela, despertó a su paso la envidia de todos los muchachos porque la mella que tenía en la fila superior de dientes le permitía escupir de un modo nuevo y admirable. Reunió tras él una buena comitiva de chicos a quienes les interesaba la exhibición, y uno, que se había hecho un corte en el dedo y que hasta entonces había sido el centro de atracción y homenaje, se encontró de repente sin un solo seguidor y privado de su gloria. Como estaba dolido dijo, con un desdén que en realidad no sentía, que eso de escupir como Tom Sawyer lo hacía cualquiera; pero otro muchacho le respondió: «¡No están maduras!»*, y se alejó cual héroe desarmado.

Poco después Tom se encontró con el paria juvenil de la aldea, Huckleberry Finn, hijo del borracho del pueblo. A Huckleberry lo odiaban cordialmente y lo temían todas las madres del pueblo porque vivía sin trabajo y sin ley, y era vulgar y malo, y porque todos los chicos le admiraban tanto y gozaban de su compañía prohibida y deseaban atreverse a ser como él. Tom era como los otros muchachos respetables; como todos ellos envidiaba en Huckleberry su llamativa condición de proscrito, y tenía terminantemente prohibido jugar con él. Así que jugaba con él en cuanto tenía la menor oportunidad. Huckleberry siempre iba vestido con ropa vieja de hombre, que florecía y ondulaba en jirones y flecos perennes. Su sombrero era una enorme ruina a la que habían arrancado del ala una media luna; su chaqueta, cuando la llevaba, le colgaba casi hasta los talones y tenía los botones de la espalda muy abajo; un solo tirante le sujetaba los panta-

_____

* Alusión a la conocida fábula esópica *La zorra y las uvas*.

lones y el fondo de éstos le colgaba como una bolsa vacía; las perneras deshilachadas se arrastraban por el polvo cuando no las llevaba remangadas.

Huckleberry iba de acá para allá a su antojo. Dormía en el quicio de cualquier puerta cuando hacía buen tiempo y en toneles vacíos cuando llovía; no tenía que ir a la escuela ni a la iglesia, ni llamar a nadie amo, ni obedecer a nadie; podía ir a pescar o a nadar cuando y donde quería y quedarse todo el tiempo que le conviniera; nadie le prohibía pelearse; podía acostarse a la hora que le daba la gana; siempre era el primer chico que iba descalzo en primavera y el último en ponerse zapatos en otoño; nunca tenía que lavarse ni ponerse ropa limpia, y sabía decir unas palabrotas sensacionales. Resumiendo: que aquel muchacho poseía todo lo que tiene valor en la vida. Al menos eso era lo que opinaban todos los muchachos respetables, limitados y acosados de San Petersburgo.

Tom saludó al romántico vagabundo:

—¡Hola, Huckleberry!

—Hola, tú, a ver si te gusta.

—¿Qué llevas ahí?

—Un gato muerto.

—Déjame verlo, Huck. ¡Jolín, qué tieso está! ¿De dónde lo has sacado?

—Se lo compré a un chico.

—¿Cuánto le diste por él?

—Un vale azul y una vejiga que cogí en el matadero.

—¿De dónde sacaste el vale azul?

—Se lo compré a Ben Rogers hace dos semanas, por el palo de un aro.

—Oye... ¿para qué valen los gatos muertos, Huck?

—¿*Pa* qué? Pues *pa* quitar verrugas.

—¡No me digas! ¿Es verdad? Yo sé otra cosa mejor.

—¡A que no! ¿El qué?

—Pues, agua de yesca.

—¡Agua de yesca! Yo no daría tres pitos por el agua de yesca.

—Conque no, ¿eh? ¿Lo has probado alguna vez?

—Pues no. Pero Bob Tanner, sí.

—¿Quién te lo ha dicho?

—*Pa* que lo sepas: él se lo contó a Jeff Thatcher, y Jeff se lo contó a Johnny Baker. Y Johnny se lo dijo a Jim Hollis, y Jim se lo contó a Ben Rogers, y Ben se lo contó a un negro, y el negro me lo contó a mí. O sea que...

—Bueno, ¿y qué? Todos mienten. Por lo menos, todos menos el negro. A él no le conozco. Pero nunca he visto a un negro que *no mintiera*. ¡Bah! Anda, Huck, cuéntame lo que hizo Bob Tanner.

—Pues cogió y metió la mano en un tocón podrido de un árbol donde había agua de lluvia.

—¿Era de día?

—Pues claro.

—¿Con la cara mirando al tocón?

—Sí. Bueno, me parece que sí.

—¿Y *dijo* alguna cosa?

—Creo que no. No sé.

—¡Anda! ¡Mira que es una manera bien tonta de irse a curar verrugas con agua de yesca! Pues así no vale para nada. Tienes que meterte completamente solo en medio del bosque, donde sepas que hay un tocón con agua estancada, y justo a medianoche te acercas al tocón de espaldas y metes la mano y dices:

Grano de cebada, grano de cebada, torta de maíz harás.
Agua de yesca, agua de yesca, las verrugas quitarás.

Y luego das muy deprisa once pasos, con los ojos cerrados, y entonces das tres vueltas sobre los talones y te vas a casa sin hablar con nadie. Porque si hablas se rompe el hechizo.

—Bueno, no está mal; pero no es como lo hizo Bob Tanner.

—No, señor, claro que no, porque es el chico con más verrugas del pueblo; no tendría ni una verruga si supiera quitarlas con agua de yesca. Yo me he quitado miles de verrugas de las manos de esa manera, Huck. Juego tanto con ranas que siempre me salen muchas. A veces me las quito con una habichuela.

—Sí, lo de la habichuela funciona. Yo lo he *probao*.

—¿De veras? ¿Cómo lo haces tú?

—Coges y partes la habichuela y te pinchas la verruga para que sangre, y entonces pones la sangre en un trozo de la habichuela y vas y cavas un agujero y lo entierras a medianoche en el cruce de caminos cuando no haya luna, y luego quemas el resto de la habichuela y entonces te das cuenta de que el trozo que tiene la sangre se pone a tirar, mucho, mucho, *pa* llevarse la otra mitad, y así la sangre chupa la verruga, y al poco rato se te cae.

—Sí, eso es, Huck... justo; aunque es mejor decir cuando lo entierras: «¡Abajo habichuela, afuera verruga; no vengas más a molestarme!». Así es como lo hace Joe Harper, y él ha llegado casi hasta Constantinopla[*] y ha viajado mucho. Pero, oye... ¿cómo las curas con gatos muertos?

—Pues coges al gato y vas y te metes en el cementerio a eso de medianoche cuando acaban de enterrar a algún pecador, y a medianoche viene un diablo, o dos o tres, sólo que no los ves, nada más que oyes algo así como el viento o a lo mejor hasta les oyes hablar y cuando se llevan al tío ese, tú les tiras el gato y dices: «Diablo, sigue al cadáver; gato, sigue al diablo; verrugas, *seguir* al gato, ¡*largaros* de aquí!». Y así se te quitan *todas* las verrugas.

—Pues no está mal. ¿Lo has probado, Huck?

—No, pero la vieja tía Hopkins me lo contó.

—Bueno, pues entonces seguro que es verdad. Porque dicen que es bruja.

—¡Cómo te lo diría! Ya lo creo que es bruja. Embrujó a papá. Por lo menos eso dice él. Un día iba tan tranquilo y se dio cuenta de que le estaba embrujando; así que cogió una piedra y si no se larga la mata allí mismo. Pues

---

[*] Se refiere a Palmyra, ciudad situada a casi veinte kilómetros al noroeste de Hannibal y cabeza de partido del condado de Marion. Esto produjo irritación y envidia en los habitantes de Hannibal y a la rivalidad entre las dos poblaciones puede deberse el nombre con que originalmente la bautizó Mark Twain, y que aparece en algunas ediciones: Coonville, «Villa Negros» (*coon* es un término despectivo para negro).

fíjate, esa misma noche se cayó de un cobertizo donde estaba echado, borracho, y se rompió el brazo.

—¡Jolín! ¿Y cómo se enteró de que le estaba embrujando?

—¡Hombre! Papá se entera muy fácil. Papá dice que cuando alguien te mira muy fijo es que te están embrujando. Sobre todo si chismorrean entre dientes, porque entonces es que están diciendo el padrenuestro al revés.

—Oye, Hucky, ¿cuándo vas a probar con el gato?

—Esta noche. Creo que vendrán esta noche a llevarse al viejo Hoss Williams.

—Pero si lo enterraron el sábado. ¿No se lo habrán llevado el sábado por la noche?

—¡Qué dices! ¿O es que van a hacer brujerías antes de medianoche? Y *luego* ya es domingo. Los diablos no andan sueltos por ahí los domingos, digo yo.

—Claro. No se me había ocurrido. ¿Me dejas ir contigo?

—Claro que sí... si no tienes miedo.

—¡Miedo! ¡Qué va! ¿Maullarás?

—Bueno, pero contéstame en cuanto puedas. La última vez me tuviste allí maullando hasta que el viejo Hays empezó a tirarme piedras y dijo: «¡Maldito gato!», y por eso le rompí la ventana con un ladrillo... pero no te chives.

—Descuida. Aquella noche no pude maullar porque la tía no me perdía de vista, pero ya verás como esta vez sí. Oye... ¿qué llevas ahí?

—Nada, una garrapata.

—¿De dónde la has *sacao*?

—Del bosque.

—¿Qué pides por ella?

—No sé. No quiero venderla.

—¡Bah! De todas maneras es muy pequeñaja.

—¡Claro! Como no es tuya... Pues a mí me gusta y me parece una garrapata estupenda.

—Anda ya, con la de ellas que hay. Si me da la gana, tengo yo mil.

—¿Ah, sí? ¿Y por qué no las tienes? Porque sabes muy bien que no puedes. Ésta es nuevecita. Es la primera que he visto este año.

—Oye, Huck... te la cambio por el diente.

—Déjame verlo.

Tom sacó un trozo de papel y lo desdobló con cuidado. A Huckleberry se le iban los ojos detrás del diente. La tentación era muy fuerte. Por fin dijo:

—¿Es de *verdá*?

Tom levantó el labio y le mostró la mella.

—Bueno —dijo Huckleberry—, trato hecho.

Tom metió la garrapata en la caja de perdigones que previamente había servido de jaula al escarabajo, y los chicos se separaron, cada uno de ellos con la sensación de que era más rico que antes.

Cuando Tom llegó al pequeño edificio de madera de la escuela entró con paso enérgico, con el aspecto de alguien que ha venido honradamente a toda velocidad. Colgó el sombrero en un gancho y se dirigió rápidamente a su asiento con eficiente celeridad. El maestro, entronizado en las alturas sobre su gran sillón de asiento de mimbre dormitaba, arrullado por el soñoliento susurro de la recitación. La interrupción le despertó.

—¡Thómas Sawyer!

Tom sabía que cuando le llamaban por su nombre completo es que el asunto se ponía feo.

—¡Dígame, señor!

—Venga usted aquí. Dígame: ¿por qué llega usted otra vez tarde, como de costumbre?

Tom estaba a punto de recurrir a una mentira, cuando vio dos largas trenzas rubias colgando sobre una espalda que, por la simpatía magnética del amor, él reconoció enseguida. Junto a aquella forma se encontraba *el único sitio vacío* del lado de las niñas. Inmediatamente dijo:

—¡Me paré a hablar con Huckleberry Finn!

El maestro se quedó de piedra con la mirada fija y sin saber qué hacer. El murmullo de voces se acalló. Los alumnos se preguntaban si aquel muchacho temerario se habría vuelto loco. El maestro dijo:

—¿Qué... qué dice que ha hecho?

—He estado con Huckleberry Finn.

Las palabras no dejaban lugar a dudas.

—Thomas Sawyer, ésta es la confesión más asombrosa que he oído nunca. La palmeta no será ni siquiera suficiente para castigar semejante ofensa. Quítese la chaqueta.

El brazo del maestro actuó hasta que se cansó y la reserva de varas quedó notablemente disminuida. Luego se oyó la siguiente orden:

—Ahora, ¡vaya usted a sentarse con las *niñas*! Y que esto le sirva de escarmiento.

Las risas ahogadas que recorrieron el aula parecieron avergonzar al muchacho, pero en realidad su sofoco se debía bastante más a la reverencia devota que sentía por su ídolo desconocido y al tremendo placer que le proporcionaba su buenísima suerte. Se sentó en un extremo del banco de pino y la chica se apartó de él, volviendo la cabeza desdeñosamente. Barrió el aula una ola de codazos y guiños y cuchicheos, pero Tom se quedó quieto con los brazos apoyados en el largo y bajo pupitre que había delante de él, al parecer absorto en su libro. Poco a poco la atención de los otros fue apartándose de él, y una vez más el acostumbrado murmullo escolar fue elevándose por el aire aburrido de la clase. Al cabo, el muchacho empezó a lanzar miradas furtivas hacia la chica. Ella se dio cuenta, le hizo una mueca, volvió la cara hacia el otro lado y así estuvo durante un minuto. Cuando con mucha cautela se dio la vuelta de nuevo, había un melocotón delante de ella. Lo apartó bruscamente. Tom lo volvió a colocar tan tranquilo. Ella lo apartó otra vez, pero con menos hostilidad. Tom, con gran paciencia, volvió a colocarlo en su sitio. Entonces ella lo dejó quieto. Tom garabateó en su pizarra: «Por favor, cógelo... Tengo más». La chica echó una ojeada a las palabras, pero no se inmutó. Luego el chico se puso a dibujar algo en la pizarra, escondiendo el trabajo con la mano izquierda. Durante un rato, la muchacha se negó a prestarle atención; pero pronto su curiosidad humana comenzó a manifestarse por señas apenas perceptibles. El muchacho siguió trabajando, aparentemente sin enterarse. La chica esbozó apenas un gesto de interés, pero el chico no dejó traslucir que se percataba de ello. Por fin ella se rindió y vacilando susurró:

—Déjamelo ver...

Tom descubrió en parte la triste caricatura de una casa con doble frontón y un tirabuzón de humo saliendo de la chimenea. Entonces el interés de la chica empezó a centrarse en la obra y se olvidó de todo lo demás. Cuando estuvo terminada, la contempló un momento y luego susurró:

—Es bonita... Pinta un hombre.

El artista plantó un hombre delante de la casa, que más bien parecía una grúa. Podía haber pasado a zancadas por encima de la casa; pero la chica no estaba por hacer una crítica excesivamente rigurosa; le gustaba el monstruo y susurró:

—Es un hombre guapo... Ahora, píntame a mí andando por el camino.

Tom dibujó un reloj de arena con una luna llena encima y brazos y piernas como palillos y armó los dedos extendidos con un abanico portentoso. La chica dijo:

—¡Qué bonito!... Cómo me gustaría saber dibujar.

—Es fácil —susurró Tom—, te enseñaré.

—Oh, ¿de veras? ¿Cuándo?

—Al mediodía. ¿Vas a comer a casa?

—Me quedaré si quieres.

—Muy bien... trato hecho. ¿Cómo te llamas?

—Becky Thatcher. ¿Y tú? Oh, ya sé... Te llamas Thomas Sawyer.

—Así me llaman cuando me van a sacudir, y Tom cuando me porto bien. Llámame Tom, ¿quieres?

—Sí.

Luego Tom se puso a garabatear algo en la pizarra, ocultándole a la chica las palabras. Pero ella ya no sentía timidez. Le rogó que se lo mostrara. Tom dijo:

—Bah, no es nada.

—Sí que lo es.

—No, no lo es. No te importa.

—Sí que me importa, claro que sí. Por favor, déjame.

—Lo contarás.

—No, no lo contaré..., te juro, te juro que no lo contaré.

—¿No se lo contarás a nadie? ¿Nunca jamás mientras vivas?

—No, jamás se lo contaré a *nadie*. Ahora, déjame ver.

—Bah, no te importa.

—Pues sólo por eso *quiero* verlo.

Y puso su manita sobre la mano de Tom y se produjo un pequeño forcejeo durante el cual Tom aparentó resistirse en serio, aunque fue dejando resbalar la mano poco a poco hasta que se hicieron visibles estas palabras: *Te quiero*.

—¡Ay, serás malo! —y le dio un cachetito; sin embargo, se sonrojó y parecía complacida.

Y en éstas se hallaban cuando el muchacho sintió una garra lenta e inexorable que lo cogía por la oreja y lo levantaba con un movimiento continuo. Atrapado por aquella prensa de tornillo, fue arrastrado a través del aula y depositado en su propio asiento, bajo el fuego incesante de las risitas de toda la escuela. Luego el maestro se quedó a su lado durante unos momentos terribles, y por fin se fue a su trono sin decir una palabra. Pero aunque a Tom le dolía la oreja, tenía el corazón jubiloso.

Mientras se calmaba la escuela, Tom hizo un auténtico esfuerzo por estudiar, pero la agitación que sentía dentro de sí era demasiado grande. Cuando le tocó su turno en la clase de lectura, no daba pie con bola; lo mismo le pasó en la clase de geografía: transformó lagos en montañas, montañas en ríos y ríos en continentes, y así hasta el caos original; luego en la clase de ortografía fue «bajando de categoría» tras una serie de errores en palabras elementales hasta que se quedó al final de la cola y tuvo que entregar la medalla de peltre[*] que había llevado con orgullo durante meses.

---

[*] Aleación de cinc, plomo y estaño, muy usada antiguamente para objetos domésticos.

Capítulo 7

Cuanto más intentaba Tom fijar la atención en el libro, más se le extraviaban las ideas. Así que, por fin, con un suspiro y un bostezo se dio por vencido. Le parecía que nunca iba a llegar el recreo del mediodía. Había una calma chicha. No se movía ni el menor soplo de aire. El murmullo adormecido de los veinticinco alumnos que recitaban la lección sosegaba el alma como el hechizo del zumbido de las abejas. Allá lejos bajo el sol ardiente la colina de Cardiff levantaba sus suaves laderas verdes a través de un trémulo velo de calor, teñido de morado por la distancia; algunos pájaros flotaban volando perezosos en lo alto; no se veía ni un ser vivo, salvo unas vacas, y se habían quedado dormidas.

Tom ansiaba vivamente verse libre, o al menos tener algo interesante en que pasar aquellas horas de aburrimiento. Se llevó la mano al bolsillo y la cara se le iluminó con un brillo de gratitud que equivalía a una oración, aunque él no lo sabía. Luego, disimuladamente, sacó la caja de perdigones. Soltó la garrapata y la puso sobre el largo pupitre plano. El animalito, probablemente, también resplandeció de gratitud, equivalente a una oración, pero fue una reacción prematura: porque cuando empezó a alejarse, agradecida, Tom la desvió con un alfiler y la hizo cambiar de dirección.

El amigo íntimo de Tom estaba sentado a su lado, tan aburrido como Tom lo había estado antes, pero inmediatamente tomó un profundo y agradecido interés por la diversión. Este amigo íntimo era Joe Harper. Los dos muchachos eran amigos leales toda la semana y enemigos de guerra los sábados. Joe se sacó un alfiler de la solapa y empezó a ayudarle a hostigar a la prisionera. El ejercicio resultaba cada vez más apasionante. Pero al cabo Tom dijo que se estorbaban el uno al otro y que ninguno sacaba pleno beneficio de la garrapata. Así que puso la pizarra de Joe encima del pupitre y trazó una línea en el centro de arriba abajo y dijo:

—Bueno, mientras esté en tu lado, puedes pincharla y yo la dejo en paz, pero si se te escapa y viene hacia mi lado, tienes que dejarla en paz mientras yo pueda impedir que cruce la raya.

—Muy bien, adelante, dale un empujón.

Enseguida se le escapó a Tom la garrapata y cruzó el ecuador. Joe la acosó un rato y luego se escapó y volvió al otro lado. Este cambio de base ocurrió muchas veces. Mientras uno de los chicos ponía todo su empeño en molestar a la garrapata, el otro observaba el asunto igualmente absorto, y ambas cabezas se inclinaban juntas sobre la pizarra, mientras las dos almas se abstraían de todo lo que había a su alrededor. Por fin, la suerte parecía decidirse por Joe. La garrapata intentaba, una tras otra, todas las posibilidades y se había puesto tan emocionada y ansiosa como los mismos muchachos, pero una y otra vez, cuando Tom casi podía ya cantar victoria, por así decirlo, y tenía los dedos crispados dispuestos a empezar, el alfiler de Joe la desviaba hábilmente y la retenía en su campo. Por fin, Tom no pudo aguantar más. La tentación era demasiado fuerte. Así que extendió la mano e intervino con el alfiler. Joe se enfadó y dijo:

—Tom, déjala en paz.

—Sólo quiero achucharla un poco, Joe.

—No, señor, no es justo; mira que la dejes en paz.

—Diablos, no voy a achucharla mucho.

—Déjala en paz, te digo.

—¡Pues no!

—Que sí... está en mi lado de la línea.

—Mira, Joe Harper, ¿de quién es la garrapata?

—A *mí* qué me importa de quién es... Está en mi lado de la línea y no la vas a tocar.

—Ya lo creo que la tocaré. Es mi garrapata y hago con ella lo que me dé la maldita gana. ¡Como si se muere!

Un tremendo golpe cayó sobre las espaldas de Tom y otro igual sobre las de Joe; durante dos minutos estuvieron levantándose de las dos chaquetas nubes de polvo, para gran diversión de toda la clase. Los muchachos habían estado demasiado enfrascados en el juego como para darse cuenta del silencio que se había apoderado de la escuela mientras el maestro se iba acercando a ellos en puntillas. Allí se quedó, contemplando una buena parte del espectáculo antes de añadirle su pizca de variedad.

Cuando al mediodía terminó la clase, Tom voló hacia Becky Thatcher y le susurró al oído:

—Ponte la papalina como si te fueras a casa, y cuando llegues a la esquina te escabulles de los demás y bajas por la callejuela y vuelves aquí. Yo iré por el otro lado y también les daré esquinazo.

Así que la chica fue con un grupo de alumnos y el chico con otro. Al poco rato los dos se encontraron al final de la callejuela y cuando regresaron a la escuela la tenían toda para ellos solos. Entonces se sentaron juntos con una pizarra delante, y Tom le dio el pizarrín a Becky y cogió su mano en la suya y fue llevándola, y así crearon otra casa sorprendente. Cuando el interés por el arte empezó a decaer, se pusieron a charlar. Tom rebosaba de felicidad. Le dijo:

—¿Te gustan las ratas?

—¡No! ¡Las odio!

—Bueno, yo también, las *vivas*. Pero quiero decir las muertas, las que les das vueltas por encima de la cabeza atadas a un bramante.

—No, no me gustan mucho las ratas de ninguna manera. Lo que *a mí* me gusta es la goma de mascar.

—¡Anda, y a mí! Ojalá tuviera un poco ahora.

—¿Te gustaría? Yo tengo. Te dejo masticarla un rato, pero tienes que devolvérmela.

No había nada que objetar, así que la masticaron por turno, balanceando las piernas y dando golpes contra el banco, más que contentos.

—¿Has ido al circo alguna vez? —preguntó Tom.

—Sí, y mi papá me va a llevar otra vez algún día, si me porto bien.

—Yo he ido al circo tres o cuatro veces... muchas veces. La iglesia no vale nada al lado del circo. Siempre pasan muchas cosas en el circo. Yo voy a ser payaso de circo cuando sea mayor.

—¿Ah, sí? ¡Qué bien! Son tan graciosos. Todos llenos de lunares.

—Sí, es verdad. Y ganan montones de dinero... casi un dólar por día, dice Ben Rogers. Oye, Becky, ¿has estado prometida alguna vez?

—Y eso ¿qué es?

—Pues... prometida para casarte.

—No.

—¿Te gustaría?

—Me imagino que sí. No lo sé. ¿Qué se hace?

—¿Que qué se hace? Pues nada en particular. Sólo que le dices a un chico que no va a haber otro para ti, nada más que él, nunca, nunca *jamás,* y luego se besan los dos y ya está. Cualquiera puede hacerlo.

—¿Se besan? ¿Por qué se besan?

—Pues, eso, sabes, es para... bueno, siempre se hace.

—¿Todo el mundo?

—Pues, sí, todo el mundo que está enamorado. ¿Recuerdas lo que escribí en la pizarra?

—S-sí...

—¿Qué era?

—No te lo digo.

—¿Te lo digo yo a *ti*?

—S-sí... pero otro día.

—No, ahora.

—No, ahora no... mañana.

—Oh, no, *ahora*. Por favor, Becky... Te lo diré al oído, me gustaría decírtelo.

Como Becky vacilaba, Tom dio por supuesto que el que calla otorga y le rodeó la cintura con su brazo y le susurró aquellas palabras muy suavemente, con la boca muy cerca de su oído. Y luego añadió:

—Ahora me lo dices a mí... igual.

Ella se resistió un rato y luego dijo:

—Vuelve la cara para que no me veas, y entonces lo hago. Pero seguro que no se lo vas a contar a nadie, nunca... ¿eh, Tom? No lo harás, *¿verdad?*

—No, claro que no. Anda, Becky.

Volvió la cara. Ella se inclinó hacia él tímidamente, hasta que su aliento hizo revolotear los rizos de él, y susurró:

—¡Te quiero!

Luego dio un salto y salió corriendo alrededor de los pupitres y los bancos. Y Tom la perseguía, hasta que por fin se refugió en un rincón, cubriéndose la cara con el pequeño delantal blanco. Tom la cogió por el cuello y le dijo suplicante:

—Anda, Becky, pero si ya está todo... todo menos el beso. No tengas miedo, si no es nada. Por favor, Becky —y le agarró del delantal y de las manos.

Poco a poco ella se rindió y dejó caer las manos; alzó la cara, toda encendida por la lucha, y se la ofreció. Tom besó los rojos labios y dijo:

—Ahora ya está todo, Becky. De aquí en adelante, ¿sabes?, no puedes querer a nadie más que a mí. Y nunca te casarás con nadie más que conmigo, nunca, nunca jamás. ¿De acuerdo?

—Sí. Nunca querré a nadie más que a ti, Tom, y nunca me casaré con nadie más que contigo... y tú nunca te casarás con nadie más que conmigo, tampoco.

—Pues claro. Faltaría más. Eso *por supuesto*. Y siempre que vengas a la escuela o vuelvas a casa tienes que ir conmigo, si no nos ve nadie... y me sacas a mí y yo te saco a ti en las fiestas, porque eso es lo que hacen los novios.

—Me gusta. Nunca había oído hablar de esto.

—¡Huy, es muy divertido! Pues yo y Amy Lawrence...

La gran mirada de sorpresa advirtió a Tom de su error y enmudeció, confundido.

—¡Ay, Tom! ¡Entonces no soy la primera con quien has estado prometido!

La niña empezó a llorar. Tom le dijo:

—Oh, no llores, Becky; ella ya no me importa.

—Sí que te importa, Tom. Di la verdad.

Tom intentó rodearle el cuello con el brazo, pero ella le rechazó y se volvió de cara a la pared, y siguió llorando. Tom lo intentó otra vez, pronunciando palabras tranquilizadoras, y otra vez fue rechazado. Entonces, herido en su orgullo, se marchó y salió de la escuela. Se quedó por allí cerca, inquieto y preocupado, durante un buen rato, echando miradas a la puerta de vez en cuando, esperando que ella se arrepintiera y saliera a buscarle. Pero ella no lo hizo. Entonces empezó a sentir remordimiento y a pensar que la culpa era suya. Tuvo que luchar mucho consigo mismo hasta decidirse a dar el primer paso, pero se armó de valor y entró. Seguía allí en el rincón, sollozando, de cara a la pared. A Tom se le partió el corazón al verla así. Se acercó a ella y se detuvo un momento, sin saber qué hacer. Luego le dijo, vacilante:

Becky, yo... yo no quiero a nadie más que a ti.

No hubo respuesta... nada más que sollozos.

—Becky —le rogó—, Becky, ¿no me vas a decir nada?

Más sollozos.

Tom sacó su joya predilecta, un pomo de bronce de un morillo de chimenea, y se lo pasó por delante para que lo viera, y le dijo:

—Por favor, Becky, ¿no lo quieres?

Ella se lo tiró al suelo de un golpe. Entonces Tom se marchó de allí y se fue a los montes, muy lejos, y aquel día no volvió más a la escuela. Al rato Becky se puso intranquila. Corrió hacia la puerta; no había ni rastro de Tom; fue disparada a la parte de atrás, al patio de recreo; tampoco estaba allí. Entonces le llamó:

—¡Tom! ¡Vuelve, Tom!

Escuchó ansiosamente, pero no hubo respuesta. No tenía más compañeros que el silencio y la soledad. Así que se sentó a llorar de nuevo y a hacerse reproches, y luego empezaron a regresar los alumnos y ella tuvo que ocultar sus penas y calmar su corazón herido y llevar la cruz de una tarde larga, melancólica y dolorosa, sin nadie entre los forasteros con quien compartir sus penas.

Capítulo 8

Tom anduvo de acá para allá recorriendo varios senderos hasta encontrarse fuera del alcance de los alumnos que regresaban a la escuela, y luego aflojó el paso y siguió más lento, melancólicamente. Cruzó el «brazo» de un río dos o tres veces, fiel a la creencia juvenil de que cruzar agua confunde a los perseguidores. Media hora después desaparecía detrás del caserón de Douglas en la cumbre de la colina Cardiff, y apenas acertaba a vislumbrar el edificio de la escuela allá lejos en el valle. Se internó por un espeso bosque, avanzó sin necesidad de senda hasta el corazón del mismo, y se sentó en una mancha de musgo bajo un frondoso roble. No se movía ni una brisa y el intenso calor del mediodía había acallado incluso el canto de los pájaros; la naturaleza estaba sumida en un sopor que sólo de vez en cuando interrumpía el ruido del lejano martilleo de un pájaro carpintero, y esto agudizaba aún más la sensación de silencio y soledad. El alma del muchacho estaba impregnada de melancolía y sus sentimientos en armonía con el ambiente. Estuvo un buen rato sentado, meditando, con los codos apoyados en las rodillas y la barbilla entre las manos. Le parecía que la vida era un puro disgusto, en el mejor de los casos, y empezó a envidiar a Jimmy Hodges, tan recientemente liberado de ella; qué tranquilidad, pensaba, poder yacer y dormir y soñar para siempre, con el viento susurrando entre los árboles y acariciando la hierba y las flores encima de la tumba, y sin nada por qué preocuparse ni disgustarse jamás. De haber tenido un expediente intachable en la escuela dominical, hubiera estado dispuesto a desaparecer y a acabar con todo. Y luego aquella chica: ¿Qué culpa tenía él? Ninguna. Había ido con las mejores intenciones del mundo y ella le había tratado como a un perro... como a un mismísimo perro. Ya se arrepentiría algún día... tal vez cuando fuera demasiado tarde. ¡Ay, si al menos pudiera morir *temporalmente*!

Pero el corazón elástico de los jóvenes no puede comprimirse mucho tiempo de una forma violenta. Al rato, sin darse cuenta, Tom empezó a dejarse arrastrar de nuevo por las preocupaciones de esta vida. ¿Qué pasaría si ahora se diera la vuelta y desapareciera misteriosamente? ¿Y si se marchara lejos, lejísimos, hacia países desconocidos allende los mares, y no regresara nunca jamás? ¡Bien que lo sentiría ella entonces! Se le volvió a ocurrir la idea de hacerse payaso, pero la rechazó asqueado. Porque la frivolidad y los chistes y las mallas con lunares de colores no eran sino una ofensa para un espíritu que se elevaba hacia el augusto reino intangible de lo romántico. No, se haría soldado, y regresaría después de largos años, cubierto de cicatrices y de gloria. No... mejor aún, se uniría a los indios e iría a cazar búfalos y a hacer la guerra en las altas sierras y sobre las grandes llanuras sin caminos del Lejano Oeste, y al cabo de muchísimo tiempo volvería hecho un gran jefe, todo adornado de plumas y la mar de pintarrajeado, y cualquier mañana soñolienta de verano entraría pavoneándose en la escuela dominical, con un espeluznante grito de guerra, y los ojos de todos sus compañeros se derretirían de purita envidia. Pero no, había algo incluso más atractivo que eso. ¡Se haría pirata! ¡Eso es! *Ahora* veía claro el futuro, y además resplandecía con un brillo sin igual. ¡Su nombre se repetiría por toda la faz de la tierra y las gentes se estremecerían al oírlo! ¡Surcaría gloriosamente los agitados mares en su largo y fino velero de casco negro, el *Genio de la Tempestad,* con su temible bandera ondeando en la proa! Y en el cenit de su fama aparecería de repente en el pueblo y entraría airosamente en la iglesia, con la tez morena y curtida por todos los vientos, luciendo jubón y calzas de terciopelo negro, grandes botas, faja escarlata, con el cinto repleto de pistolas de arzón y el alfanje teñido de sangre colgado a la cadera, sombrero gacho con grandes plumas ondulantes y la negra bandera desplegada mostrando la calavera y las tibias cruzadas, y con creciente éxtasis los oiría susurrar: «¡Es Tom Sawyer, el Pirata! ¡El Tenebroso Vengador del Caribe!»[*].

No había más que hablar; su suerte estaba echada. Se escaparía de casa y emprendería una vida nueva. Empezaría a la mañana siguiente sin falta. Así que tenía que comenzar los preparativos. Reuniría todos sus recursos. Se acercó a un tronco podrido que había allí cerca y empezó a cavar debajo de un extremo con su navaja Barlow. Pronto chocó con madera que sonaba a hueco. Metió la mano allí y con voz solemne pronunció este conjuro:

—¡Lo que no ha venido aquí, que *venga*! ¡Lo que ya está aquí, que se *quede*!

Entonces raspó la suciedad, y dejó al descubierto una teja de madera de pino... la levantó y apareció un cofrecito muy bien hecho, con el fondo y los laterales de tejas de pino. Dentro había una canica. ¡Tom no salía de su asombro! Se rascó la cabeza, con aire perplejo, y dijo:

—Vaya, ¡esto no hay quien lo entienda!

Luego tiró la canica malhumorado y se quedó reflexionando. La verdad es que le había fallado una superstición que él y todos sus compañeros siempre habían considerado infalible. Si entierras una canica diciendo unas palabras mágicas y no la tocas durante dos semanas y luego descubres el escondite con las mismas palabras que habías pronunciado, te encuentras allí juntas todas las canicas que se te hayan perdido, por muy lejos que estén. Pero ahora esto le había fallado irremisiblemente. Todo el edificio de la fe de Tom se resquebrajó hasta sus cimientos. Había oído a menudo hablar del

---

[*] *El Tenebroso Vengador del Caribe* o *El Diablo de la Sangre* fue un cuento muy popular de Ned Buntline publicado en 1847.

éxito de la empresa, pero nunca de su fracaso. No se le ocurrió pensar que él mismo lo había intentado varias veces antes, pero que luego nunca había podido encontrar el escondite. Estuvo un rato cavilando, buscando una explicación, hasta que se le ocurrió que alguna bruja habría intervenido y roto el hechizo. Acabó por convencerse de que aquélla sería la razón; así que exploró los alrededores hasta encontrar un sitio arenoso con una pequeña depresión en forma de embudo. Se tumbó en el suelo y acercó la boca a esta depresión, gritando:

—¡Hormiga-león, hormiga-león, dame una explicación! ¡Hormiga-león, hormiga-león, dame una explicación!

Empezó a removerse la arena y al momento apareció un bichito negro, que se volvió a esconder, asustado.

—¡No se atreve a contármelo! O sea que *fue* una bruja la que lo hizo. Ya lo sabía yo.

De sobra sabía Tom lo inútil que es intentar enfrentarse a una bruja, así que, descorazonado, se dio por vencido. Pero se le ocurrió que por lo menos podía recuperar la canica que acababa de tirar, de modo que se puso a buscarla con paciencia, pero no pudo dar con ella. Entonces regresó a su guarida de tesoros y tuvo buen cuidado de colocarse exactamente donde había estado cuando tiró la canica; entonces sacó otra canica del bolsillo y la tiró de la misma manera, diciendo:

—¡Hermana, vete a buscar a tu hermana!

Se fijó dónde se detenía, se acercó y la buscó. Pero se ve que había caído más cerca o más lejos, así que tuvo que intentarlo dos veces más. La última vez tuvo éxito. Las dos canicas se encontraban a treinta centímetros una de otra.

En aquel momento, el débil sonido de una trompeta de juguete, de hojalata, se oyó bajo la verde bóveda del bosque. Tom se quitó volando la chaqueta y los pantalones, transformó un tirante en cinturón, hurgó por entre la maleza que había detrás del tronco podrido y sacó un tosco arco y una flecha, una espada hecha de un listón de madera y una trompeta de hojalata; en un periquete lo agarró todo y se fue dando saltos, con las piernas desnudas y la camisa revoloteando. Al rato se paró bajo un gran olmo, contestó con otro toque de trompeta y luego empezó a andar de puntillas, mirando con cuidado en todas direcciones. Dijo en plan de aviso… a un batallón imaginario:

—¡Alto, mis valientes compañeros! Ocultaos hasta que os avise.

Entonces apareció Joe Harper, tan ligeramente vestido y abundantemente armado como Tom. Éste gritó:

—¡Alto! ¿Quién entra aquí en el bosque de Sherwood sin mi permiso?

—Guy de Guisborne*, que no pide permiso a ningún hombre. ¿Quién sois vos para… para…?

—Para atreveros a emplear tales palabras —dijo Tom, apuntándole, porque repetían «de carrerilla» todo lo que ponía en el libro**.

—¿Quién sois vos para atreveros a emplear tales palabras?

—¡Vive el cielo! Soy Robin Hood, como pronto sabrá tu miserable cadáver.

—¿Así que sois en verdad tan famoso bandido? Pues me place disputaros el paso a través de este alegre bosque. ¡En guardia!

Tomaron sus espadas de madera, tiraron al suelo los otros trastos, adoptaron una posición de esgrima, pie contra pie, y empezaron a combatir muy serios, según las reglas, «dos arriba y dos abajo». Al rato, Tom dijo:

—¡Cáete! ¡Cáete! ¿Por qué no te caes?

—¡No me da la gana! ¿Por qué no te caes tú? Te voy ganando.

---

* La leyenda de Robin Hood cuenta cómo el caballero Guy de Guisborne, por Orden del sheriff de Nottingham, busca a Robin para matarlo, pero es a su vez muerto por éste. Entonces Robin Hood, cubierto con la ropa de Guy, se presenta ante el sheriff, libera a su amigo Little John y mata después al sheriff.
** El libro era *Robin Hood y sus compañeros del bosque*, de Joseph Cundall, versión para niños de la famosa balada publicada en Londres en 1841 y de gran difusión en Gran Bretaña y Estados Unidos.

—¡Y qué! *Yo* no me puedo caer; no viene así en el libro. El libro dice: «Entonces, con un certero revés, mató al infeliz Guy de Guisborne». Tienes que darte la vuelta y dejarme darte un golpe en la espalda.

El argumento de autoridad era irrefutable, así que Joe se dio la vuelta, recibió el golpazo y cayó.

—Ahora —dijo Joe, levantándose—, tienes que dejarme que te mate *a ti*. Si no, no vale.

—Pues no puedo hacerlo, no pone eso en el libro.

—A la porra con el maldito libro. Ya está bien.

—Pues oye, Joe, tú puedes ser el fraile Tuck, o Much, el hijo del molinero, y me rompes la pata con una maza, o si no yo soy el sheriff de Nottingham y tú puedes ser Robin Hood un rato y matarme.

La solución era buena, así que durante un rato representaron estas aventuras. Luego Tom se transformó otra vez en Robin Hood, y una monja traicionera le dejó desangrarse hasta la última gota por una herida desatendida. Y por fin, Joe, que encarnaba a toda una tribu de bandidos llorosos, se lo llevó a rastras, puso el arco en sus débiles manos y entonces Tom dijo:

—Allí donde caiga esta flecha enterrad al pobre Robin Hood, bajo el árbol de la floresta.

Entonces disparó la flecha y cayó hacia atrás, y hubiera muerto si no fuera porque aterrizó sobre una ortiga y esto le hizo dar un salto un poco demasiado brusco para ser un cadáver.

Luego los muchachos se vistieron, escondieron sus pertrechos y partieron, lamentándose de que ya no hubiera bandidos y preguntándose qué podría aportarles la civilización moderna para compensarles de su pérdida. Decían los chicos que preferían ser bandidos del bosque de Sherwood durante un año antes que Presidentes de los Estados Unidos toda la vida.

Capítulo 9

Aquella noche, a las nueve y media, mandaron a la cama a Tom y a Sid como de costumbre. Rezaron las oraciones y Sid se durmió enseguida. Tom se quedó despierto, esperando, inquieto e impaciente. ¡Cuando ya creía que estaría amaneciendo oyó que el reloj daba solamente las diez! ¡Qué desesperación! Se hubiera puesto a dar vueltas, agitado, como le exigían los nervios, pero temía despertar a Sid. Así que se quedó quieto, con la mirada clavada en la oscuridad. Todo estaba lúgubremente silencioso. Poco a poco, en medio del silencio, empezaron a distinguirse algunos ruiditos apenas perceptibles. El tictac del reloj comenzó a hacerse notar. Las viejas vigas empezaron a crujir misteriosas. Las escaleras chirriaban débilmente. Por lo visto los espíritus andaban cerca. Un ronquido rítmico y amortiguado salía del cuarto de la tía Polly. Y entonces empezó a oírse el fastidioso chirrido de un grillo que resultaba humanamente imposible de localizar. Luego el espeluznante tictac de un escarabajo de la muerte[*] en la pared, cerca de la cabecera de la cama, hizo estremecerse a Tom... Significaba que alguien tenía ya sus días contados. Entonces el aullido de un perro lejano se elevó en el aire nocturno, y otro aullido más tenue, aún más distante, le

---

[*] El escarabajo o carcoma de la muerte, también llamado reloj de la muerte, es un insecto (del género *Xestobium*) que suele vivir dentro de la madera, que destruye produciendo un ruido semejante al tic-tac de un reloj. Tradicionalmente se le ha identificado como premonición de muerte.

respondió. Tom estaba angustiado. Por fin se convenció de que el tiempo se había parado y la eternidad había comenzado; a pesar de sus esfuerzos empezó a adormecerse; el reloj dio once campanadas, pero él no las oyó. Y entonces percibió entremezclados con sus incipientes sueños unos maullidos de lo más melancólico. Se levantó una ventana vecina y el ruido le llamó la atención. Cuando oyó que gritaban: «¡Chist! ¡Fuera, diablo!», y que una botella vacía se estrellaba contra la pared posterior de la leñera de la tía, se espabiló del todo, y sólo un minuto después estaba vestido y fuera del cuarto, gateando por el tejado del ala de la casa. Maulló cautelosamente una o dos veces mientras avanzaba; luego saltó al tejado de la leñera y de allí al suelo. Huckleberry Finn estaba allí, con su gato muerto. Media hora después se abrían paso entre la alta hierba del cementerio.

El cementerio, al estilo antiguo de los del Oeste, estaba situado en una colina, a unos dos kilómetros del pueblo. Estaba rodeado por una desvencijada cerca de tablas, que en algunos sitios se inclinaba hacia dentro y en otros hacia fuera, y no se mantenía derecha en ninguna parte. Por todo el cementerio la hierba y la maleza crecían en abundancia. Todas las tumbas viejas se habían hundido y no había una lápida en el recinto; sobre las tumbas se tambaleaban carcomidas tablas, inclinándose en busca de apoyo sin encontrarlo. En las tablas alguna vez habían pintado: «En memoria de Fulano de Tal», pero ya no se podía leer nada en la mayor parte de ellas, incluso aunque hubiera habido suficiente luz.

Un leve viento gemía por entre los árboles y Tom temía que fueran los espíritus de los muertos, quejándose de que los molestaran. Los muchachos hablaban poco, y sólo en voz muy baja, porque la hora y el lugar, la solemnidad reinante y el silencio oprimían sus ánimos. Encontraron el montón de tierra recientemente removida que buscaban y se escondieron detrás de tres grandes olmos que crecían juntos, a unos pasos de la tumba.

Luego esperaron en silencio durante un rato que les pareció muy largo. El ulular de un búho lejano era el único sonido que alteraba aquel silencio absoluto. A Tom los pensamientos se le hicieron insufribles. Tuvo necesidad de hablar. Así que dijo en un susurro:

—Hucky, ¿tú crees que a los muertos les gusta que estemos aquí?

Huckleberry Finn susurró:

—Ojalá lo supiera. Esto está así como demasiado serio, *¿no te parece?*

—Ya lo creo.

Hubo una pausa bastante larga mientras los muchachos rumiaban estos comentarios. Luego Tom susurró:

—Oye, Hucky... ¿crees que Hoss Williams nos escucha?

—Claro que sí. Por lo menos su *espérito* nos oye.

Tom, después de una pausa, dijo:

—Ojalá que hubiera dicho el *señor* Williams. Pero no era por faltarle. Todo el mundo le llamaba Hoss.

—Todos los cuidados son pocos cuando uno habla de los muertos, Tom.

Esto fue como un jarro de agua fría, y la conversación volvió a extinguirse. Al rato, Tom agarró el brazo de su compañero y dijo:

—¡Chist!

—¿Qué pasa, Tom? —y se abrazaron con el corazón a todo latir.

—¡Chist! ¡Otra vez! ¿No lo oyes?

—Yo...

—¡Allí! ¿Lo oyes ahora?

—¡Dios santo, Tom, ya vienen! Vienen, seguro. ¿Qué vamos a hacer?

—No lo sé. ¿Crees que nos verán?

—Ay, Tom, pueden ver en la oscuridad, igual que los gatos. Ojalá que no hubiera venido.

—Hombre, no tengas miedo. Yo no creo que nos molesten. No estamos haciendo ningún daño. Si nos quedamos quietos del todo, igual ni se dan cuenta de nosotros.

—A ver si puedo, Tom; pero, ¡ay, Señor!, si estoy temblando.

—¡Escucha!

Los muchachos tenían las cabezas inclinadas y juntas y apenas si respiraban. Desde el extremo opuesto del cementerio les llegaba un rumor de voces apagadas.

—¡Mira! ¡Mira aquello! —susurró Tom—. ¿Qué es?

—Fuego del diablo.* Ay, Tom, qué horror.

Unas figuras desdibujadas se acercaron a través de las tinieblas, balanceando una vieja linterna de hojalata que reflejaba sobre el suelo innumerables lentejuelas de luz. Al rato, Huckleberry susurró con un escalofrío:

—Son los diablos, seguro. ¡Tres diablos! Santo Dios, Tom, ¡estamos perdidos! ¿Sabes rezar?

—A ver si me sale. Pero no tengas miedo, no nos harán nada. «Quiero, Señor, dormir hoy en tu seno...»

—¡Chist!

—¿Qué pasa, Huck?

—¡Son *personas*! Por lo menos uno lo es. Tiene la voz del viejo Muff Potter.

—No... no puede ser, ¿a que no?

—Ya lo creo. No te muevas ni un pelo. *Ése* no es lo bastante *espabilao* como *pa* darse cuenta de que estamos aquí. Borracho, como siempre, ya verás... ¡Maldito borrachín!

—Bueno, ya me estoy quieto. Y ahora ¿qué les pasa? No pueden encontrar la tumba. Ahí vuelven. Ahora, caliente. Frío, otra vez. Caliente, otra vez. ¡Muy caliente! Esta vez ya van bien. Oye, Huck, reconozco otra de esas voces, es la de Joe el Indio.

—Es verdad... ¡ese mestizo asesino! Preferiría que fueran diablos, y con mucho. ¿En qué estarán metidos?

Entonces cesaron por completo los susurros, porque los tres hombres habían llegado a la tumba, quedándose a unos pasos del escondite de los chicos.

---

* También llamado fuego fatuo, fuego de San Telmo o candelilla (el *ignis fatuus* de la antigüedad), es la llama errática que se produce en el suelo, especialmente en los cementerios, por la inflamación del fosfuro de hidrógeno desprendido de las materias orgánicas en descomposición. Según algunas supersticiones, son espíritus malignos; según otras, los fuegos fatuos revolotean en torno a las tumbas que encierran tesoros.

—Ahí está —dijo la tercera voz, y su dueño levantó la linterna y reveló la cara del joven doctor Robinson.

Potter y Joe el Indio llevaban unas angarillas con una cuerda y un par de palas encima. Tiraron la carga al suelo y empezaron a abrir la tumba. El médico dejó la linterna a la cabecera de la tumba y fue a sentarse con la espalda apoyada contra uno de los olmos. Estaba tan cerca que los muchachos hubieran podido tocarle.

—¡Venga, rápido! —dijo en voz baja—. Puede salir la luna en cualquier momento.

Los hombres respondieron con un gruñido y siguieron cavando. Durante un rato no se oyó otro ruido salvo el raspar de las palas descargando paladas de mantillo y grava. Resultaba muy monótono. Por fin una pala chocó contra el ataúd, produciendo un sonido apagado contra la madera, y al cabo de un par de minutos los hombres lo habían sacado fuera. Forzaron la tapa usando las palas como palancas, sacaron el cadáver y lo arrojaron sin más contemplaciones al suelo.

La luna apareció por detrás de las nubes y descubrió su pálida cara. Prepararon las angarillas, colocaron el cadáver encima, cubriéndolo con una manta, y lo sujetaron con la cuerda. Potter sacó una gran navaja de muelle, cortó el cabo suelto de la cuerda y luego dijo:

—Ahora ya está listo este maldito asunto, Matasanos, así que o nos da otros cinco, o aquí se queda.

—¡Así se habla! —dijo Joe el Indio.

—Pero, bueno, ¿qué os pasa? —dijo el médico—. Pedisteis el dinero por adelantado y os he pagado.

—Sí, faltaría más —dijo Joe el Indio, acercándose al médico, que se había puesto de pie—. Hace cinco años me echó de la cocina de su padre, una noche, cuando fui a pedir algo de comer, y dijo que yo iba con malas intenciones; y cuando juré que me las pagaría, aunque tardara cien años, su padre hizo que me metieran en chirona por maleante. ¿Se cree que iba a olvidarlo? No tengo sangre india en vano. ¡Ahora le he *cazado,* y *arreglaremos* las cuentas, ya lo sabe!

Y al pronunciar estas palabras, amenazaba al médico con el puño levantado hacia su cara. El médico, de repente, le dio un golpe que tumbó al rufián en el suelo. Potter dejó caer la navaja y exclamó:

—¡Espera, no le pegues a mi socio! —y en un santiamén se había enzarzado con el médico y ambos luchaban con todas sus fuerzas, pisoteando la hierba y levantando tierra con los tacones. Joe el Indio se levantó de un brinco, con los ojos chispeando de rabia, agarró la navaja de Potter y fue acercándose a ellos, sigiloso y arqueado como un gato, y se puso a dar vueltas y más vueltas alrededor de los combatientes, buscando una oportunidad. De repente el médico se soltó, recogió la pesada tabla de la tumba de Williams y con ella derribó en tierra a Potter... y en aquel mismo instante el mestizo vio su oportunidad y clavó la navaja a fondo en el pecho del joven. Éste se tambaleó y fue a caer casi encima de Potter, bañándolo con su sangre, y en el mismo momento las nubes oscurecieron tan espantoso espectáculo y los dos muchachos, asustados, echaron a correr en la oscuridad.

Al rato, cuando la luna salió de nuevo, halló a Joe el Indio de pie junto a las dos figuras, contemplándolas. El médico murmuró unos sonidos inarticulados, exhaló un par de profundos suspiros y se quedó quieto. El mestizo rezongó entre dientes:

—*Esa* cuenta está saldada... maldita sea.

Entonces robó lo que llevaba el muerto. Después de eso puso la navaja asesina en la mano derecha abierta de Potter y se sentó sobre el destartalado ataúd. Pasaron tres... cuatro... cinco minutos y luego Potter empezó a agitarse y a gemir. Su mano se cerró sobre la navaja, la levantó, le echó un vistazo y la dejó caer con un estremecimiento. Luego se incorporó, apartando el cuerpo, lo miró fijamente, y observó alrededor, desconcertado. Sus ojos tropezaron con los de Joe:

—Ay, Señor, ¿qué ha pasado, Joe? —dijo.

—Mal asunto —dijo Joe, impertérrito—. ¿Por qué lo has hecho?

—¡Yo! ¡Yo no lo hice!

—¡Oye! En ese plan no vamos a adelantar nada.

Potter tembló y se puso pálido.

—Pensé que ya se me había pasado la borrachera. Ojalá no hubiera bebido esta noche. Pero todavía lo tengo subido a la cabeza... peor que cuando salimos. Estoy atontado; casi no puedo recordar nada. Cuéntame, Joe... La *verdad*, viejo... ¿Lo hice yo? Joe, no tenía intención de hacerlo... Lo juro por mi alma, por mi honor, no tenía intención de hacerlo, Joe. Cuéntame cómo fue, Joe. Ay, es horrible... tan joven y con el porvenir que tenía.

—Pues verás, estabais peleando y en éstas él te dio un buen golpe con la tabla y caíste como un tronco, y luego te levantaste, tambaleándote y todo, y cogiste la navaja y se la clavaste, en el mismísimo momento que él te daba otro golpazo terrible... y ahí te quedaste, más tieso que un palo, hasta ahora.

—Ay, no sabía lo que hacía. Que me caiga muerto ahora mismo si lo sabía. Todo fue por culpa del whisky y de la rabia, supongo. Nunca he usado un arma en mi vida. Me he metido en peleas, pero nunca con armas. Todo el mundo lo sabe. ¡Joe, no digas nada! Prométemelo, Joe... pórtate bien. Siempre me has caído bien, Joe, y además siempre he estado de tu parte. ¿No te acuerdas? *No dirás nada*, ¿eh, Joe?

Y el pobre infeliz cayó de rodillas ante el impasible asesino, con las manos enlazadas, suplicante.

—No; siempre te has portado bien conmigo, Muff Potter, y ahora no te voy a dejar colgado. Anda, ya ves que mejor no me puedo portar.

—Oh, Joe, eres un ángel. Te bendeciré por esto todos los días de mi vida —y Potter empezó a llorar.

—Venga, ya está bien. No es hora de lloriquear. Tú te vas por allí y yo iré por este lado. Espabílate y procura no dejar huellas.

Potter se alejó a buen paso y pronto empezó a correr a toda velocidad. El mestizo se le quedó mirando y murmuró:

—Si está tan aturdido por el golpe y atontado por los tragos como parece, no pensará en la navaja hasta que esté tan lejos, que tendrá miedo de volver solo a buscarla a un lugar como éste... ¡Gallina!

Dos o tres minutos después, al hombre asesinado, al cadáver envuelto en la manta, al ataúd sin tapar y a la tumba abierta no los contemplaba más que la luna. Y también el silencio se hizo absoluto.

Capítulo 10

Los dos muchachos volaban raudos hacia la aldea, mudos de espanto. De cuando en cuando echaban una mirada hacia atrás por encima del hombro, con aprensión, como si temieran que alguien los persiguiera. Cada tocón de árbol que se encontraban en su camino les parecía un hombre y un enemigo, y por un instante se quedaban sin aliento; pasaron a toda velocidad delante de unas casitas próximas a la aldea, y despertaron a los perros guardianes, que empezaron a ladrar, y los ladridos pusieron alas a sus pies.

—¡Con tal de que seamos capaces de llegar a la fábrica de curtidos! —susurró Tom, con voz entrecortada—. No puedo aguantar mucho más.

Sólo le contestó el hondo jadeo de Huckleberry, y los muchachos fijaron los ojos en la meta de sus esperanzas y pusieron todo su empeño en alcanzarla. Poco a poco lo estaban consiguiendo y por fin, hombro con hombro, entraron de golpe por la puerta abierta y cayeron, agradecidos y exhaustos, en el refugio de su oscuro interior. Después de un rato se les calmó el pulso y Tom susurró:

—Huckleberry, ¿tú qué crees que pasará?

—Si se muere el doctor Robinson, ya verás cómo lo ahorcan.

—¿Tú crees?

—Hombre, *seguro*.

Tom se quedó un rato pensativo y luego dijo:

—¿Quién va a decirlo? ¿Nosotros?

—Pero ¿qué dices? Suponte que pasa algo y *no* ahorcan a Joe el Indio... Pues nos mataría un día de éstos... seguro.

—Eso es precisamente lo que estaba pensando para mis adentros, Huck.

—Mira, si alguien quiere contarlo, que sea Muff Potter, si es que es tan tonto como para hacerlo. La verdad es que por lo general está lo bastante borracho para eso.

Tom no dijo nada... siguió pensando. Al rato, susurró:

—Huck, Muff Potter no lo *sabe*. ¿Cómo va a contarlo?

—¿Y por qué no lo sabe?

—Porque acababa de recibir ese golpazo cuando lo hizo Joe el Indio. ¿Te crees que pudo ver algo? ¿Te crees que se enteró de algo?

—¡Pues, anda, es verdad, Tom!

—Y además, fíjate... ¡a lo mejor aquel golpazo acabó con *él*!

—No, no lo creo, Tom. Estaba como una cuba, bien que me di cuenta de eso, y además siempre lo está. Pues fíjate, cuando papá está bebido puedes coger y darle en la cabeza con un campanario, que ni se entera. Hasta él mismo lo dice, y seguro que lo mismo le pasa a Muff Potter. Pero con un hombre que no hubiera bebido nada, a lo mejor aquel golpazo lo había *despachao*, no lo sé.

Después de otro silencio de meditación, Tom dijo:

—Hucky, ¿estás seguro de que no dirás ni pío?

—Hombre, *qué remedio* nos queda. *Tú* lo sabes bien. Pues sí que le iba a importar a ese endemoniado indio ahogarnos como a un par de gatos, si se nos ocurre piar sobre este asunto y luego no le ahorcan. Así que mira, Tom, vamos a coger y jurarnos... eso es lo que tenemos que hacer... jurar que no piamos.

—De acuerdo, Huck. Es lo mejor. ¿No podemos darnos la mano y jurar que...?

—Huy, no, estas cosas no se arreglan así. Si fuera una de esas tontadas corrientes que no tienen importancia... sobre todo con las chicas, que siempre *faltan* a su palabra y lo cascan en cuanto están en un lío... Pero una cosa tan importante como ésta hay que *escribirla*. Y además con sangre.

A Tom aquella idea le pareció de perlas. Era un asunto misterioso, oscuro, espeluznante; la hora, las circunstancias, el ambiente, todo contribuía a ello. Así que cogió una teja* de pino limpia que vio a la luz de la luna, sacó un trocito de pizarrín rojo que llevaba en el bolsillo, buscó un sitio donde caía la luz de la luna y con grandes esfuerzos, mordiéndose bien la lengua cada vez que trazaba una línea descendente y soltándola cuando el trazo ascendía, garabateó las líneas siguientes:

> Huck Finn y Tom
> Sawyer juran que no le
> dirán ni pío de esto a na-
> die y que si lo dicen ojalá
> que se caigan muertos y
> se pudran

Huckleberry se quedó pasmado al ver la facilidad con que escribía Tom y lo sublime que era su vocabulario. Inmediatamente sacó un alfiler de su solapa y se disponía a a clavárselo, cuando Tom le dijo:

—¡Espera! No hagas eso. Un alfiler es de latón. Puede tener cardenillo.

—¿Qué es cardenillo?

—Es veneno. Eso es lo que es. Como te tragues un poco alguna vez... ya verás.

Así que Tom le quitó el hilo a una de sus agujas y cada muchacho se pinchó la yema del pulgar y lo apretó para exprimir una gota de sangre. Después de muchos apretones, Tom logró firmar con sus iniciales, empleando como pluma la yema de su dedo meñique. Luego mostró a Huckleberry cómo trazar una H y una F, y así se selló el juramento. Enterraron la teja cerca de la pared, con algunos lúgubres ritos y conjuros, y con ello consideraron que los grillos que les ataban la len-

---

* En las construcciones de la época solía utilizarse también la madera como teja. Este tipo de tejas consistía en trozos de madera con los lados paralelos y más gruesos en un extremo que en otro, que se colocaban en filas solapadas para cubrir los tejados.

gua quedaban cerrados con llave y la llave se había tirado lejos.

Entonces una sombra se introdujo furtivamente por una abertura que había al otro extremo del edificio en ruinas, pero los chicos no se dieron cuenta.

—Tom —susurró Huckleberry—, ¿esto nos obliga a no contarlo *nunca jamás*?

—Claro. Pase *lo que pase*, no podemos hablar. Nos caeríamos muertos... ¿o es que no lo sabes?

—Sí, supongo que es verdad.

Siguieron hablando entre susurros durante un buen rato. Al cabo, un perro lanzó un aullido largo y lúgubre, allí cerca, a unos tres metros de ellos. Los muchachos se agarraron uno a otro de repente, muertos de miedo.

—¿A cuál de nosotros señala? —preguntó Huckleberry, sin aliento.

—No lo sé... mira por la rendija. ¡Deprisa!

—No; hazlo *tú*, Tom.

—No puedo... ¡No puedo *hacerlo*, Huck!

—Por favor, Tom. ¡Se oye otra vez!

—Ay, Dios mío, menos mal —susurró Tom—. Reconozco su aullido. Es Bull Harbison[*].

—Ay, qué alivio... Te digo, Tom, que tenía un susto de muerte; hubiera jurado que era un perro *vagabundo*.[**]

El perro aulló otra vez. A los chicos se les volvió a caer el alma a los pies.

—¡Ay, por Dios! ¡*Ése* no es Bull Harbison! —susurró Huckleberry—. ¡Mira a ver, Tom!

Tom, temblando de miedo, accedió y acercó el ojo a la rendija. Apenas se pudo oír el susurro de su respuesta cuando dijo:

---

[*] En el caso de que el señor Harbison hubiera tenido un esclavo llamado Bull, Tom se hubiera referido a él como Bull el de Harbison. Pero un hijo o un perro suyo con este nombre sería «Bull Harbison». *(N. del A.)*.

[**] Existía una superstición según la cual si un perro vagabundo ladra a la luz de la luna apuntando con el hocico hacia una persona, ésta se muere.

—¡Ay, Huck, es un perro vagabundo!

—¡Rápido, Tom, rápido! ¿A quién señala?

—Huck, seguro que nos señala a los dos... Estamos tan juntos.

—Ay, Tom, estamos perdidos. Creo que no cabe duda de adónde voy a ir a parar *yo*. He sido tan malvado.

—¡Maldita sea! Eso es lo que pasa por hacer novillos y meterse uno en todo lo que te dicen que *no* debes hacer. Podía haberme portado bien, como Sid, a nada que lo hubiera intentado... Pero claro, no lo intenté. Ahora que, como salga de ésta, ¡te aseguro que me voy a *empapar* de escuela dominical! —y Tom empezó a lloriquear un poco.

—¡Pues anda que si *tú* eres malo...! —y Huckleberry empezó a lloriquear también—. Diablos, Tom Sawyer, tú eres un pan bendito comparado conmigo. Ay, *Señor*, Señor, ojalá que yo tuviera la mitad de tu suerte.

Tom se atragantó, y susurró:

—¡Mira, Hucky, mira! ¡Está de *espaldas*!

Hucky miró, y el corazón se le llenó de alegría.

—¡Pues es verdad, por todos los diablos! ¿Estaba de espaldas antes?

—Sí, pero como estoy atontado, ni me di cuenta. ¡Ay, qué suertaza! ¿Verdad? *Pero entonces*, ¿a quién señala?

Cesaron los aullidos. Tom aguzó el oído.

—¡Chist! ¿Qué es eso? —susurró.

—Parece... parece que son cerdos gruñendo. No... es alguien que ronca, Tom.

—¡Sí que lo es! ¿De dónde sale, Huck?

—Yo creo que de aquella punta. Por lo menos, eso me parece. Papá solía dormir allí, a veces, con los cerdos, pero, bendito sea Dios, *ése* sí que levanta las cosas de su sitio cuando ronca. Aunque yo creo que nunca más volverá por el pueblo.

El espíritu aventurero volvió a despertarse en el alma de los muchachos.

—Hucky, ¿te atreves a ir hasta allí si yo voy delante?

—No me gusta mucho, Tom. ¡Anda que si es Joe el Indio!

Tom se acobardó. Pero al rato la tentación se hizo irresistible y los muchachos decidieron intentarlo, habiendo acordado previamente salir disparados si los ronquidos paraban. Así que se acercaron de puntillas, cautelosamente, uno detrás del otro. Cuando estaban a cinco pasos del roncador, Tom tropezó con un palo que se rompió con un chasquido agudo. El hombre gimió, se revolvió un poco y su cara quedó bajo la luz de la luna. Era Muff Potter. A los niños se les paró el corazón y se les murió la esperanza al ver que el hombre se movía, pero su miedo se desvaneció enseguida. Salieron de puntillas, por entre las tablas de chilla* rotas, y se pararon a poca distancia para decirse una palabra de despedida. ¡Aquel largo aullido lúgubre volvió a escucharse en medio de la noche! Miraron hacia atrás y vieron un perro desconocido a unos pasos de donde estaba tumbado Potter. Estaba de *cara* a Potter, con el hocico levantado hacia el cielo.

—Ah, Jesús, es a él —exclamaron ambos muchachos a la vez.

—Oye, Tom... dicen que un perro vagabundo anduvo aullando alrededor de la casa de Johnny Miller, a eso de la medianoche, hace cosa de dos semanas y que aquella misma tarde vino un aguaitacamino** y se posó en la baranda y se puso a cantar, y todavía no se ha muerto nadie en la casa.

—Bueno, ya lo sé. Y qué, si no ha muerto nadie. ¿No se cayó Gracie Miller en el fuego de la cocina y se quemó una barbaridad, justo al sábado siguiente?

—Sí, pero no está *muerta*. Y encima se está curando.

—Bueno, espérate y verás. Está perdida, tan segurísimo como que perdido está Muff Potter. Mira que lo dicen los negros, y ellos de esto se lo saben todo, Huck.

Luego los muchachos se separaron pensativos. Cuando Tom se coló por la ventana de su cuarto, casi estaba amaneciendo. Se desnudó con excesiva cautela y se que-

---

* Tabla delgada, de mala calidad.
** Pájaro fisirrostro, parecido al chotacabras, que vive en América.

dó dormido, tan contento de que nadie se hubiera enterado de su escapada. No se dio cuenta de que Sid, que roncaba suavemente, estaba despierto y llevaba así desde hacía una hora.

Cuando Tom se despertó, Sid ya se había vestido y se había marchado. Por la luz se notaba que era tarde, cosa que también se respiraba en el ambiente. Se sorprendió. ¿Por qué no le habían llamado... y perseguido hasta que se levantara, como de costumbre? La idea le llenó de malos presagios. En cinco minutos, se vistió y bajó las escaleras, algo aturdido y soñoliento. La familia todavía estaba en la mesa, pero habían terminado de desayunar. No hubo ni una palabra de reproche, pero las miradas lo esquivaban; había un silencio y un ambiente solemne que helaron las entrañas del culpable. Se sentó y trató de aparentar alegría: vano empeño; no despertó ninguna sonrisa, ninguna reacción, así que enmudeció y se le cayó el alma a los pies.

Después del desayuno, su tía le llevó aparte y Tom casi se alegró pensando que le iba a azotar; pero no fue así. Su tía lloró por él y le preguntó cómo era capaz de romperle de aquella forma su viejo corazón, y por fin le dijo que bueno, que siguiera así, que se echara a perder y se la llevara a ella —a una pobre anciana— a la tumba de tanto sufrimiento, porque ya sabía ella que era inútil intentar salvarle. Esto fue peor que mil azotes, y el corazón de Tom se sentía más dolorido ahora que su cuerpo. Lloró, suplicó perdón, prometió una y otra vez reformarse, y luego su tía le dijo que se fuera; pero pensaba que se había ganado el perdón a medias y que había establecido sólo una base muy endeble de confianza.

Salió de la sesión demasiado abatido incluso como para sentir resentimiento contra Sid, así que la rápida retirada de éste por el portal trasero resultaba innecesaria. Se fue a la escuela todo alicaído, triste y desalentado, y allí aguantó una buena azotaina, junto con Joe Harper, por haber hecho novillos el día anterior. Lo soportó todo con el aire de quien tiene el corazón agobiado por más hondas preocupaciones, indiferente ante semejantes trivialidades. Luego se dirigió a su sitio, apoyó los codos sobre el pupitre y las mandíbulas en las manos y clavó la mirada en la pared con la rigidez propia de quien ha llegado al límite de su sufrimiento y todo le da igual. Sintió junto al codo una cosa dura. Después de mucho rato cambió de postura, lenta y tristemente, y con un suspiro cogió el objeto. Estaba envuelto en un papel. Lo desenvolvió. Exhaló un suspiro largo, dilatado, colosal, y se le rompió el corazón. ¡Era su pomo de bronce del morillo!

Era la última gota que hacía rebosar el vaso.

Capítulo 11

Al filo del mediodía, la espantosa noticia cayó como una descarga eléctrica sobre todo el pueblo. No hizo falta el telégrafo, en el que todavía no habían ni soñado; la historia voló de boca en boca, de grupo en grupo, de casa en casa, con poco menos que la velocidad telegráfica. Por supuesto, el maestro dio vacaciones aquella tarde; si no lo hubiera hecho, la gente se habría extrañado.

Habían encontrado una navaja ensangrentada cerca del hombre asesinado, y alguien la identificó como perteneciente a Muff Potter... esto es lo que se contaba. Y se decía que un ciudadano trasnochador había visto a Potter lavándose en el «brazo» del río a eso de la una o las dos de la madrugada y que Potter se había escabullido inmediatamente... circunstancias sospechosas, sobre todo la de lavarse, que no era costumbre de Potter. También se decía que habían registrado a fondo la población en busca de este «asesino» (el público no es lento a la hora de analizar pruebas y pronunciar sentencias), pero que no habían podido encontrarle. Varios jinetes habían salido por todos los caminos en todas las direcciones, y el sheriff estaba «convencido» de que lo prenderían antes del anochecer.

Todo el pueblo se encaminaba hacia el cementerio. A Tom se le olvidó que tenía el corazón destrozado y se unió a la procesión, pues, aunque hubiera preferido mil veces ir a otro sitio, una fascinación pavorosa e inexplicable lo arrastraba hasta allí. Al llegar al espantoso lugar, el chiquillo logró filtrarse por entre la muchedumbre y ver el lúgubre espectáculo. Le parecía que hacía un siglo desde la última vez que había estado allí. Alguien le pellizcó el brazo. Se dio la vuelta y sus ojos tropezaron con los de Huckleberry. Inmediatamente ambos desviaron la mirada, preguntándose si alguien se habría dado cuenta de ello. Pero todo el mundo hablaba, pendiente de la espeluznante escena que tenía ante sí.

«¡Pobre hombre!» «¡Pobre joven!» «Debería servir de escarmiento a los saqueadores de tumbas.» «¡A Muff Potter le ahorcarán por esto si le cogen!» Por todas partes se oían comentarios por el estilo. Y el pastor dijo:

—¡Castigo de Dios! En él se ve Su mano.

Tom se puso a temblar de pies a cabeza, cuando su mirada cayó sobre la cara impasible de Joe el Indio. En aquel momento la muchedumbre empezó a agitarse inquieta y unas voces gritaron:

—¡Es él! ¡Es él! ¡Por ahí viene!

—¿Quién? ¿Quién? —preguntaron veinte voces.

—¡Muff Potter!

—¡Eh! ¡Se ha parado! ¡Cuidado, se da la vuelta! ¡No le dejéis escapar!

Los que estaban subidos en las ramas de los árboles por encima de la cabeza de Tom dijeron que no es que intentase escapar... sólo que se había quedado parado y al parecer perplejo.

—¡Hace falta ser sinvergüenza! —comentó un espectador—. Mira que atreverse a venir tan tranquilo a echar una ojeada a su obra... No esperaría encontrarse acompañado, claro.

La muchedumbre se apartó y dejó pasar al sheriff, que ostentosamente conducía a Potter del brazo. La cara del pobre hombre estaba demacrada y los ojos dejaban traslucir el miedo que sentía. Cuando se encontró ante el hombre asesinado, se puso a temblar como un azogado, se tapó la cara con las manos y se echó a llorar.

—No lo hice, amigos —sollozó—, mi palabra de honor que no lo hice.

—¿Quién te ha acusado? —gritó una voz.

El tiro al parecer dio en el blanco. Potter levantó la cara y miró a su alrededor con una desesperación patética en los ojos. Vio a Joe el Indio y exclamó:

—Ay, Joe el Indio, me prometiste que nunca...

—¿Esta navaja es tuya? —dijo el sheriff, poniéndosela delante.

Potter se hubiera desplomado si no lo cogen y lo ayudan a sentarse en el suelo. Luego dijo:

—Ya me *parecía* a mí que si no volvía a buscarla... —se estremeció; luego hizo un gesto de derrota con la mano nerviosamente y dijo—: Cuéntaselo, Joe, díselo... ya no tiene remedio.

Entonces Huckleberry y Tom se quedaron petrificados al oír al cínico embustero soltar impasible su declaración y mientras tanto esperaban que, en cualquier momento, del cielo sereno Dios lanzara rayos sobre su cabeza y se maravillaban al ver cuánto tardaba en caerle encima el castigo divino. Pero cuando Joe terminó de hablar y vieron que seguía vivo y sano, se desvaneció el primer impulso que los muchachos habían tenido de romper el juramento y salvar la vida del pobre preso traicionado; desistieron de ello porque evidentemente aquel renegado había vendido su alma al diablo y sería fatal entrometerse en la propiedad de un poder como aquél.

—¿Por qué no te marchaste? ¿A qué venías por aquí? —le preguntó alguien.

—No pude evitarlo... no pude evitarlo —gimió Potter—. Quise escaparme, pero parecía como si no pudiera ir a ningún sitio más que a éste —y se puso a sollozar de nuevo.

Joe el Indio repitió la acusación con igual calma, algunos minutos después, cuando prestó declaración bajo juramento, y los muchachos, al ver que los relámpagos seguían sin caer, se afirmaron en la creencia de que Joe se había vendido al diablo. Con lo cual se convirtió a sus ojos en objeto del más siniestro interés que jamás había existido, y no podían apartar de su cara su mirada fascinada. Decidieron para sus adentros vigilarle por las noches, cuando tuvieran ocasión, con la esperanza de avistar brevemente a su temido amo.

Joe el Indio ayudó a levantar el cuerpo del hombre asesinado y a ponerlo en una carreta para trasladarlo, y de boca en boca se repitió con un estremecimiento que la herida había sangrado un poco.[*] Los chicos pensaron que tan feliz circunstancia encaminaría las sospechas en la debida dirección, pero se quedaron decepcionados, porque más de un lugareño comentó:

—Estaba a menos de un metro de Muff Potter cuando sangró.

El terrible secreto de Tom y los remordimientos de conciencia tuvieron al chico con pesadillas durante toda una semana, y una mañana, durante el desayuno, Sid dijo:

—Tom, das tantas vueltas y hablas tanto en sueños que me tienes despierto la mitad de la noche.

Tom palideció y bajó la mirada.

—Mala señal —dijo la tía Polly, muy seria—. ¿Qué te preocupa, Tom?

—Nada. Nada, que yo sepa.

Pero la mano del muchacho tembló de tal manera que derramó el café.

—¡Y dices cada cosa! —añadió Sid—. Anoche dijiste: «¡Es sangre, es sangre, eso es lo que es!». Lo repetías muchas veces. Y luego dijiste: «No me atormentes... Lo confesaré». ¿De *qué* se trata? ¿Qué es lo que tienes que confesar?

A Tom se le nubló la vista. Cualquiera sabe lo que podía haber ocurrido entonces, pero por suerte la preocupación desapareció de la cara de la tía Polly, la cual, sin darse cuenta, acudió en ayuda de Tom al decir:

—¡Claro! Es ese horrible asesinato. Yo misma sueño con él casi todas las noches. A veces sueño que fui yo quien lo mató.

Mary dijo que a ella le pasaba lo mismo y Sid, al parecer, se dio por satisfecho. Tom abandonó la sesión en cuanto *pudo hacerlo* sin levantar sospechas y después de esto estuvo una semana quejándose de dolor de muelas,

---

[*] La creencia de que cuando sangra la herida de un hombre asesinado es porque el asesino se encuentra cerca data de la historia de Caín y Abel. *Génesis*, 4, 10.

y cada noche se ataba la cara con un pañuelo. Nunca se enteró de que Sid lo vigilaba todas las noches y de que a veces le desataba el pañuelo y luego se quedaba un buen rato escuchando, apoyado en un codo, y después volvía a colocarle el pañuelo en su sitio. La angustia mental de Tom iba remitiendo paulatinamente; acabó por hartarse del dolor de muelas y decidió olvidarlo por completo. Si Sid llegó a sacar algo en limpio de los murmullos incoherentes de Tom, tuvo buen cuidado en callárselo.

Le parecía a Tom que sus condiscípulos nunca se iban a cansar de celebrar juicios sobre gatos muertos, cosa que contribuía a mantener viva su inquietud. Sid se dio cuenta de que Tom nunca quería hacer de *coroner** en estas causas, aunque hasta entonces siempre le había gustado llevar la voz cantante en cualquier actividad nueva. Tampoco actuaba como testigo, cosa que resultaba extraña, y Sid no pasó por alto el hecho de que Tom incluso mostrara una antipatía evidente por estos juicios y que los evitara siempre que podía. A Sid le pareció raro, pero no dijo nada. Sin embargo, con el tiempo, incluso los juicios se pasaron de moda y dejaron de torturar la conciencia de Tom.

Todos los días, o un día sí y otro no, durante aquella época nefasta, Tom aprovechaba cualquier oportunidad para acercarse a la ventanita enrejada de la cárcel y pasaba de contrabando al «asesino» todos los pequeños regalos que podía conseguir. La cárcel era una insignificante casucha de ladrillo que se encontraba junto a una ciénaga en las afueras del pueblo y carecía de guardias; la verdad es que raras veces estaba ocupada. Estas ofrendas ayudaban en gran parte a tranquilizar la conciencia de Tom.

Por otro lado, aunque los vecinos tenían bastantes ganas de embrear y emplumar a Joe el Indio y de expulsarle de la localidad por ladrón de cadáveres, tenía éste

---

* «Oficial de la corona.» Oficial de justicia que investiga, asistido por un jurado, cualquier muerte que no se deba a causas naturales. Equivale aproximadamente a un juez de primera instancia.

un carácter tan violento que no había nadie en todo el pueblo dispuesto a tomar la iniciativa en el asunto, así que se olvidaron de la cuestión. Joe había tenido buen cuidado de empezar ambas declaraciones en la encuesta relatando la pelea, sin confesar el saqueo de la tumba ocurrido con anterioridad; por eso opinaba la gente que era más prudente de momento no llevar el caso a los tribunales.

Capítulo 12

Una de las razones por la cual la mente de Tom se apartó de su angustia secreta es porque había encontrado otro motivo profundo de preocupación. Becky Thatcher había dejado de asistir a la escuela. Tom llevaba varios días luchando con su orgullo, intentando en vano «que su recuerdo se lo llevara el viento».[*] Empezó a encontrarse dando vueltas alrededor de la casa del padre de Becky, por las noches, sintiéndose muy desgraciado. Ella estaba enferma. ¡Y si muriera! Sólo de pensarlo Tom se sentía enloquecer. Ya no le interesaba la guerra, ni siquiera la piratería. Se había esfumado el encanto de la vida; sólo quedaban los pesares. Guardó su aro, y también su bate; ya no encontraba alegría en ellos. Su tía estaba preocupada. Y empezó a probar toda clase de medicamentos para curarle. Era ella una de esas personas maniáticas de los productos farmacéuticos y de todos los recursos de última moda para producir salud o remendarla. Era una experimentadora empedernida de estas cosas. En cuanto salía alguna novedad en este ramo, enseguida sentía ansias febriles de probarlo, no en ella misma, porque nunca estaba enferma, sino en cualquier otra persona que tuviera a mano. Estaba suscrita a todas las publicaciones sobre «salud» y frau-

---

[*] Frase hecha que significa olvidar, y que aparece en el *Otelo,* de William Shakespeare (1564-1616), acto III, escena 3: «I'd whistle her off and let her down the wind». Soplaré su recuerdo para que se lo lleve el viento, aunque quizá la expresión sea mucho más antigua.

des frenológicos,[*] y la solemne ignorancia que exhalaban todas ellas le era tan necesaria como el aire que respiraba. Todas las «paparruchas» que contenían sobre la ventilación, sobre cómo acostarse y cómo levantarse, qué comer y qué beber, cuánto ejercicio le convenía a uno, qué actitud mental mantener y qué tipo de ropa llevar, todo esto era el evangelio para ella, y nunca se percató de que habitualmente los ejemplares del mes en curso daban al traste con todo lo que habían recomendado el mes anterior. Era inocente y honrada a carta cabal y por eso resultaba una víctima fácil. Hacía acopio de periódicos de charlatanes y de medicamentos curanderiles y, así armada ante la muerte, salía montada en su caballo bayo, por decirlo en expresión metafórica, y «el infierno la seguía».[**] Pero ella nunca llegó a sospechar que no era ni un ángel de salvación ni el bálsamo de Judea disfrazado para sus dolientes vecinos.

El tratamiento con baños estaba de moda entonces, y el estado abatido de Tom supuso una suerte inesperada para ella. Cada mañana, en cuanto amanecía, le sacaba fuera, le hacía ponerse de pie en la leñera y le inundaba con un diluvio de agua fría; luego le frotaba con una toalla áspera como una lima, y eso le reanimaba; luego le envolvía en una sábana mojada y le metía debajo de las mantas para que sudara hasta que el alma le quedara limpia y «las manchas amarillas del alma le salieran por los poros», como decía Tom.

Pero con todo y con eso el muchacho estaba cada día más melancólico, pálido y desanimado. La tía Polly añadió entonces baños calientes, baños de asiento, duchas y zambullidas. Y el muchacho siguió tan melancólico como un coche fúnebre. Así que ella empezó a reforzar los baños con una sobria dieta a base de gachas de avena y con cataplasmas de mostaza. Calcula-

---

* La frenología estudia la relación entre la conformación anatómica del cerebro y los caracteres psíquicos de los individuos.
** «Miré entonces y había un caballo verdoso; el que lo montaba se llamaba Muerte, y el Hades le seguía» (*Apocalipsis, 6,* 81.)

ba la capacidad de Tom como lo hubiera hecho con una jarra, y todos los días le rellenaba con curalotodos de charlatanes.

Para aquel entonces Tom aceptaba estoicamente cualquier empeño. Esta fase llenó de consternación el corazón de la anciana. Había que romper aquella indiferencia a toda costa. Entonces oyó hablar por primera vez del Matadolores. Enseguida pidió varios frascos. Probó un sorbo y se emocionó. Aquello era fuego puro en forma líquida. Abandonó el tratamiento de baños y todo lo demás y cifró todas sus esperanzas en el Matadolores. Le dio una cucharada a Tom y esperó el resultado con profunda ansiedad. Inmediatamente desaparecieron todas sus penas y su alma volvió a hallar la paz, porque aquella «indiferencia» se había roto. El muchacho no hubiera reaccionado más enérgica y desaforadamente si le hubieran prendido fuego debajo de los pies.

Tom llegó a la conclusión de que era hora de espabilarse; puede que aquella vida fuera bastante romántica, teniendo en cuenta su infortunio, pero acababa por dejar poco lugar para los sentimientos y tantos sobresaltos terminarían por trastornarle. Así que estudió varios planes para hallar alivio a su mal, y por fin adoptó el de simular que le gustaba el Matadolores. Lo pedía con tanta frecuencia que resultaba latoso, y su tía acabó por decirle que fuera a tomarlo él solo y la dejara en paz. Si se hubiera tratado de Sid, la buena señora no hubiera sentido ningún recelo, pero como era Tom, vigilaba el frasco a escondidas. Encontró que la medicina sí que disminuía, pero no se le ocurrió pensar que el muchacho se dedicaba a restablecer la salud de una rendija que había en el piso del cuarto de estar.

Un día se hallaba Tom en el acto de suministrar la dosis a la rendija cuando el gato amarillo de su tía pasó por allí, ronroneando; se quedó mirando glotonamente la cuchara, como rogando que le dejara probarlo. Tom le dijo:

—Mira bien lo que haces antes de pedirlo, Peter.

Pero Peter indicó que sí lo quería.

—Tú verás si estás seguro.

Peter estaba seguro.

—Bueno, ya que lo has pedido, te lo voy a dar, porque *yo* no tengo nada de roñoso; pero como no te guste, apechuga con las consecuencias.

Peter estaba conforme. Así que Tom le abrió la boca y vertió dentro el Matadolores. Peter pegó un salto de un par de metros en el aire y luego lanzó un grito de guerra y se echó a correr, dando vueltas y más vueltas por el cuarto; tropezó con los muebles, volcó los tiestos e hizo todo tipo de estragos. Luego de pie sobre las patas traseras se puso a bailotear de un lado para otro, enloquecido de alegría, con la cabeza ladeada sobre el hombro y con voz que proclamaba su insaciable felicidad. Luego se echó otra vez a correr por la casa, sembrando tras de sí el caos y la destrucción. La tía Polly llegó a tiempo de verle dar unas cuantas volteretas dobles, lanzar un poderoso hurra final y salir volando por la ventana abierta, arrastrando los tiestos consigo. La anciana se quedó petrificada de asombro, mirando escrutadoramente por encima de las gafas; Tom estaba tumbado en el suelo, muerto de risa.

—Tom, ¿qué demonios le pasa al gato?

—No lo sé, tía —dijo jadeando el muchacho.

—Pues nunca he visto una cosa semejante. ¿Qué *fue* lo que le hizo comportarse así?

—De veras que no lo sé, tía Polly; los gatos siempre se comportan así cuando lo están pasando bien.

—Conque eso hacen, ¿eh? —había algo en su tono que escamó a Tom.

—Sí, señora, eso es, creo que sí.

—¿Lo *crees*?

—Sí, señora.

La anciana empezó a agacharse y Tom la observaba con un interés acentuado por la ansiedad. Demasiado tarde se percató el chico del «rumbo» que llevaba ella. Por debajo del cubrecama asomaba el mango de la cuchara delatora. La tía Polly la recogió y la levantó. Tom se encogió un poco y bajó la mirada. La tía Polly lo agarró por donde solía —es decir, por la oreja— y le descargó en la cabeza un buen golpe con el dedal.

—Y ahora, dime por qué has hecho eso con el pobre animal.

—Lo hice porque me dio lástima... Como él no tiene tía...

—¡Que no tiene tía! ¡Serás majadero! ¿Y eso qué tiene que ver?

—¡Huy, muchísimo! Porque si hubiera tenido tía, ¡ella misma lo hubiera abrasado! ¡Le hubiera achicharrado las entrañas sin más contemplaciones que si se tratara de un ser humano!

La tía Polly sintió una repentina punzada de remordimiento. Aquello le hacía ver la cuestión desde otro punto de vista; lo que resultaba cruel para un gato *podría* también ser cruel para un muchacho. Empezó a ablandarse; lo sentía mucho. Se le humedecieron los ojos, puso la mano en la cabeza de Tom y dijo con dulzura:

—Lo hice con las mejores intenciones, Tom... Y además, Tom, creo que te *ha hecho* bien, hijo.

Tom levantó los ojos a su cara con un imperceptible destello de malicia en medio de su seriedad.

—Yo sé que tenías las mejores intenciones, tiíta, y yo también las tenía con Peter. Le hizo bien a *él* también. Nunca le he visto tan animado desde hace...

—Bueno, lárgate, Tom, antes de que vuelva a perder los estribos. Y procura portarte bien de una vez, para no tener que tomar más medicina.

Tom llegó a la escuela antes de la hora. Todo el mundo se dio cuenta de que semejante anomalía venía repitiéndose todos los días de un tiempo a esta parte. Y luego, como ya era costumbre, se quedaba a la puerta del patio de recreo en vez de entrar a jugar con sus compañeros. Decía que estaba enfermo, y la verdad es que lo parecía. Trataba de aparentar que miraba hacia todas partes menos a donde miraba de veras, o sea, hacia el camino. Al rato apareció a lo lejos Jeff Thatcher, y a Tom se le iluminó la cara; siguió mirando un momento y luego se volvió tristemente. Cuando Jeff se acercó, Tom se dirigió a él y, entre unas cosas y otras, le lanzó algunas «indirectas» sobre Becky, pero el atolondrado chico no acababa de morder el anzuelo. Tom seguía atento y expectante en cuanto aparecía un vestidito retozón, y se ponía a odiar a la que lo llevaba tan pronto como veía que no era ella. Por fin, los vestiditos dejaron de aparecer y él cayó en profunda melancolía; entró en la escuela vacía y se sentó a sufrir. Entonces cruzó el portalón del patio otro vestidito y el corazón de Tom dio un gran brinco. Tom salió inmediatamente y se puso a «hacer el indio», a chillar, a reírse, a perseguir a los chicos, a saltar por encima de la cerca, a riesgo de matarse o de romperse cualquier cosa... en fin, a hacer todas las heroicidades que se le ocurrían, mirando al mismo tiempo con el rabillo del ojo a ver si Becky Thatcher le observaba. Pero al parecer, ella ni se enteraba de todo eso, y no le miró. ¿Sería posible que no se diera cuenta de que él estaba allí? Tom trasladó sus hazañas hasta la inmediata vecindad de Becky; vino dando gritos de guerra, agarró la gorra de un chico, la tiró al tejado de la escuela, se abrió paso entre un grupo de muchachos, tumbándoles por todas partes, y él mismo se cayó de bruces delante de Becky y casi la tira... ella se volvió despectivamente y él le oyó decir:

—¡Uf! Algunas personas se creen muy listas... ¡Siempre dándose importancia!

A Tom le ardían las mejillas. Se calmó y se largó de allí con las orejas gachas y el rabo entre las piernas.

Capítulo 13

Tom estaba decidido. Se hallaba abatido y desesperado. Era un chico abandonado, sin amigos, pensaba; nadie le quería; cuando se enteraran de lo que le habían empujado a hacer, tal vez lo sentirían; había intentado portarse bien y llevarse bien con todo el mundo, pero no le dejaban, y como se empeñaban en perderlo de vista, lo iban a conseguir, y que le echaran a *él* la culpa... ¿por qué no? Cuando uno no tiene amigos, ¿a quién va a quejarse? Sí, acababa por no haber otro remedio: llevaría una vida delictiva. No tenía alternativa.

Y con éstas se iba alejando por el camino de Meadow, y hasta sus oídos llegó débilmente el tintineo de la campana que anunciaba el comienzo de las clases. Entonces se le escapó un sollozo al pensar que nunca, nunca más volvería a oír aquel viejo sonido familiar... Era muy duro para él, pero le obligaban a ello; como le habían arrojado al frío mundo, tenía que resignarse... pero les perdonaba. Entonces los sollozos se redoblaron.

Justo en aquel momento encontró a su amigo íntimo del alma, Joe Harper... con la mirada fija y el corazón repleto de tétricos proyectos. No cabía duda de que aquéllas eran «dos almas con un solo pensamiento».[*]

---

[*] Alude a los dos últimos versos («Dos almas con un solo pensamiento, dos corazones que laten al unísono») de la obra Ingomar el *Bárbaro,* del barón Münch Bellinghausen (1806-1871), dramaturgo austríaco que fue director de los teatros de Viena autor de *Griseldis, María de Molina, Ifigenia en Delfos,* etcétera. Mark Twain vio y criticó burlonamente *Ingomar* cuando se representó en Virginia City, Nevada, en noviembre de 1863.

Tom, limpiándose los ojos con la manga, empezó a balbucir unas palabras explicando su decisión de escapar de los malos tratos y de la falta de simpatía que encontraba en su casa, para lo cual se proponía vagar por el ancho mundo y no regresar jamás, y terminó diciendo que esperaba que Joe no le olvidaría.

Pero sucedió que esto mismo fue lo que Joe iba a pedirle a Tom, y que había venido a buscarle con ese propósito. Su madre le había dado unos azotes por haberse tomado la nata de la leche, que él no había ni probado y de la que no sabía nada; estaba claro que ella se había cansado de él y quería que se fuera, y si aquello era lo que le pasaba a ella, él no tenía más remedio que aceptar la realidad; esperaba que ella fuera feliz y que nunca se arrepintiera de haber echado de casa a su pobre hijito, condenándole a sufrir y morir en aquel mundo sin entrañas.

Mientras los dos muchachos proseguían tristemente su camino, hicieron un nuevo pacto: se ayudarían mutuamente como hermanos y nunca se separarían hasta que la muerte les aliviara de sus penas. Entonces empezaron a trazar planes. Joe era partidario de hacerse ermitaño y vivir de mendrugos de pan en una cueva remota para acabar muriendo de frío, de necesidad y de aflicción; pero, después de escuchar a Tom, acabó por reconocer que la vida delictiva tenía ventajas evidentes y se avino a hacerse pirata.

A unas tres millas río abajo de San Petersburgo, donde el Mississippi tenía una anchura de casi dos kilómetros, había una isla* larga, estrecha y cubierta de arbolado, con un banco de arena poco profundo en la punta, y este lugar les serviría de refugio. La isla no estaba habitada, quedaba lejos, junto a la orilla opuesta, frente a un bosque denso y casi totalmente despoblado. Así que se decidieron por la isla de Jackson. Faltaba por saber quiénes iban a servirles de víctimas de sus piraterías. Luego se fueron en busca de Huckleberry Finn que se unió

---

* Hacia 1840 era la isla de Glasscock, que años más tarde quedó cubierta por las aguas.

a ellos sin vacilar, porque todas las carreras le daban lo mismo; a él qué le importaba. Al rato se separaron, quedando en encontrarse en un lugar solitario en la orilla, a tres kilómetros río arriba de la aldea, a la hora predilecta, o sea, a medianoche. Allí había una pequeña balsa de troncos de la que pensaban apoderarse. Cada uno traería anzuelos y sedales y tantas provisiones como pudiera robar de la manera más oscura y misteriosa, como convenía a gentes fuera de la ley. Y antes de que anocheciera, los tres habían logrado gozar de la dulce gloria de difundir las noticias de que pronto el pueblo iba a «enterarse de algo». A todos aquellos a los que comunicaron tan vaga indirecta les advirtieron que debían «callarse y esperar».

A eso de la medianoche, Tom llegó con un jamón cocido y algunas chucherías y se detuvo entre unos densos matorrales que había en un risco no muy alto por encima del lugar de reunión. Había luz de las estrellas y un silencio profundo. El poderoso río aparecía como un océano en paz. Tom escuchó un momento, pero ningún ruido perturbó la tranquilidad. Entonces lanzó un silbido bajo y claro. Le contestaron desde debajo del risco. Tom silbó dos veces más y a estas señales le respondieron de la misma manera. Entonces una voz cautelosa dijo:

—¿Quién va?

—Tom Sawyer, el Negro Vengador del Caribe. Decir quiénes sois.

—Huck Finn, el Manos Rojas, y Joe Harper, el Terror de los Mares.

Tom les había proporcionado estos títulos, sacados de su literatura predilecta.

—Está bien. Dad el santo y seña.

Dos susurros roncos pronunciaron a un tiempo la misma palabra pavorosa en medio del silencio de la noche:

—¡Sangre!

Luego Tom dejó rodar el jamón pesadamente risco abajo y él se fue detrás, produciéndose en el empeño algunos rasguños en la piel y en la ropa. Había una senda asequible y cómoda junto a la orilla, bajo el risco, pero carecía del atractivo de dificultad y peligro tan apreciados por un pirata.

El Terror de los Mares había traído una loncha de tocino y llegaba casi agotado por el esfuerzo. Finn, el Manos Rojas, había robado una sartén y una cantidad de tabaco en hoja semicurado, y había traído también unos carozos de maíz con que hacer pipas. Pero ninguno de los piratas fumaba ni mascaba tabaco salvo él. El Negro Vengador del Caribe dijo que no convenía marcharse sin fuego. Sabio pensamiento, ya que en la aldea apenas se conocían los fósforos por aquellos tiempos. Vieron un fuego ardiendo en rescoldo sobre una gran balsa a unos cien metros río arriba, se acercaron a hurtadillas y robaron unas brasas. Convirtieron el asunto en una aventura impresionante, diciendo «¡Chist!» de vez en cuando y parándose de repente con el dedo sobre los labios; avanzaban con la mano puesta en la empuñadura de un imaginario puñal, y daban órdenes con lúgubres susurros diciendo que si el «enemigo» se mueve, «se lo clavas hasta la empuñadura», porque «los muertos no hablan». De sobra sabían que todos los balseros estaban en el pueblo, de compras o de parranda, pero ello no era óbice para que llevaran a cabo el asunto de un modo tan poco pirateril.

Al rato desatracaron, bajo las órdenes de Tom, con Huck al remo de popa y Joe al de proa. Tom iba de pie en medio del navío, con la mirada ceñuda y los brazos cruzados, dando órdenes en un susurro bajo y firme:

—¡Orza y cíñete al viento!

—¡Sí, señor!

—¡Vía! ¡Vía!

—¡Ya está, señor!

—¡Gírala un punto!

—¡Un punto, señor!

Como los muchachos llevaban la balsa firme y monótonamente hacia el centro del río, no cabía duda de que estas órdenes sólo servían para «aparentar», y no para significar algo especial.

—¿Qué velas lleva?

—Vela baja, gavia y petifoque.

—¡Izad los sobrejuanetes! Arriba media docena de vosotros. ¡Juanete de proa! ¡Deprisa!

—¡Sí, señor!

—¡Suelta el juanete mayor! ¡Escotas y brazas! ¡Vamos, mis valientes!

—¡Sí, señor!

—Vamos allá... ¡duro por babor! ¡Dispuestos al abordaje! ¡Por babor, por babor! *Ahora,* muchachos, ¡todos a una! ¡Vía!

—¡Vía, señor!

La balsa sobrepasó el centro del río; los muchachos la situaron en medio de la corriente y luego alzaron los remos. El río no estaba crecido, así que la corriente no superaba los tres o cuatro kilómetros por hora. Apenas se oyó una palabra durante los cuarenta y cinco minutos siguientes. Luego la balsa pasó por delante del lejano pueblo. Dos o tres luces centelleaban, señalando el lugar donde yacía, tranquilamente dormido, más allá de la vaga y enorme extensión de agua reluciente de estrellas, ignorante del tremendo acontecimiento que se estaba produciendo. El Negro Vengador seguía quieto con los brazos cruzados, «contemplando por última vez» el escenario de sus pasadas alegrías y de sus recientes sufrimientos, y deseando que «ella» pudiera verle ahora, lejos sobre la mar embravecida, enfrentándose al peligro y a la muerte con el corazón intrépido, encaminándose a la perdición con una sonrisa amarga en los labios. Le costaba poco esfuerzo de imaginación transportar la isla de Jackson fuera del alcance del pueblo, así que lo «contempló por última vez» con el corazón partido y satisfecho. Los otros piratas también lo contemplaban por última vez, y todos lo miraron tanto tiempo que casi dejan que la corriente se los lleve más allá de la isla. Pero descubrieron el peligro a tiempo y se apresuraron a evitarlo. Hacia las dos de la madrugada la balsa encalló en el banco de arena a unos doscientos metros más arriba de la punta de la isla, y los chicos, con el agua hasta media pierna, se dedicaron a caminar entre la balsa y la isla para acarrear a tierra firme todo su cargamento. Entre los aparejos había una vela vieja y la extendieron sobre un escondrijo entre los matorrales, formando así una tienda donde resguardar sus provisiones, aunque ellos dormirían al aire libre cuando hiciera buen tiempo, como era propio de bandidos.

Encendieron un fuego junto a un gran tronco a veinte o treinta pasos en las sombrías profundidades del bosque y luego frieron tocino en la sartén para cenar, y gastaron la mitad del pan de maíz que habían traído. Era un placer divino celebrar un banquete con aquella libertad sin límite, en medio de la selva virgen de una isla inexplorada y deshabitada, lejos de los lugares frecuentados por los hombres, y dijeron que nunca volverían a la civilización. Las altas llamas del fuego les iluminaban las caras y arrojaban un fulgor rojo sobre los troncos de los árboles, pilares de su templo selvático, y sobre el follaje bruñido y las festonadas enredaderas.

Cuando el último trozo crujiente de tocino hubo desaparecido y cuando hubieron devorado la última ración de pan de maíz, los muchachos se echaron sobre la hierba, llenos de satisfacción. Podían haber encontrado un sitio más fresco, pero no querían privarse de tan romántico aditamento como era la enorme hoguera de campamento.

—¿*Verdad* que es estupendo? —dijo Joe.

—¡*Fenómeno*! —dijo Tom—. ¿Qué dirían los chicos si pudieran vernos ahora?

—¿Qué iban a decir? Hombre, darían cualquier cosa por estar aquí, ¿eh, Hucky?

—Supongo —dijo Huckleberry—; por lo menos *a mí* me va. Con esto ya me contento. Por lo general, nunca tengo bastante para comer... y aquí no va a venir nadie a fastidiarte y a jorobarte.

—Ésta sí que es la vida que me gusta —dijo Tom—. No tienes que levantarte por las mañanas, ni tienes que ir a la escuela, ni lavarte, ni todas esas malditas tonterías. Ves, Joe, un pirata no tiene que hacer *nada* cuando está en tierra, pero un *ermitaño* se pasa la vida rezando, y además vaya juerga, siempre tan solo.

—Eso sí que es verdad —dijo Joe—. Es que no me lo había pensado bien. Me gusta muchísimo más ser pirata, ahora que sé cómo es.

—Además —dijo Tom—, a la gente hoy día no le caen tan bien los ermitaños como antes, pero a los piratas siempre se les respeta. Y un ermitaño tiene que dormir en el sitio más duro que pueda encontrar y vestirse de arpillera y echarse ceniza en la cabeza y aguantar la lluvia y...

—¿Para qué se visten de arpillera y se echan ceniza en la cabeza? —preguntó Huck.

—Yo qué sé. *Tienen* que hacerlo. Los ermitaños siempre lo hacen. Y si fueras ermitaño tú, también tendrías que hacerlo.

—Que te lo has creído —dijo Huck.

—Pues, entonces, ¿qué harías?

—No lo sé. Pero eso no.

—Pues, Huck, *tendrías* que hacerlo. ¡A ver qué ibas a hacer!

—Pues yo no lo aguantaba. Me escaparía.

—¡Te escaparías! Pues menudo ermitaño que *serías* tú. Vaya calamidad.

Manos Rojas no respondió, pues estaba ocupado en algo mejor. Había terminado de vaciar un carozo. Luego le acopló una caña, cargó la pipa con tabaco y en ese momento aplicaba una brasa a la carga y exhalaba una nube de humo fragante... Estaba en plena exaltación de satisfacción voluptuosa. Los otros piratas le envidiaban tan majestuoso vicio y, en secreto, decidieron adoptarlo en cuanto fuera posible. Al rato, Huck dijo:

—¿Qué tienen que hacer los piratas?

Tom dijo:

—Huy, se lo pasan estupendamente... Capturan barcos y los queman, y cogen el dinero y lo entierran en los sitios más horribles de la isla, donde hay fantasmas y cosas así para vigilarlo, y matan a todos los de los barcos... los tiran por la borda.

—Y se llevan a las mujeres a la isla —dijo Joe—; a las mujeres no las matan.

—No —asintió Tom—, no matan a las mujeres. Como son tan caballeros... Y además las mujeres siempre son hermosas.

—¡Y llevan unos trajes fantásticos! Ya lo creo. Todos de oro y plata y diamantes —dijo Joe con entusiasmo.

—¿Quiénes? —dijo Huck.

—Hombre, pues los piratas.

Huck examinó su propia ropa, acongojado.

—Supongo que no estoy vestido como es propio de un pirata —dijo con un patético tono de lástima—, pero no tengo más que esto.

Pero los otros muchachos le dijeron que pronto tendría ropa fina en cuanto empezaran sus aventuras. Le hicieron comprender que sus pobres harapos valdrían para empezar, aunque era costumbre que los piratas adinerados comenzaran con la ropa apropiada.

Poco a poco se extinguía la conversación y el sueño iba cayendo sobre los párpados de los niños extraviados. A Manos Rojas se le cayó la pipa de las manos y se durmió con el sueño de los cansados y los limpios de corazón. Al Terror de los Mares y al Negro Vengador del Caribe les costaba más trabajo quedarse dormidos. Tumbados y para sus adentros rezaron sus oraciones, ya que no había allí nadie con autoridad que les mandara arrodillarse y recitarlas en voz alta; la verdad es que habían pensado no rezar, pero luego les dio miedo exagerar la cosa, no fuera a ser que les cayera sobre la cabeza un repentino y especial rayo del Cielo. Luego estuvieron a punto de quedarse dormidos... y justo en aquel momento llegó una intrusa a la que no pudieron «acallar». Era la conciencia. Empezaron a sentir un vago miedo de que hubieran hecho mal en escaparse, y luego se acordaron de la carne robada, y aquello sí que fue una tortura. Intentaron ahuyentarla, diciéndole a la conciencia que montones de veces habían hurtado dulces y manzanas, pero la conciencia no se dejaba tranquilizar con argumentos de tan poca monta; por fin les pareció que no había manera de evitar el hecho implacable de que coger dulces era sólo «birlar», mientras que coger tocino y jamones y cosas por el estilo era, clara y sencillamente, *robar*... y había un mandamiento contra ello en la Biblia. Así que en su fuero interno tomaron la resolución de que, mientras siguieran en aquel negocio, sus piraterías no volverían a mancharse con el delito de robar. Entonces, la conciencia les concedió una tregua y aquellos piratas, extrañamente inconsecuentes, se quedaron tranquilamente dormidos.

Capítulo 14

Cuando Tom se despertó por la mañana se preguntó dónde estaba. Se incorporó, se frotó los ojos y miró a su alrededor. Entonces lo comprendió. El amanecer se presentaba gris y fresco, y había un ambiente delicioso de sosiego y paz en la profunda tranquilidad y el silencio del bosque. No se movía ni una hoja; ni un sonido turbaba la meditación de la gran Naturaleza. Sobre las hojas y las hierbas había gotas de rocío como gemas. Una blanca capa de cenizas cubría la hoguera y una delgada cinta de humo azul se elevaba recta por el aire. Joe y Huck seguían dormidos.

Luego, desde la lejanía del bosque, llamó un pájaro y otro le respondió; al rato se oyó el martilleo de un pájaro carpintero. Poco a poco la niebla gris opaco de la mañana se iba aclarando y, poco a poco también, se multiplicaban los sonidos y se manifestaba la vida. Ante los ojos asombrados del muchacho, la maravilla de la Naturaleza se despertaba de su letargo y entraba en actividad. Una pequeña oruga verde vino arrastrándose por una hoja cubierta de rocío; de vez en cuando erguía dos terceras partes del cuerpo y «husmeaba a su alrededor», y luego proseguía su camino tomando medidas, según Tom; y cuando la oruga, por voluntad propia, se le acercó, Tom se quedó quieto, como una piedra, sintiendo que la esperanza le crecía o se le apagaba, según la oruga se dirigía hacia él o parecía dispuesta a tomar otro rumbo; y cuando por fin se quedó indecisa durante un acongojante momento, con su curvado cuerpo alzado en el aire, y luego, con decisión, bajó hasta la pierna de

117

Tom y empezó un viaje por encima del chico, su corazón se llenó de júbilo, porque eso significaba que iba a
recibir un traje nuevo, y no cabía duda alguna de que sería un llamativo uniforme de pirata.* Luego apareció
una procesión de hormigas, que surgieron de no se sabe
dónde, muy afanadas todas; pasó una arrastrando valientemente la carga de una araña muerta cinco veces
más grande que ella, y la fue subiendo por un tronco
arriba. Una mariquita moteada trepó a la altura vertigi-
nosa de una brizna de hierba y Tom se inclinó cerca de
ella y le dijo: «Mariquita, mariquita, vete a tu casa volando, porque tu casa está en llamas, tus hijos se están
quemando», y ella alzó el vuelo y se fue a atender el asunto, cosa que no sorprendió al chico, pues sabía de antiguo que este insecto era muy crédulo en materia de in-
cendios, y más de una vez él se había divertido a costa
de su ingenuidad. Luego llegó un escarabajo pelotero,
empujando tenazmente su pelota, y Tom tocó al animalillo para ver cómo cerraba las patas contra el cuerpo y aparentaba estar muerto. Ya para entonces los pájaros estaban bien alborotados. Un tordo americano, el
sinsonte del norte, se posó en un árbol encima de la cabeza de Tom y trinó sus imitaciones de los cantos de sus
vecinos en un rapto de felicidad; entonces un gayo chi-
llón cayó en picado, un destello de llama azul, y se paró
sobre una ramita casi al alcance del muchacho, ladeó la
cabeza y observó a los forasteros con ardiente curiosidad; una ardilla gris y otra grande y roja vinieron correteando, sentándose sobre las patas traseras de vez en
cuando para examinar a los chicos y parlotear con ellos,
porque probablemente aquellas criaturas salvajes nunca hasta entonces habían visto a un ser humano y ape-

* Ésta era otra de las supersticiones de Kentucky: «Si encuentras una
oruga en el traje o el sombrero, tendrás uno nuevo». El *measuring worm*
(literalmente, «gusano medidor») es la oruga geométrido, de la familia de los lepidópteros, que comprende las mariposas vulgarmente lla-
madas «falenas». A su nombre y a la manera de desplazarse alude el
autor cuando dice que la oruga avanzaba «tomando medidas».

nas sabían si debían asustarse o no. Toda la Naturaleza estaba ya despierta y excitada; largas lanzas de rayos de sol penetraban por todas partes a través del denso follaje, y unas cuantas mariposas se presentaron revoloteando sobre aquella escena.

Tom sacudió a los otros piratas y todos se alejaron corriendo y gritando, y en un par de minutos se habían desnudado y se perseguían y revolcaban en el agua límpida y poco profunda del banco de arena blanca. No echaban de menos la aldeíta que dormía a lo lejos, más allá de la majestuosa extensión de agua. Una corriente casual o una ligera crecida del río se había llevado la balsa, cosa que en realidad les alegró, pues significaba algo así como quemar el puente entre ellos y la civilización.

Regresaron al campamento maravillosamente refrescados, contentos y con un apetito enorme, y pronto tuvieron el fuego avivado. Huck encontró por allí cerca un manantial de agua clara y fría y los muchachos hicieron tazas con anchas hojas de roble o de nogal, y pensaron que el agua, así endulzada con el encanto del bosque virgen, serviría muy bien como sustituto del café. Mientras Joe cortaba unas lonchas de tocino para el desayuno, Tom y Huck le pidieron que esperara un momento; se acercaron a un lugar prometedor a orillas del río y echaron los sedales; casi inmediatamente se cobraron una buena presa. Joe no había tenido tiempo de impacientarse cuando ya estaban de vuelta con unos hermosos róbalos, un par de percas y un pequeño bagre, provisiones más que suficientes para una familia numerosa. Frieron el pescado con el tocino y se quedaron asombrados, porque hasta entonces ningún pescado les había parecido tan delicioso. No sabían que el pescado de agua dulce resulta más sabroso cuanto más pronto pasa del agua a la sartén, y tampoco se daban cuenta de que la mejor salsa la constituye el dormir y hacer ejercicio al aire libre, nadar y añadirle a todo ello un buen apetito.

Se tumbaron a la sombra después del desayuno mientras Huck fumaba, y luego se adentraron por el bosque a explorar. Caminaban alegremente sobre troncos desmoronados, por matorrales enredados, entre los solemnes monarcas del bosque cubiertos desde las copas hasta el suelo por colgantes galas de enredaderas y viñas silvestres. De vez en cuando se topaban con algún pequeño escondrijo cubierto con una alfombra de hierba y recamado de flores.

Encontraron muchas cosas que les dejaron encantados, pero nada que les asombrara. Descubrieron que la isla tenía casi cinco kilómetros de largo y medio de ancho y que la orilla más cercana sólo estaba separada de la isla por un estrecho canal de apenas doscientos metros. Se daban un chapuzón casi cada hora, y ya era cerca de media tarde cuando regresaron al campamento. Tenían demasiada hambre para pararse a pescar, pero comieron espléndidamente a base de jamón frío y luego se echaron en la sombra a charlar. Pero pronto la conversación empezó a decaer y luego se extinguió. La quietud, la solemnidad que reinaba en el bosque y el ambiente de soledad empezaron a hacer mella en el ánimo de los muchachos. Se quedaron meditabundos. Un tipo de añoranza indefinida se fue adueñando de ellos. Al rato adquirió una forma confusa: era el brote de la nostalgia por sus casas. Incluso Finn el Manos Rojas soñaba con sus escalones y sus barriles vacíos. Pero todos se avergonzaban de aquella debilidad y ninguno se atrevía a expresar sus pensamientos.

Los muchachos llevaban un buen rato percibiendo vagamente un extraño ruido en la lejanía, como cuando uno a veces es consciente del tic-tac del reloj sin notarlo claramente. Pero luego aquel misterioso ruido se hizo más pronunciado y acabaron por identificarlo. Los muchachos se sobresaltaron, intercambiaron unas miradas y siguieron escuchando. Hubo un largo silencio, hondo y continuo; luego, un profundo estampido lóbrego vino flotando desde la lejanía.

—¿Qué es eso? —exclamó Joe en voz baja.

—Eso digo yo —dijo Tom en su susurro.

—No es un trueno —dijo Huckleberry atemorizado—, porque los truenos...

—¡Calla! —dijo Tom—. A escuchar... no habléis.

Esperaron un rato que les pareció un siglo y luego el mismo sordo estampido turbó la quietud solemne.

—Vamos a ver qué es.

Se levantaron de un salto y corrieron hasta la orilla que daba al pueblo. Apartaron los matorrales de la ribera y se asomaron a mirar por encima del agua. El pequeño transbordador de vapor estaba a kilómetro y medio, aguas abajo de la aldea, y se movía arrastrado por la corriente. Al parecer, la ancha cubierta estaba llena de gente. Había a su alrededor un gran número de esquifes que se desplazaban a remo o empujados por la corriente, pero los chicos no podían distinguir qué hacían los hombres que iban en ellos. Al rato, un gran chorro de humo blanco salió del costado del transbordador y, mientras se extendía y se elevaba en una perezosa nube, aquel mismo ruido estremecedor llegó otra vez hasta los que escuchaban.

—¡Ya sé lo que es! —exclamó Tom—. ¡Alguien se ha ahogado!

—¡Claro! —dijo Huck—. Es lo que hicieron el verano pasado cuando se ahogó Bill Turner; disparan un cañón sobre el agua y eso hace salir a flote al ahogado. Sí, y cogen hogazas de pan y ponen dentro un poco de mercurio y las echan al agua, y donde está el ahogado, el pan va allí derechito y se para encima.

—Sí, ya me lo han contado —dijo Joe—. Digo yo que por qué hará el pan eso.

—No, no es cosa del pan —dijo Tom—, yo creo que es más bien lo que le *dicen* al pan antes de soltarlo.

—Pero si no le *dicen* nada al pan —dijo Huck—. Les he visto, y no dicen nada.

—¡Qué raro! —dijo Tom—. A lo mejor lo dicen para sus adentros. *Eso* será. Cómo no se me había ocurrido.

Los otros muchachos le dieron la razón, porque si no a ver cómo se explicaba que una ignorante masa de pan se comportara de manera tan inteligente cuando la enviaban a un recado de semejante gravedad, si no fuera por las palabras mágicas.

—¡Diablos! Cómo me gustaría estar allí ahora —dijo Joe.

—Y a mí también —dijo Huck—. *Cuánto* daría por saber quién es.

Los muchachos seguían escuchando y mirando. Al rato, un pensamiento revelador destelló en la mente de Tom, que exclamó:

—Chicos, ya sé quién se ha ahogado... ¡Somos nosotros!

Inmediatamente se sintieron como héroes. Aquello era un triunfo magnífico: les echaban de menos; lamentaban su muerte; por ellos se partían los corazones y se derramaban lágrimas; se elevaban recuerdos acusadores de faltas de bondad hacia aquellos pobres chicos perdidos, y muchos sufrían de remordimiento y de pena, y lo mejor de todo, los ausentes eran la comidilla de todo el pueblo y despertaban la envidia de todos los chicos por tan deslumbrante notoriedad. Aquello era maravilloso. Después de todo, valía la pena ser pirata.

Al anochecer, el transbordador volvió a su trabajo acostumbrado, y los esquifes desaparecieron. Los piratas regresaron al campamento. Rebosaban de vanidad por su nueva grandeza y las ilustres molestias que causaban. Pescaron, prepararon la cena y cenaron, y luego se pusieron a comentar lo que de ellos estarían pensando y diciendo en la aldea; era muy divertido —desde su punto de vista— imaginar las escenas de dolor popular. Pero cuando las sombras de la noche se cernieron sobre ellos, poco a poco fueron dejando de hablar y se quedaron mirando el fuego, al parecer con la mente ausente. El entusiasmo se había desvanecido y Tom y Joe no podían por menos de pensar en ciertas personas de su familia, que no estarían gozando de este juego divertido tanto como ellos. Les asaltaron las dudas, se pusieron tristes y preocupados; sin darse cuenta se les escaparon un par de suspiros. Al poco rato Joe, tímidamente, «echó un cable» para ver lo que opinaban los otros sobre el retorno a la civilización... no en aquel momento, pero...

Tom le fulminó con una burla. Huck, que hasta entonces no había tomado partido, se unió a Tom y el indeciso se «echó atrás», dándose por satisfecho si salía del apuro con el mínimo de salpicaduras posibles por su cobarde nostalgia. La insurrección fue eficazmente dominada por el momento. Conforme avanzaba la noche, Huck empezó a dar cabezadas y, al rato, a roncar. Joe fue el próximo en seguirle. Tom estuvo un rato inmóvil apoyado en el codo, observando fijamente a los dos. Al cabo se levantó cautelosamente y de rodillas se puso a rebuscar por entre la hierba, a la luz vacilante de la hoguera. Cogió y examinó varios trozos semicilíndricos de la fina corteza blanca de un sicomoro, y por fin escogió dos que parecían satisfacerle. Entonces se arrodilló junto al fuego y a duras penas logró escribir algo sobre cada trozo con el pizarrín rojo; enrolló uno y se lo guardó en el bolsillo de la chaqueta; el otro lo metió en el sombrero de Joe, que dejó algo alejado del chico. Y también metió en el sombrero algunos tesoros infantiles, de un valor casi inapreciable... entre ellos un pedazo de tiza, una bolita de caucho, tres anzuelos y una de aquellas canicas conocidas como de «cristal auténtico». Luego, con cuidado, fue alejándose de puntillas por entre los árboles hasta que juzgó que ya no podían oírle y enseguida se echó a correr a toda prisa, rumbo al banco de arena.

Capítulo 15

Unos minutos después, Tom se encontraba en el agua poco profunda del banco, vadeando hacia la orilla de Illinois. Antes de que el agua le llegara a la cintura ya estaba a medio camino; la corriente ya no le permitía vadear, así que, confiadamente, se echó a nadar los cien metros restantes. Nadó al sesgo aguas arriba, pero la corriente le arrastraba hacia abajo más rápido de lo que había supuesto. Sin embargo, alcanzó al fin la ribera y se dejó arrastrar hasta que encontró un lugar donde el banco era bajo y trepó a tierra. Metió la mano en el bolsillo de la chaqueta, encontró a salvo su trozo de corteza y luego se adentró por el bosque, siguiendo paralelo a la orilla, con la ropa chorreando agua. Poco antes de las diez llegó a un claro situado frente a la aldea y vio el transbordador amarrado bajo la sombra de los árboles y de la escarpada orilla. Todo estaba en silencio bajo las centelleantes estrellas. Bajó a gatas hasta la orilla, vigilando con los ojos bien abiertos, se tiró al agua, nadó tres o cuatro brazadas y trepó al esquife que servía de yola, que estaba amarrado a la popa del transbordador. Se escondió debajo de los bancos transversales y esperó, jadeante. Al rato se oyó la cascada campana y una voz dio la orden de desatracar. Un par de minutos después la proa del esquife se elevaba contra el oleaje producido por el transbordador y comenzaba el viaje. Tom estaba encantado del resultado, porque sabía que era el último viaje que haría el barco aquella noche. Al cabo de doce o quince minutos se pararon las ruedas y Tom saltó por encima de la borda y nadó hacia la orilla en la oscuridad, tomando tierra a cincuenta metros río abajo, para evitar que le viera cualquier rezagado.

Voló a lo largo de callejuelas solitarias y pronto se encontró cerca de la valla trasera de la casa de su tía. Saltó la valla, se acercó al ala de la casa y miró por la ventana del cuarto de estar, porque allí había luz. Estaban sentados en grupo, hablando, la tía Polly, Sid, Mary y la madre de Joe Harper. Se encontraban cerca de la cama, que quedaba entre ellos y la puerta. Tom se acercó a la puerta y empezó a levantar la aldabilla con suavidad; entonces empujó ligeramente la hoja y ésta cedió, quedando entreabierta; siguió empujándola cautelosamente, temblando cada vez que crujía la puerta, hasta que pensó que podía pasar justo de rodillas; entonces metió la cabeza y empezó a entrar con cuidado.

—¿Por qué temblará tanto la vela? —dijo la tía Polly.

Tom se apresuró.

—Creo que esa puerta está abierta. Pues claro que sí. Ya están pasando un sinfín de cosas extrañas. Vete a cerrarla, Sid.

Tom tuvo el tiempo justo para desaparecer debajo de la cama. Se quedó allí tumbado un rato, tomando aliento, y luego fue arrastrándose hasta donde casi podía tocar el pie de su tía.

—Pues como decía —siguió la tía Polly—, digamos que no era *malo,* sólo travieso. Sólo atolondrado y alocado, sabe usted. Más irresponsable que un potro. *El* nunca quería hacerle daño a nadie, era el chiquillo con el mejor corazón del mundo —y empezó a llorar.

—Igualito que mi Joe... Siempre a vueltas con sus diabluras y metido en toda clase de travesuras, pero no tenía nada de egoísta y era tan bueno que no cabía más... Y, Dios me perdone, cuando pienso que fui y le di unos azotes por comerse aquella nata, sin acordarme para nada de que la había tirado yo misma porque estaba estropeada, y que nunca le volveré a ver en este mundo, nunca, nunca, nunca, ¡pobre niño maltratado!

Y la señora Harper sollozó como si se le fuera a romper el corazón.

—Espero que Tom esté mejor donde se encuentra ahora —dijo Sid—, pero si se hubiera portado mejor algunas veces...

—¡*Sid*! —Tom sintió que los ojos de la anciana echaban chispas, aunque no podía verlos—. ¡Ni una palabra contra mi Tom, ya que no está entre nosotros! Dios cuidará de *él*... ¡*Tú* no tienes por qué preocuparte! ¡Ay, señora Harper, no sé cómo voy a resignarme a perderle! ¡No sé cómo voy a resignarme a perderle! Era un consuelo tan grande para mí, aunque torturaba tanto a este viejo corazón.

—El Señor nos lo dio y el Señor nos lo quitó... ¡bendito sea el nombre del Señor!* Pero cuesta tanto... ¡Ay, cuesta tanto! Fíjese que el sábado pasado mi Joe hizo estallar un petardo casi delante de mis narices y le di un mamporro que le tiré al suelo. Nunca pensé entonces que pronto... Ay, si pudiera repetirlo, le abrazaría y le bendeciría por hacerlo.

—Sí, sí, sí, sé exactamente cómo se siente, señora Harper, sé exactamente cómo se siente. Hace muy poco, bueno, si fue ayer al mediodía, mi Tom cogió y atiborró al gato de Matadolores, y creí que el animalito iba a tirar la casa abajo. Y Dios me perdone, le di un capón con el dedal, pobrecito, pobre finadito. Pero ya todas sus penas han acabado. Y las últimas palabras que le oí decir fueron para echarme en cara que...

Pero estos recuerdos eran excesivos para la anciana, que no pudo contenerse. Hasta Tom se puso a gimotear... más compadecido de sí mismo que de los demás. Podía oír el llanto de Mary, salpicado de vez en cuando de una palabra bondadosa en su favor. Tom empezaba a tener mejor opinión de sí mismo de la que hasta entonces había tenido. Sin embargo, estaba lo bastante conmovido por la aflicción de su tía como para desear salir precipitadamente de debajo de la cama y colmarla de felicidad, y además a su natural disposición le tentaba enormemente el impacto teatral del golpe, pero se dominó y no se movió de donde estaba.

---

* Cita bíblica tomada del libro de *Job*, 1, 21.

Siguió escuchando y comprendió por lo que decían que la gente creyó al principio que los muchachos se habían ahogado mientras nadaban en el río; luego habían echado de menos la pequeña balsa; después algunos chicos dijeron que los desaparecidos habían prometido que pronto la aldea iba a «enterarse de algo»; los sabihondos «ataron cabos sueltos» y llegaron a la conclusión de que los chicos se habían ido en la balsa y pronto aparecerían en el pueblo vecino aguas abajo; pero hacia el mediodía encontraron la balsa encallada en la orilla de Missouri a unos seis kilómetros río abajo de la aldea... y entonces la esperanza se desvaneció; debían de estar ahogados, de lo contrario el hambre los hubiera hecho regresar al anochecer, o incluso antes. Si la búsqueda de los cuerpos había resultado inútil, sería porque el accidente habría ocurrido en medio de la corriente, ya que de lo contrario los muchachos, que eran buenos nadadores, hubieran conseguido alcanzar la orilla. Esto era el miércoles por la noche. Si no encontraban los cuerpos antes del domingo, perderían toda esperanza y se celebrarían los funerales esa mañana. Tom se estremeció.

La señora Harper dio las buenas noches, sollozando, y se levantó para marcharse. Entonces, con un impulso mutuo, las dos mujeres, desoladas, se abrazaron y lloraron un buen rato para consolarse y luego se despidieron. Cuando la tía Polly dio las buenas noches a Sid y a Mary, se mostraba mucho más tierna de lo que solía estar. Sid lloriqueó un poco y Mary se alejó llorando de todo corazón.

La tía Polly se arrodilló y rezó por Tom de modo tan conmovedor, tan suplicante y con un amor tan inconmensurable en sus palabras y en su vieja voz temblorosa, que Tom se encontró de nuevo bañado en lágrimas mucho antes de que ella hubiera acabado.

Tuvo que permanecer inmóvil mucho rato después de haberse acostado su tía, porque ella seguía lanzando exclamaciones acongojadas de vez en cuando, moviéndose desasosegadamente y dando vueltas. Pero por fin se quedó quieta y sólo se la oía gemir un poco entre sueños. Entonces el muchacho salió poquito a poco y fue poniéndose de pie junto a la cama; tapó la luz de la vela con la mano y se quedó mirando a su tía. Sentía una gran compasión por ella. Sacó el rollo de corteza de sicomoro y lo dejó cerca de la vela. Pero algo le pasó por la cabeza y vaciló, pensando en ello. Se le ocurrió una idea estupenda y se le iluminó la cara; inmediatamente se guardó la corteza en el bolsillo. Entonces se inclinó, besó aquellos labios marchitos y salió furtivamente, cerró la puerta y echó la aldabilla detrás de él.

Se encaminó hacia el embarcadero del transbordador, no encontró a nadie por allí y subió con todo descaro a bordo del barco, porque sabía que no había nadie más que un vigilante que solía acostarse y dormir como un tronco. Desamarró el esquife de popa, se metió en él y enseguida se encontró remando con cuidado aguas arriba. Cuando llevaba recorridos casi dos kilómetros río arriba de la aldea, empezó a cruzar al sesgo y se puso a remar con todas sus fuerzas. No tuvo dificultad en dar con el embarcadero que había al otro lado, maniobra que le era familiar. Ganas le dieron de quedarse con el esquife, razonando que se le podía considerar un barco y en consecuencia legítimo botín para un pirata, pero sabía que lo buscarían con gran empeño y acabarían descubriéndoles a ellos. Así que saltó a tierra y se internó en el bosque.

Se sentó a descansar un buen rato, haciendo ímprobos esfuerzos por mantenerse despierto, y luego emprendió cansinamente el trecho final. La noche tocaba a su fin. Para cuando llegó a la altura del banco de la isla era ya pleno día. Descansó otra vez hasta que el sol estuvo bien alto y doraba el gran río con su esplendor, y entonces se zambulló en la corriente. Un poco más tarde se detuvo, chorreando agua, a pocos pasos del campamento y oyó decir a Joe.

—No; Tom es muy leal, Huck, y volverá. No va a desertar. Sabe que para un pirata eso sería un deshonor, y Tom es demasiado orgulloso como para hacer una cosa semejante. Algo se trae entre manos. ¿Qué será?

—Bueno, de todas maneras las cosas son nuestras, ¿no?

—Casi, pero todavía no, Huck. Ahí pone que son nuestras si no está de vuelta a la hora del desayuno.

—¡Y aquí estoy! —exclamó Tom, produciendo un excelente efecto dramático al presentarse de modo tan apabullante en el campamento.

Enseguida prepararon un espléndido desayuno de tocino y pescado y, mientras los muchachos daban cuenta de él, Tom les narró (con ciertos aderezos) sus aventuras. Cuando acabó el relato, los muchachos se habían convertido en un grupo de tres vanidosos y jactanciosos héroes. Luego Tom se refugió en un lugar umbrío para dormir hasta mediodía y los otros piratas se dispusieron a ir de pesca y exploración.

Capítulo 16

Después de comer, toda la cuadrilla se fue a buscar huevos de tortuga en el banco de arena. Iban de un lado para otro metiendo palos en la arena y cuando encontraban un sitio blando se ponían de rodillas y cavaban con las manos. A veces sacaban cincuenta o sesenta huevos de un solo agujero. Eran muy redonditos, algo más pequeños que una nuez. Aquella noche se dieron un banquetazo de huevos fritos, y luego otro el viernes por la mañana.

Después del desayuno anduvieron gritando y bailando sobre el banco de arena y se perseguían dando vueltas y quitándose la ropa mientras corrían, hasta que se quedaron desnudos, y entonces siguieron el juego internándose por el agua poco profunda del banco, hasta llegar a la fuerte corriente, que les echaba una zancadilla y les tumbaba de vez en cuando, con lo cual aumentaba la diversión. Y a ratos se agachaban, agrupados, y se echaban agua en la cara unos a otros con la palma de la mano, acercándose poco a poco y volviendo la cabeza para evitar la rociada; y al fin se agarraban y luchaban hasta que el más fuerte hundía a su vecino, y entonces todos caían sumergiéndose en un enredo de piernas y brazos blancos y se levantaban soplando, escupiendo y riendo y jadeando, todo al mismo tiempo.

Cuando estaban agotados iban corriendo a echarse despatarrados sobre la arena seca y caliente y se quedaban allí tumbados; luego se cubrían con arena y al poco rato se lanzaban otra vez al agua y volvían a repetir todas las etapas del juego original. Por fin se les ocurrió que su piel desnuda se asemejaba bastante a una malla de color carne. Así que trazaron un círculo en la arena y se inventaron un circo... con tres payasos, porque nadie estaba dispuesto a ceder el papel principal a su vecino.

A continuación sacaron las canicas y jugaron al «gua», «primera, pie y mate», «triángulo» y «mete y saca», hasta que la diversión perdió interés. Entonces Joe y Huck volvieron al agua, pero Tom no se atrevió, porque se dio cuenta de que al quitarse a toda prisa los pantalones se le había caído del tobillo la pulsera de anillos de serpiente de cascabel, y le extrañaba que hubiera podido librarse de los calambres tanto tiempo sin la protección de tan misterioso amuleto. No se atrevió a echarse al agua hasta que lo hubo encontrado, y para entonces los otros chicos ya estaban cansados y querían descansar. Poco a poco se separaron, vagando de un lado a otro, y les fue entrando la «murria» y empezaron a mirar con añoranza hacia el otro lado del ancho río, donde la aldea dormitaba bajo el sol. Tom se dio cuenta de que había escrito «Becky» en la arena con el dedo gordo del pie; lo borró y se irritó consigo mismo por su debilidad. Sin embargo, lo volvió a escribir, no pudo evitarlo. Lo borró otra vez y luego se alejó de la tentación y se fue a llamar a los otros chicos para unirse a ellos.

Pero el ánimo de Joe estaba tan decaído que resucitarlo era casi imposible. Echaba tanto de menos su casa que la tristeza le resultaba insoportable. Estaba a punto de ponerse a llorar. Huck también se sentía melancólico. Tom estaba descorazonado, pero intentaba disimularlo. Tenía un secreto que todavía no estaba dispuesto a contar, pero, si aquella depresión sediciosa no cedía pronto, no le quedaría más remedio que revelarlo. En tono de grandísima animación les dijo:

—Seguro que ha habido piratas en esta isla antes, chicos. Vamos a explorarla de nuevo. Aquí han escondido tesoros en algún sitio. ¿Qué os parecería si descubriéramos un baúl podrido lleno de oro y plata, eh?

Pero sólo despertó un débil entusiasmo, que se desvaneció sin respuesta. Tom probó con una o dos tentaciones más, pero fracasaron también. Era una tarea desalentadora. Joe estaba sentado, cavando en la arena con un palo, y parecía muy abatido. Por fin dijo:

—Ay, chicos, no puedo más. Quiero ir a casa. Es tan triste y solitario esto.

—No, Joe, ya verás: con el tiempo te acostumbrarás —dijo Tom—. Piensa en todo lo que puedes pescar.

—Y a mí qué me importa. Quiero ir a casa.

—Pero, Joe, no hay en ninguna parte otro lugar como éste para nadar.

—Tampoco me importa nadar. Ya veo que no tiene gracia nadar cuando no hay quien me lo prohíba. He decidido irme a casa.

—¡Oh, bah! ¡Nene!... Quieres ir con tu mamá, ¿verdad?

—Sí, es verdad que *quiero* ir con mi mamá... y a ti te pasaría igual, si tuvieras madre. No soy más nene que tú —y Joe lloriqueó un poco.

—Bueno, vamos a dejar que el nene llorón se vaya a ver a su madre, ¿*verdad*, Huck? Pobrecito... ¿quiere ver a su mamá? Pues que la vea. A ti te gusta estar aquí, ¿*verdad*, Huck? Nosotros nos quedaremos, ¿eh?

Huck dijo «sí-í», pero sin mucho entusiasmo.

—No te vuelvo a hablar mientras viva —dijo Joe, levantándose—. ¡Como lo oyes! —y se alejó de mal humor y empezó a vestirse.

—¡Y a mí qué me importa! —dijo Tom—. Pues no lo hagas. Vete a casa a que se rían de ti. Menudo pirata estás tú hecho. Huck y yo no somos nenes llorones. Nos quedaremos, ¿verdad, Huck? Que se vaya si quiere. Seguro que podemos arreglárnoslas sin él.

Pero Tom estaba inquieto y se alarmó cuando vio que Joe seguía vistiéndose, taciturno. Y además resultaba desalentador ver que Huck no perdía de vista los preparativos de Joe y guardaba un silencio que no auguraba nada bueno. Al rato, sin una palabra de despedida, Joe empezó a vadear el río hacia la orilla de Illinois. A Tom se le empezó a encoger el corazón. Echó una mirada a Huck. Huck no podía soportar la mirada y bajó la cabeza. Luego dijo:

—Quiero irme también, Tom. Está uno tan solo aquí, y ahora aún será peor. Vamos, Tom.

—¡No quiero! Puedes irte si quieres. Yo voy a quedarme.

—Tom, es mejor que me vaya.

—Bueno, vete... nadie te lo *empide*.

Huck empezó a recoger su ropa. Dijo:

—Tom, me gustaría que vinieras tú también. Piénsalo bien. Te esperaremos al llegar a la orilla.

—Pues te juro que ya podéis esperar sentados.

Huck se alejó tristemente y Tom se le quedó mirando, con un gran deseo que le acongojaba, el deseo de renunciar a su orgullo y marcharse también. Esperaba que los chicos se detendrían, pero seguían caminando lentamente. De pronto Tom comenzó a darse cuenta de que el lugar se quedaba muy solitario y silencioso. Luchó por última vez con su orgullo y luego echó a correr detrás de sus compañeros, gritando:

—¡Esperad! ¡Esperad! ¡Voy a contaros una cosa!

Inmediatamente se detuvieron y se dieron la vuelta. Cuando Tom les alcanzó, empezó a exponerles su secreto; escucharon de mala gana hasta que vieron adónde iba a parar el asunto, y entonces lanzaron un grito de guerra entusiasmado y dijeron que era «¡espléndido!», y añadieron que si él les hubiera dicho eso al principio, no se habrían marchado. Tom dio una excusa razonable, pero su verdadero motivo había sido el temor de que ni el secreto les hubiera retenido mucho tiempo a su lado, de modo que había decidido guardarlo en reserva como última tentación.

Los chicos regresaron alegremente y se pusieron a jugar otra vez la mar de animados, charlando sin cesar del estupendo plan de Tom y admirando lo ingenioso que resultaba. Después de una exquisita comida de huevos y pescado, Tom dijo que ahora quería aprender a fumar. A Joe le pareció una idea estupenda y dijo que él también quería probar. Así que Huck les fabricó unas pipas y las llenó. Aquellos novatos no habían fumado nunca más que cigarros hechos con hojas de parra, que quemaban la lengua y encima no se consideraban cosa de hombres.

Así que se tumbaron en el suelo apoyados en los codos y empezaron a echar bocanadas de humo, con mucho cuidado y poca confianza. El humo tenía un sabor desagradable y se atragantaban un poco, pero Tom dijo:

—¡Pues es facilísimo! Si sé que no es más que esto, hubiera aprendido hace mucho.

—Yo también —dijo Joe—. No es nada.

—Con la de veces que he visto fumar a la gente y he pensado: «Ojalá pudiera hacer eso». Pero ni se me ocurrió que era capaz —dijo Tom.

—A mí me pasaba lo mismo, ¿verdad, Huck? A que me has oído decir lo mismito... ¿eh, Huck? Que te diga Huck si no es verdad.

—Sí que lo has dicho montones de veces —dijo Huck.

—Pues yo también —dijo Tom—. Yo, miles de veces. Una vez allá cerca del matadero. ¿No te acuerdas, Huck? Bob Tanner estaba allí cuando lo dije, y Johnny Miller y Jeff Thatcher. ¿No te acuerdas, Huck, que lo dije?

—Sí, es verdad —dijo Huck—. Fue el día después de que perdí una canica blanca... No, fue el día anterior.

—Ya lo ves... te lo dije —siguió Tom—. Huck se acuerda.

—Yo creo que me podría pasar el día fumando esta pipa —dijo Joe—. No me mareo.

—Ni yo tampoco —dijo Tom—. Yo soy capaz de estar el día entero fumando. Pero seguro que Jeff Thatcher no es capaz.

—¡Jeff Thatcher! Ése sé cae al suelo con dos chupadas. Que lo pruebe una vez. ¡Habría que *verlo*!

—Ya lo creo. Y Johnny Miller... Me gustaría ver a Johnny Miller intentarlo una vez.

—¡Anda, y a *mí*! —dijo Joe—. Pues seguro que Johnny Miller no es capaz de hacer esto ni mucho menos. Con una chupadita se queda turulato.

—Claro que sí, Joe. Oye... me gustaría que los chicos pudieran vernos ahora.

—A mí también.

—Oye... no digáis nada de esto, y un día cuando estemos con ellos, yo me acerco y te digo: «Joe, ¿tienes una pipa? Quiero fumar». Y tú me dices, como si tal cosa, sin darle importancia, me dices: «Sí, tengo la pipa *vieja*, y otra también, pero el tabaco no es muy bueno». Y yo te digo: «Bah, no importa, con tal de que sea *fuerte*». Y entonces tú sacas las pipas y las encendemos con toda tranquilidad, y entonces ¡se van a quedar pasmados!

—¡Jolín, qué juerga, Tom! ¡Ojalá fuera *ahora mismo*!

—Ojalá. Y cuando les contemos que aprendimos a fumar cuando nos fuimos de piratas, ¡ya verás qué rabia les da no haber estado con nosotros!

—¡Ya lo creo! Menuda rabia les va a dar.

Y en este tenor siguieron conversando. Pero al rato la charla empezó a languidecer un poco y a hacerse incoherente. Se ensancharon los silencios; la expectoración aumentó de manera increíble. Cada uno de los poros que había dentro de la boca de los chicos se transformó en un inagotable manantial; apenas si podían achicar el agua de la bodega que tenían debajo de la lengua con la suficiente rapidez como para evitar una inundación; la saliva les inundaba la garganta, a pesar de todos sus esfuerzos, y a ello se añadían repentinas arcadas. Para entonces los dos muchachos se habían puesto muy pálidos y se encontraban francamente mal. La pipa de Joe se le cayó de entre sus dedos inertes. Luego cayó la de Tom. Los manantiales de saliva funcionaban a toda marcha y las bombas achicaban líquido a cuál más y mejor. Joe dijo con voz débil:

—He perdido la navaja. Me parece que me voy a buscarla.

Tom dijo, con labios temblorosos y acento vacilante:

—Yo te ayudo. Tú vas por aquel lado y yo busco por donde el manantial. No, no te molestes en venir, Huck... ya la encontraremos nosotros solos.

Así que Huck se sentó otra vez y esperó una hora. Luego empezó a pesarle la soledad y se fue en busca de sus compañeros. Estaban en el bosque, uno lejos de otro, los dos muy pálidos, los dos profundamente dormidos.

Por las señas se podía ver que si habían tenido alguna molestia se la habían quitado de encima.

Aquella noche, durante la cena, no tenían muchas ganas de hablar. Estaban un tanto alicaídos, y cuando Huck preparó su pipa después de cenar y se disponía a preparar las suyas, le dijeron que no, que no se encontraban muy allá... Les había sentado mal algo que habían comido al mediodía.

A eso de medianoche Joe se despertó y llamó a los chicos. Había una inquietante opresión y agobio en el aire que no presagiaba nada bueno. Los chicos se apiñaron y buscaron la acogedora compañía del fuego, aunque la calma chicha de aquel ambiente opresivo les ahogaba. Se quedaron a la expectativa, quietos y atentos. Nada alteró aquel silencio solemne. Más allá de la luz de la hoguera, todo quedaba sumido en la oscuridad de las tinieblas.* Al rato hubo un resplandor tembloroso que por un instante iluminó vagamente el follaje y luego desapareció. Después se produjo otro, un poco más fuerte. Luego otro. Entonces un débil gemido llegó suspirando por entre las ramas del bosque y los muchachos sintieron un aliento huidizo sobre las mejillas y se estremecieron al imaginar que era el Espíritu de la Noche que pasaba por allí. Hubo una pausa. Entonces un resplandor mágico transformó la noche en día, iluminando con todo detalle cada una de las briznas de hierba que crecía alrededor de sus pies. Y mostró también tres caras blancas y asustadas. Un hondo estruendo de truenos fue rodando y retumbando por los cielos y se perdió a lo lejos entre sombríos rugidos. Se levantó una ráfaga de aire fresco que hizo susurrar las hojas y esparció las cenizas como copos de nieve alrededor del fuego. Otro fogonazo feroz iluminó el bosque e inmediatamente se oyó un estampido que pareció rasgar las copas

---

* Esta expresión, «The blackness of darkness», aparece también en la página 211 y es una de las frases bíblicas favoritas de Mark Twain (*Epístola de* San Judas, 13: «... son... estrellas errantes a las que está reservada la oscuridad de las tinieblas para siempre»).

de los árboles, justo encima de las cabezas de los muchachos. Éstos se abrazaron aterrorizados en medio de la densa oscuridad. Cayeron unas gruesas gotas de lluvia que tamborilearon en las hojas.

—¡Deprisa, chicos! ¡Vamos a la tienda! —exclamó Tom.

Echaron a correr, tropezando en la oscuridad con raíces y enredaderas, los tres con rumbo distinto. Una furiosa ráfaga bramó por entre los árboles, haciendo rechinar todo al pasar. Uno tras otro, se sucedieron los destellos deslumbrantes y los estampidos de truenos ensordecedores. Y entonces se puso a llover torrencialmente y el huracán, que iba en aumento, lanzaba el agua contra el suelo en espesas cortinas de lluvia. Los muchachos se llamaban a gritos, pero los rugidos del viento y el retumbar de los truenos ahogaban enteramente sus voces. Al cabo, sin embargo, fueron llegando hasta la tienda y allí se refugiaron, fríos, asustados y empapados, aunque dando gracias al cielo por poder compartir con otros su tribulación. La vieja vela se agitaba con tanta furia que no podían oírse las palabras, aun cuando los otros ruidos lo hubieran permitido. La tempestad siguió arreciando y al poco la vela se soltó de las amarras y las ráfagas de viento se la llevaron por los aires. Los chicos se cogieron de las manos y huyeron a trompicones a refugiarse bajo un gran roble que se erguía a la orilla del río. La batalla había llegado a su punto culminante. Bajo la conflagración interminable de relámpagos que flameaban en los cielos, todo en la tierra se recortaba con una claridad nítida y sin sombra: los árboles doblados, el río hinchado, rebosante de una espuma blanca que salpicaba el aire, los contornos desdibujados de los altos riscos al otro lado del río, vislumbrados a través de las nubes arrastradas por el viento y el velo oblicuo de la lluvia. De vez en cuando algún árbol gigantesco cedía en la lucha y caía derribado entre los más pequeños, y el estruendo de los truenos estallaba incesante, en terribles explosiones ensordecedoras de notas agudas y estridentes, absolutamente increíbles. La tormenta llegó a su punto álgido: parecía empeñada en romper la isla en mil pedazos, quemarla, hundirla en el agua hasta las copas de los árboles, arrastrarla con el viento, dejar sorda a cualquier criatura que viviera en ella, todo al mismo tiempo. Era una noche terrible para que unos chiquillos extraviados estuvieran a la intemperie.

Pero por fin la batalla terminó y las fuerzas se retiraron con amenazas y quejidos que se iban debilitando, y la paz recobró su dominio. Los muchachos volvieron al campamento con bastante temor reverencial, pero descubrieron que aún había más motivos por los que sentirse agradecidos, pues el gran sicomoro bajo el que se echaban a dormir estaba completamente abatido por los rayos. Y ellos se habían librado de perecer en la catástrofe.

Todo lo que tenían en el campamento estaba empapado, incluso lo que quedaba de la hoguera, porque eran chicos atolondrados, como toda su generación, y no habían tomado medidas contra la lluvia. Esto sí que era como para lamentarse, porque se encontraban calados hasta los huesos y helados. La desgracia les desató la lengua, pero al rato descubrieron que el fuego había quemado tan a fondo el lado oculto del gran tronco contra el que habían hecho la hoguera (que formaba una curva algo separada del suelo), que un trozo más o menos del tamaño de un puño se había salvado del agua; así que con gran paciencia fueron trayendo cortezas y trocitos de madera recogidos de los lados protegidos de otros troncos y consiguieron volver a encender fuego. Entonces fueron echando encima grandes ramas secas hasta conseguir una hoguera importante, y se pusieron tan contentos. Secaron el jamón cocido y se dieron el gran banquete, y después se sentaron junto al fuego y se quedaron hasta el amanecer comentando y magnificando su aventura nocturna, porque no había ni un sitio seco por los alrededores donde pudieran echarse a dormir.

Cuando el sol empezó a asomarse sobre sus cabezas, les venció el sueño y fueron a tumbarse en el banco de arena para dormir. Al cabo de un rato el sol abrasador les echó de allí y los chicos se pusieron a duras penas a preparar el desayuno. Después de desayunar se sentían entumecidos, con las articulaciones rígidas, y un poco nostálgicos. Tom se dio cuenta de ello y puso gran empeño en animar a los piratas. Pero no les interesaban las canicas, ni nadar en el río, ni jugar al circo, ni nada. Les recordó el tremendo secreto y con ello parecieron animarse un poco. Mientras les duraba la alegría logró interesarles en un asunto nuevo, que consistía en dejar de ser piratas un rato y convertirse en indios, para variar. La idea les sedujo, así que al momento se habían desnudado y pintado con rayas de barro negro de pies a cabeza, como si fueran cebras; todos eran jefes, por supuesto, y se lanzaron por el bosque a atacar a una colonia de ingleses.

Después de un rato se convirtieron en tres tribus enemigas que atacaban en emboscadas con horribles gritos de guerra y se mataban y se arrancaban las cabelleras a millares. Fue un día sangriento. O sea, un día de lo más satisfactorio.

Regresaron al campamento hacia la hora de cenar, felices y con hambre; pero entonces surgió una dificultad: los indios enemigos no podían comer juntos el pan de la hospitalidad sin antes hacer las paces, y esto era absolutamente imposible si antes no se fumaba la pipa de la paz. Nunca jamás se había oído hablar de otro procedimiento. Dos de los salvajes casi deseaban haber seguido siendo piratas. Pero no había otro remedio, así que hicieron de tripas corazón y pidieron la pipa y le dieron una chupada, como es debido.

Y entonces sí que se alegraron de haberse decidido por el salvajismo, porque resulta que algo habían ganado: descubrieron que ahora podían fumar un poco sin tener que ir a buscar una navaja perdida; no se marearon tanto como para sentirse verdaderamente mal. No estaban dispuestos a desperdiciar una oportunidad tan espléndida. Así que se dedicaron a practicar con esmero después de la cena y lograron un éxito bastante considerable, con lo cual pasaron una velada maravillosa.

Estaban más orgullosos y felices con esta nueva habilidad que si hubieran despellejado y arrancado cabelleras
a los indios de las Seis Naciones. Les dejaremos que fu-
men y charlen y fanfarroneen a sus anchas, ya que no
nos hacen falta por el momento.

Capítulo 17

Poca alegría había en la aldea aquella misma tranquila tarde del sábado. Los Harper y la familia de la tía Polly preparaban las ropas de luto, con grandes lamentaciones y muchas lágrimas. Reinaba sobre la aldea un silencio desacostumbrado, aunque, a decir verdad, el lugar era bastante silencioso normalmente. Los aldeanos se dedicaban a sus labores con aire distraído y pocas palabras, pero suspiraban con frecuencia. El día de fiesta del sábado acababa por cansar hasta a los niños. No jugaban con entusiasmo, y poco a poco abandonaban los juegos.

Por la tarde Becky Thatcher se encontró paseando tristemente por el desierto patio de recreo de la escuela, sintiéndose muy melancólica. Pero nada allí era capaz de consolarla. Hablaba sola:

—¡Oh, si al menos tuviera aquel pomo de bronce del morillo! Pero ya no tengo ningún recuerdo suyo —y sofocó un pequeño sollozo.

Al rato se detuvo y dijo para sí:

«Fue aquí mismo. Ay, si se pudiera dar marcha atrás, no le diría aquello... no se lo diría por nada del mundo. Pero ya está muerto; nunca, nunca jamás le veré».

Este pensamiento la llenó de desconsuelo y anduvo sin rumbo, con las lágrimas corriéndole por las mejillas. En aquel momento pasaba por allí un grupo de chicos y chicas, compañeros de Tom y de Joe, y se pararon a mirar por encima de la cerca, hablando en tonos reverentes de cómo Tom había hecho tal y cual cosa, de la última vez que le habían visto y de cómo Joe había dicho esta y aquella nadería (¡tan cargada de contenido, como fácilmente comprendían ahora!)... y cada uno señalaba el sitio exacto donde habían estado en aquel momento los chicos extraviados, y luego comentaba: «Y yo estaba exactamente aquí... como estoy ahora, y como si tú fueras él... yo estaba así de cerca entonces, y él sonrió así, y entonces tuve una corazonada... horrible, sabes... y nunca caí en lo que significaba, por supuesto, pero ¡ahora lo veo claro!».

Hubo una discusión sobre quién fue el último que había visto a los chicos muertos, y eran muchos los que reclamaban tan lúgubre mérito y aportaban pruebas, más o menos reforzadas por testigos propios; y cuando por fin quedó claro quiénes *habían visto* en realidad por última vez a los finados y quiénes habían cruzado las últimas palabras con ellos, los privilegiados adquirieron una especie de sagrada importancia, y todos los demás muchachos les miraban boquiabiertos, con envidia. Un pobre chico, que no tenía otra cosa de qué presumir, dijo con orgullo medianamente manifiesto en el recuerdo:

—Bueno, una vez Tom Sawyer me ganó en una pelea.

Pero fue un intento vano por conseguir la gloria. Como la mayoría de los muchachos podía decir lo mismo, el hecho carecía de importancia. El grupo se alejó lentamente, relatando todavía con voz reverente recuerdos de los héroes desaparecidos.

A la mañana siguiente, una vez terminada la clase en la escuela dominical, la campana empezó a doblar, en vez de tocar de la manera acostumbrada. Era un domingo muy silencioso y aquel lúgubre sonido parecía estar en armonía con el sosiego meditativo que se extendía por toda la creación. Los aldeanos fueron congregándose y se detenían un momento en la entrada para comentar en voz baja el triste acontecimiento. Pero no había susurros dentro de la iglesia; sólo turbaba el silencio el crujido de las faldas de seda negra de las mujeres que se acercaban a sus bancos. Nadie podía recordar otra ocasión en la que la pequeña iglesia hubiera estado tan llena de gente. Por fin hubo una pausa de espera, un silencio mudo y expectante, y entonces entró la tía Polly, seguida por Sid y Mary, y éstos por toda la familia Harper, de luto riguroso, y la congregación entera, así como el anciano pastor, se levantó con reverencia y se quedó de pie hasta que los deudos estuvieron sentados en el primer banco. Hubo otro silencio compartido, sólo interrumpido a ratos por sollozos ahogados, y luego el pastor extendió las manos y rezó. Se cantó un himno conmovedor y a continuación se leyó el texto «Yo soy la Resurrección y la Vida».[*]

Durante la plática, el pastor pintó tan vivamente las grandes cualidades y la arrolladora simpatía de los muchachos perdidos y lo mucho que prometían ser en el futuro, que cada uno de los presentes, convencido de que reconocía aquellas descripciones, sintió una punzada de remordimiento al recordar que anteriormente había permanecido ciego ante tales virtudes y sólo había visto faltas y defectos en los pobres chicos. El pastor también narró muchos incidentes conmovedores que ilustraban el carácter dulce y generoso de los finados, y entonces la gente se dio cuenta de la nobleza y galanura que encerraban aquellos episodios, y recordó acongojada que, en el momento en que ocurrieron, tales cosas le habían parecido consumadas picardías, merecedoras de unas buenas azotainas. La congregación estaba cada vez más emocionada, escuchando tan patético discurso, hasta que, por fin, toda la comunidad se vino abajo, uniéndose a los afligidos deudos en un coro de sollozos angustiados, e incluso el pastor dio rienda suelta a sus sentimientos y lloró en el púlpito.

Hubo un leve ruido en la tribuna que nadie notó; un momento después la puerta de la iglesia crujió; el pastor levantó los ojos arrasados en lágrimas por encima del pañuelo ¡y se quedó paralizado! Primero un par de ojos y luego otro siguieron a los del pastor y, de repente, todos a una, todos los fieles se levantaron y se quedaron estupefactos al ver avanzar por la nave lateral a

---

[*] Himno tomado del *Evangelio de San Juan*, 11. 25-26..

los tres muchachos muertos: Tom venía al frente, le seguía Joe, y Huck, auténticamente cubierto de harapos, cerraba tímidamente la procesión. ¡Habían estado escondidos en la tribuna, normalmente cerrada, escuchando su propia oración fúnebre!

La tía Polly, Mary y los Harper se echaron sobre los muchachos resucitados, comiéndoselos a besos y dando a Dios gracias, mientras que el pobre Huck, avergonzado e incómodo, no sabía exactamente ni qué hacer ni dónde esconderse de tantas miradas de animadversión. Vaciló y empezó a escabullirse, pero Tom le agarró y dijo:

—Tía Polly, no hay derecho. Alguien tiene que alegrarse de ver a Huck.

—Ya lo creo. Yo me alegro, ¡pobre huerfanito!

Y las atenciones cariñosas que la tía Polly derrochó sobre él acabaron por ponerle aún más incómodo de lo que ya estaba, suponiendo que esto fuera posible.

De repente el pastor gritó a voz en cuello:

—Alabado sea Dios, de quien proceden todas las bendiciones... ¡Cantemos! ¡Y de todo corazón!

Y así lo hicieron. El antiguo himno número cien[*] se elevó en una explosión triunfal y, mientras estremecía las vigas del techo, Tom Sawyer el Pirata miró a su alrededor a los jóvenes envidiosos y admitió para sus adentros que aquél era el momento más importante de su vida.

Mientras la congregación engañada salía en tropel, todos comentaban que casi estarían dispuestos a volver a hacer el ridículo con tal de poder escuchar el antiguo himno número cien cantado de nuevo de aquella manera.

Tom recibió aquel día más bofetones y más besos, según cambiaba el humor de tía Polly, que los que se había ganado en un año, y no acababa de decidir cuál de los dos procedimientos expresaba más acertadamente el agradecimiento de su tía al Señor o su cariño por el niño.

_____

[*] Himno de acción de gracias que en los salterios del siglo XVI ocupaba ese lugar.

Capítulo 18

Aquél había sido el gran secreto de Tom: regresar a casa con sus hermanos piratas y asistir a sus propios funerales. Habían cruzado a la orilla de Missouri montados en un tronco, el sábado a la hora del crepúsculo, desembarcando a unos ocho kilómetros aguas abajo de la aldea; durmieron en el bosque, en las afueras del pueblo, hasta casi el amanecer, y luego se deslizaron por calles solitarias y callejuelas y siguieron durmiendo en la tribuna de la iglesia entre un caos de bancos cojos.

El lunes por la mañana, durante el desayuno, la tía Polly y Mary se mostraron muy cariñosas con Tom y muy pendientes de sus deseos. Todos hablaban más de lo acostumbrado. En el curso de la conversación, la tía Polly dijo:

—Bueno, Tom, no digo que no fuera una broma estupenda hacer a todo el mundo sufrir casi una semana para que lo pasarais bien los chicos, pero cuánto siento que hayas podido ser capaz de *dejarme* sufrir de esa manera. Si podías cruzar el río en un tronco para asistir a tus propios funerales, podías haber cruzado para hacerme saber de alguna manera que no estabas *muerto,* sino que sólo te habías escapado.

—Sí, podías haberlo hecho, Tom —dijo Mary—; seguro que lo hubieras hecho si se te hubiese ocurrido.

—¿Lo hubieras hecho, Tom? —preguntó la tía Polly, con la cara iluminada por la esperanza—. Dime la verdad, ¿lo habrías hecho si se te hubiera ocurrido?

—Yo... pues... no lo sé. Lo hubiera echado todo a rodar.

—Tom, y yo que creía que eras capaz de quererme tanto como para hacerlo —dijo la tía Polly, con un tono de pena que inquietó al chico—. Al menos se te podía haber ocurrido *pensar* en ello, aunque no lo hicieras.

—Bueno, tiíta, qué más da —intercedió Mary—, ya sabes que es un atolondrado... Siempre va tan alocado que no se le ocurre nada.

—Peor que peor. A Sid se le hubiera ocurrido. Y además habría venido y lo habría *hecho*. Tom, algún día, cuando ya sea demasiado tarde, mirarás hacia atrás y te arrepentirás de no haberte portado mejor conmigo, con lo poco que te habría costado.

—Pero, tiíta, si ya sabes que te quiero —dijo Tom.

—Mejor lo sabría si te portaras como es debido.

—Ojalá se me hubiera ocurrido —dijo Tom, con tono arrepentido—, pero de todos modos soñé contigo. Eso ya es algo, ¿no?

—No es que sea mucho... Un gato también es capaz de hacerlo... aunque más vale eso que nada. ¿Qué fue lo que soñaste?

—Pues el miércoles por la noche soñé que tú estabas sentada ahí cerca de la cama y que Sid estaba sentado junto al cajón de la leña y Mary al lado de él.

—Pues fue así. Siempre nos sentamos así. Me alegro de que, aunque sea en sueños, te preocuparas tanto por nosotros.

—Y soñé que la madre de Joe Harper estaba aquí.

—¡Pues *estuvo* aquí! ¿Soñaste algo más?

—¡Huy, muchísimas cosas! Pero casi se me han *olvidao*.

—Anda, *intenta* recordarlas, ¿no puedes?

—Pues creo que el viento... el viento hizo temblar la... la...

—¡Haz un esfuerzo, Tom! El viento sí hizo temblar algo... ¡Anda!

Tom apretó los dedos contra la frente durante un minuto de expectación y luego dijo:

—¡Ya me acuerdo! ¡Ya me acuerdo! ¡Hizo temblar la vela!

—¡Bendito sea Dios! ¡Sigue, Tom, sigue!

—Y me parece que tú dijiste: «Creo que esa puerta...».

—¡*Sigue*, Tom!

—Déjame pensar un momento... espera un poco. Sí, eso es, dijiste que creías que la puerta estaba abierta.

—¡Tan seguro como que estoy sentada aquí! ¿Verdad que lo dije, Mary? ¡Sigue!

—Y luego... y luego... bueno no estoy muy seguro... pero me parece que le mandaste a Sid que fuera a... a...

—¿Y qué? ¿Qué? ¿Qué le mandé hacer?

—Le mandaste que... Eso, le mandaste que la cerrara.

—¡Ay, por el amor de Dios! ¡Nunca he oído una cosa semejante en toda mi vida! No me digas a mí que los sueños no tienen sentido. Sereny Harper se va a enterar de esto inmediatamente. Veremos lo que dice *ahora*, ella que siempre se está metiendo con nuestras supersticiones. ¡Sigue, Tom!

—Ay, pues ahora lo tengo tan claro como la luz del día. Luego dijiste que yo no era malo, sólo travieso y atolondrado y que era más irresponsable que... que... que un potro o algo así.

—¡Y así fue! ¡Ay, Dios mío santísimo! ¡Sigue, Tom!

—Y entonces empezaste a llorar.

—Sí que lo hice. Fue así. Y no por primera vez, tampoco. Y luego...

—Luego la señora Harper empezó a llorar, y dijo que Joe era igual, y dijo que ojalá que no le hubiera dado azotes por comerse la nata cuando ella misma la tiró...

—¡Tom! ¡El espíritu estaba sobre ti! Los profetas moraban en ti... ¡eso es lo que te pasaba! ¡Cielos! ¡Sigue, Tom!

—Luego Sid dijo... dijo...

—Yo creo que no dije nada —dijo Sid.

—Sí que dijiste algo —comentó Mary.

—¡Callaos y dejad seguir a Tom! ¿Qué dijo, Tom?

—Dijo... *creo* que dijo que esperaba que yo estuviera mejor donde estaba, pero si me hubiera portado mejor algunas veces...

—¡*Eso mismo*! ¿Lo oís? ¡Sus mismísimas palabras!

—Y tú le hiciste callar en el acto.

—¡Te juro que sí! Tiene que haber sido cosa de los ángeles. Seguro que había un ángel en algún sitio.

—Y la señora Harper contó que Joe la había asustado con un petardo, y tú contaste lo de Peter y el Matadolores...

—¡Tan verdad como que estoy viva!

—Y luego hablasteis un buen rato de dragar el río para buscarnos, y de los funerales del domingo, y entonces tú y la pobre señora Harper os abrazasteis y llorasteis, y luego ella se marchó.

—¡Pasó exactamente así! Pasó exactamente así, tan cierto como que estoy sentada en este mismo lugar. ¡Tom, no podrías haberlo contado mejor si lo hubieras visto! Y *luego,* ¿qué pasó? Sigue, Tom.

—Luego soñé que rezabas por mí... y te veía y oía cada palabra que decías. Y luego te acostaste y me dio tanto pena que cogí y escribí en un trozo de corteza de sicomoro: *«No estamos muertos... sólo nos hemos ido a hacernos piratas»* y lo puse encima de la mesa al lado de la vela, y estabas tan guapa, así dormida, que soñé que me acercaba y me inclinaba a besarte en la boca.

—¿Lo hiciste, Tom, lo *hiciste*? ¡Todo te lo perdono, aunque sólo sea por eso! —y le dio al muchacho un abrazo tan apretado que le hizo sentirse el más miserable de los villanos.

—Qué bueno, aunque sólo fuera un... sueño —comentó Sid, con voz apenas perceptible.

—¡Cállate, Sid! La gente se porta exactamente igual en sueños que en la realidad. Aquí tienes una hermosa manzana que te tenía guardada, Tom, por si llegabas a aparecer... Ahora, vete a la escuela. Gracias le doy al buen Dios y Padre de todos nosotros porque te tengo otra vez a mi lado, a Él que es paciente y misericordioso para con todos los que creen en Él y guardan Su palabra, aunque el Cielo sabe que no soy digna de ello; pero si sólo los que se las merecen recibieran Sus bendiciones y sólo a ellos los llevara de la mano para ayudarles a superar las dificultades del camino, serían muy pocos los que sonreirían aquí o los que entrarían en Su descanso cuando llegue la noche eterna. Marchaos ya, Sid, Mary, Tom... Fuera ya... Ya me habéis entretenido bastante.

Los niños se marcharon a la escuela y la anciana fue a visitar a la señora Harper con el fin de confundir su escepticismo contándole el maravilloso sueño de Tom. Sid tuvo la sensatez de callarse el pensamiento que tenía en mente al salir de casa. Era éste: «¡Muy mosqueante... un sueño tan largo como ése y sin ningún error!».

¡Tom estaba hecho todo un héroe! No iba dando saltos y bailando, sino que andaba con un paso jactancioso y digno, propio de un pirata que sabe pendientes de sí los ojos de todo el mundo. Y en realidad así era; hacía como si no viera las miradas ni oyera los comentarios que suscitaba su paso, pero eran como un alimento para su alma. Los chicos más pequeños que él le seguían en tropel, orgullosos de que les vieran con él, de que Tom les aceptara, como si él fuera el tambor que va al frente de una procesión o el elefante que camina delante de las fieras de un circo. Los muchachos de su propia edad aparentaban no saber en absoluto que había estado ausente; sin embargo, se concomían de envidia. Hubieran dado cualquier cosa a cambio de la piel morena y bronceada de Tom y su brillante notoriedad, y Tom no hubiera cedido ninguna de estas cosas ni a cambio de un circo.

En la escuela los niños asediaron tanto a Tom y a Joe y les lanzaron miradas de tan elocuente admiración, que los dos héroes no tardaron en ponerse insufriblemente engreídos. Empezaron a contar sus aventuras a audiencias anhelantes... y no hicieron más que empezar, porque aquello parecía que no iba a tener fin, de tantos añadidos como les iban poniendo en su imaginación. Y por último, cuando sacaron las pipas y se pusieron a pasear como si tal cosa, echando bocanadas de humo, lograron alcanzar la cima de la gloria.

Tom decidió que ya podía prescindir de Becky Thatcher. Le bastaba con la gloria. Viviría para la gloria. Ahora que era famoso, tal vez ella intentaría «dar marcha atrás». Bueno, que lo hiciera... Ya se daría cuenta de que él podía ser tan indiferente como algunas otras personas. Al rato llegó ella. Tom aparentó no verla. Se alejó y se unió a un grupo de chicos y chicas y empezó a hablar con ellos. Pronto observó que ella correteaba de acá para allá, muy contenta, con la cara arrebolada y los ojos chispeantes, aparentando estar ocupada en perseguir a sus compañeros y dando gritos de alegría cuando capturaba a alguno; pero notó que en estas correrías siempre procuraba acercarse a él y parecía mirarle significativamente. Con ello no hacía sino halagar la enorme vanidad que había en Tom, y así, en vez de ganarle, sólo conseguía que «se le subieran los humos» y pusiera más empeño en evitar mostrar que sabía lo que Becky se proponía. Al rato, ella dejó de jugar y se puso a pasear indecisa, lanzando un par de suspiros y mirando de reojo y con gran interés hacia Tom. Observó que Tom charlaba más animadamente con Amy Lawrence que con el resto de los chicos. Y sintió una pena aguda y al mismo tiempo se puso molesta e inquieta. Intentó alejarse, pero sus pies la traicionaban y se empeñaban en llevarla hacia el grupo. Le dijo, con falsa animación, a una muchacha que estaba casi al lado de Tom:

—¡Hola, Mary Austin! Hay que ver cómo eres, ¿por qué no fuiste a la escuela dominical?

—Sí que fui... ¿es que no me viste?

—¡Pues no! ¿De verdad que fuiste? ¿Dónde estabas sentada?

—En el grupo de la señorita Peters, como siempre. Yo sí que *te* vi.

—¿Ah, sí? Pues qué raro que no te viera. Quería decirte lo de la merienda en el campo.

—¡Qué estupendo! ¿Quién va a organizarla?

—Mi madre me va a dar permiso para organizar una.

—Ay, qué bien; supongo que me invitará.

—Claro que sí. Es una fiesta en mi honor. Y mi madre va a invitar a todos los que yo quiera, y quiero invitarte a ti.

—Muchas gracias. ¿Cuándo será?

—Dentro de poco. Tal vez cuando empiecen las vacaciones.

—¡Ay, cómo nos lo vamos a pasar! ¿Vas a invitar a todos los chicos y chicas?

—Sí, a todos los que son mis amigos... o que quieran serlo —y miró a Tom con el rabillo del ojo, pero él seguía hablando con Amy Lawrence, contándole la terrible tormenta en la isla y cómo los rayos habían derribado el gran sicomoro haciéndolo «astillas», mientras él «estaba a menos de un metro del árbol».

—Oye, ¿me invitas a mí? —dijo Gracie Miller.

—Sí.

—¿Y a mí? —preguntó Sally Rogers.

—Sí.

—¿Y a mí también? —preguntó Susy Harper—. ¿Y a Joe?

—Sí.

Y así sucesivamente, y palmoteaban alegres. Sólo faltaban Tom y Amy por pedir que los invitaran. Entonces Tom se alejó indiferente, mientras charlaba, y se llevó a Amy consigo. A Becky le temblaron las piernas y se le saltaron las lágrimas; lo disimuló con forzada vivacidad y siguió charlando, pero la merienda y todo lo demás había perdido interés; se escapó en cuanto pudo y se escondió para «llorar a sus anchas», como suelen decir las mujeres. Luego se quedó sentada, mustia y con el orgullo herido, hasta que sonó la campana. Entonces se levantó con una mirada vengativa y, sacudiéndose las trenzas con un brusco movimiento, dijo que ya sabía *ella* lo que tenía que hacer.

Durante el recreo, Tom continuó coqueteando con Amy, muy contento y satisfecho. Iba de acá para allá, intentando encontrarse a Becky para atormentarla con el espectáculo. Por fin la divisó, pero de repente se le cayó el alma a los pies. Ella estaba sentada cómodamente en un banquito detrás de la escuela, mirando un libro de estampas con Alfred Temple... y tan absortos estaban y tenían las cabezas tan juntas sobre el libro, que parecía que no existía más que aquello en el mundo. Los celos corrieron al rojo vivo por las venas de Tom. Empezó a odiarse por haber desperdiciado la oportunidad que Becky le había ofrecido de reconciliarse. Se llamó tonto y todos los insultos que se le ocurrieron. Tenía ganas de llorar de rabia. Amy seguía charlando tan contenta mientras paseaban, porque tenía el corazón alegre, pero la lengua de Tom dejó de funcionar. No oía lo que le decía Amy y, cuando ella se callaba esperando una respuesta, Tom sólo podía balbucir una respuesta afirmativa, muchas veces inoportuna. Se empeñaba en regresar una y otra vez a aquel lugar detrás de la escuela, para quemarse los ojos con el odiado espectáculo. No podía evitarlo. Y le sacaba de quicio comprobar que a Becky Thatcher —o al menos eso se figuraba él— ni siquiera una vez se le pasaba por la imaginación que él estuviera en el mundo de los vivos. Ella, por supuesto, se daba cuenta de todo, y sabía también que iba ganando la batalla, y se alegraba al verle sufrir como ella había sufrido antes.

El alegre parloteo de Amy se hizo insoportable. Tom le dio a entender que estaba muy ocupado, que tenía muchas cosas que hacer y poco tiempo. Como si nada: la chica seguía charlando. Tom pensó: «Que se vaya a paseo, ¿no voy a quitármela nunca de encima?». Por fin insistió en que *tenía* que ocuparse de aquellas cosas... y ella dijo ingenuamente que estaría «por aquí» al terminar las clases. Y él se alejó a toda prisa, odiándola.

«¡Si hubiera sido cualquier otro chico!», pensaba Tom, haciendo rechinar los dientes. «¡Cualquier chico del pueblo, menos ese listillo de San Luis que se cree tan elegante y tan aristócrata! Ya verás, señorito, te di una paliza el primer día que pisaste este pueblo y te vas a ganar otra. ¡Espera a que te coja por la calle! Te voy a...» Y se puso a pegar a un chico imaginario, dando puñetazos al aire, golpeándole y dando patadas: «Qué, ya tienes bastante, ¿eh? Conque te rindes, ¿eh? ¡Toma, para que aprendas!». Y así acabó la paliza imaginaria a su gusto.

Al mediodía Tom huyó a casa. Su conciencia no podía aguantar más la agradecida felicidad de Amy, y sus celos no podían soportar más la otra angustia. Becky volvió a mirar estampas con Alfred, pero, al ir desgranándose los minutos sin el menor rastro de Tom ni de sus padecimientos, su triunfo empezó a nublarse y ella perdió interés; luego se mostró seria y distraída y, finalmente, melancólica; aguzó el oído dos o tres veces al oír pasos, pero resultó ser una falsa alarma; Tom no aparecía. Por fin se sintió totalmente desgraciada y deseó no haber llevado las cosas hasta aquel extremo. Cuando el pobre Alfred, viendo que la perdía sin saber por qué, seguía exclamando: «¡Ay, mira qué graciosa! ¡Mira ésta!», ella acabó por perder la paciencia y le dijo:

—Anda, no me des la lata. ¡Ya no me gustan!

Se echó a llorar, se levantó y empezó a alejarse.

Alfred caminó a su lado y trató de consolarla, pero ella le dijo:

—¡Vete ya y déjame en paz de una vez! ¡Te odio!

Así que el chico se detuvo, preguntándose qué podría haberle hecho —porque ella había dicho que pasarían toda la hora del mediodía mirando estampas—, y ella siguió adelante, llorando. Entonces Alfred, pensativo, entró en la escuela solitaria. Se sentía humillado y enfadado. Fácilmente adivinó la verdad: la chica, sencillamente, lo había utilizado para vengarse de Tom Sawyer. Al ocurrírsele este pensamiento, no por ello odió menos a Tom, sino todo lo contrario. Ojalá pudiera meter a ese chico en un buen lío, sin arriesgarse demasiado. De repente vio el cuaderno de ortografía de Tom. Aquélla era su oportunidad. Lo abrió encantado por la página correspondiente a la lección de aquella tarde y vertió tinta en ella.

En aquel momento Becky miraba por la ventana, vio la acción y se alejó sin decir nada. Entonces se dirigió hacia su casa, pensando que se encontraría con Tom y se lo diría; Tom le quedaría muy agradecido y se resolverían todos los problemas. Antes de llegar a mitad de camino, sin embargo, cambió de opinión. Se acordó del comportamiento de Tom cuando hablaba de la merienda y el recuerdo la llenó de bochorno y de vergüenza. Decidió que dejaría que le azotaran por lo del cuaderno y, por añadidura, que le odiaría eternamente.

Capítulo 19

Tom llegó a casa muy taciturno, y la primera cosa que le dijo su tía le indicó que no estaba el horno para bollos:

—¡Tom, ganas me dan de desollarte vivo!

—Tiíta, ¿y qué he hecho yo?

—¿Que qué has hecho? Me voy a ver a Sereny Harper, como una mema, pensando que iba a convencerla con todas aquellas paparruchas del sueño, y resulta que a ella le había contado Joe que tú habías estado aquí y te habías enterado de todo lo que hablamos aquella noche. Tom, ¿qué va a ser de un chico que se porta así? Mira que dejarme ir a ver a Sereny Harper para hacer el ridículo de esa manera, sin decirme ni una palabra.

Así enfocado, el asunto tomaba otro cariz. A Tom le había parecido que por la mañana les había gastado una broma muy graciosa e ingeniosa. Ahora se daba cuenta de que había actuado de manera cruel y mezquina. Bajó la cabeza y por un momento no se le ocurrió nada que decir. Luego dijo:

—Tiíta, ojalá que no lo hubiera hecho... pero no pensé...

—Ay, hijo, si tú nunca piensas en nada. Nunca piensas más que en tu propio egoísmo. Bien que pensaste en recorrer toda esa distancia desde la isla de Jackson, por la noche, para reírte de nuestras penas, y bien que pensaste en engañarme con una mentira sobre un sueño; pero cómo ibas a pensar en compadecerte de nosotros y en aliviar nuestras penas.

—Tiíta, ya veo que me porté mal, que fue una crueldad, pero fue sin querer. Te lo juro. Y además no vine aquí para reírme de vosotros aquella noche.

—¿Para qué viniste entonces?

—Fue para decirte que no te preocuparas por nosotros, porque no nos habíamos ahogado.

—Tom, Tom, cómo me gustaría poder creer que se te había ocurrido un pensamiento tan bueno, pero sabes que no fue así... y *yo* también lo sé, Tom.

—Te juro que fue así, tiíta, y que me caiga muerto si no.

—Ay, Tom, no mientas... más te vale. Con eso sólo consigues empeorar las cosas.

—Pero si no miento, tiíta, es la verdad. No quería que sufrieras... sólo por eso vine.

—Daría el mundo entero por poderlo creer... ello te compensaría de tus muchos pecados, Tom. Sólo por ello, casi me alegraría de que te hubieras escapado y te hubieras comportado tan mal. Pero no es el caso. Vamos a ver: ¿por qué no me lo dijiste, hijo?

—Pues, verás, cuando empezasteis a hablar de los funerales me pareció una idea tan estupenda lo de venir y escondernos en la iglesia que no estaba dispuesto a echar a perder el plan. Así que me volví a guardar la corteza en el bolsillo y me callé.

—¿Qué corteza?

—La corteza en la que había escrito que nos íbamos de piratas. Ojalá te hubiera despertado cuando te besé... Te prometo que lo hice.

El gesto duro de la cara de su tía se dulcificó un tanto y una ternura repentina brilló en sus ojos.

—¿*De veras* me besaste, Tom?

—Pues, sí, claro que sí.

—¿Estás seguro de que lo hiciste, Tom?

—Pues, sí, tiíta, segurísimo.

—¿Por qué me besaste, Tom?

—Porque te quiero mucho, y estabas ahí echada gimiendo y me dio mucha pena.

Las palabras parecían sinceras. La anciana no pudo ocultar el temblor de su voz cuando dijo:

—¡Bueno, dame otro beso, Tom...! Y vete ya a la escuela y no me des más la lata.

Al momento de haberse ido Tom, ella corrió al armario y sacó la andrajosa chaqueta que Tom llevaba puesta cuando se fue de pirata. Entonces se detuvo, con la chaqueta en la mano, y dijo para sí: «No, no me atrevo. Pobre chico, supongo que ha mentido... pero es una mentira piadosa, muy piadosa, porque lo ha hecho con buenas intenciones. Pero no quiero enterarme de que es mentira. No voy a mirar».

Guardó la chaqueta en el armario y se quedó pensativa un momento. Dos veces extendió la mano para volverla a coger y dos veces se contuvo. Por fin se decidió, consolándose con este pensamiento: «Es una mentira con buenas intenciones... no dejaré que me apene». Rebuscó en el bolsillo de la chaqueta. Al momento leía con lágrimas en los ojos el trozo de corteza de Tom. Luego exclamó:

—Le perdonaría de todo corazón, aunque hubiera cometido un millón de pecados.

Capítulo 20

Hubo algo en el modo de besar tía Polly a Tom que le borró al chico el mal humor y le dejó contento y feliz. De camino hacia la escuela tuvo la suerte de encontrar a Becky Thatcher en la esquina de la calle Meadow. Su humor siempre determinaba su comportamiento. Sin vacilar un momento, se acercó corriendo a la niña y le dijo:

—Me porté muy mal, Becky, y lo siento mucho. Nunca jamás volveré a hacerlo mientras viva... Anda, ¿quieres que hagamos las paces?

La muchacha se detuvo y le miró a la cara con desdén:

—Te agradeceré, señor Thomas Sawyer, que me dejes en paz. No quiero volverte a hablar nunca.

Levantó la cabeza con orgullo y siguió su camino. Tom se quedó tan pasmado que no se le ocurrió contestarle: «¿Y a mí qué me importa, señorita Listilla?», hasta que ya había pasado el momento oportuno. Así que no dijo nada. Sin embargo, estaba rabioso. Entró en el jardín de la escuela malhumorado, deseando que ella hubiera sido un chico e imaginando cómo le pegaría si lo fuera. Al rato la encontró y al pasar le lanzó un comentario mordaz. Ella le devolvió otro y la airada ruptura se hizo definitiva. A Becky le parecía en su acalorado resentimiento que no llegaba el momento de entrar en clase, de las ganas que tenía de ver la paliza que le iban a dar a Tom por el estropicio del cuaderno. Si se le había pasado por la cabeza delatar a Alfred Temple, desechó por completo la idea tras la última ofensiva de Tom.

Pobre chica, qué poco sabía ella lo pronto que se iba a encontrar en dificultades. El maestro, el señor Dobbins, había alcanzado la edad madura con una ambición insatisfecha. El más caro de sus deseos era llegar a ser médico, pero la falta de medios le había condenado a quedarse de maestro de escuela en una aldea. Todos los días sacaba un libro misterioso de su escritorio y se enfrascaba en su lectura en cuanto los chicos se ponían a escribir. Tenía el libro bien guardado bajo llave. No había un chaval en la escuela que no estuviera muriéndose de ganas por echar un vistazo al libro, pero nunca se presentó la ocasión. Chicos y chicas tenían diversas teorías sobre la naturaleza de aquel libro, pero todas ellas eran diferentes y no había manera de enterarse de la realidad de los hechos. Cuando Becky pasó por delante del escritorio, que se encontraba junto a la puerta, vio la llave puesta en la cerradura. Era una ocasión incomparable. Echó una mirada a su alrededor; estaba sola, así que inmediatamente cogió el libro. El título —*Anatomía,* por el profesor Fulano de Tal— no le decía nada, de modo que se puso a hojear el libro. En la primera página había un magnífico grabado a todo color: era una figura humana completamente desnuda. En aquel momento una sombra cayó sobre la página y Tom Sawyer entró por la puerta y vislumbró el grabado. Becky intentó cerrar a toda prisa el libro y tuvo la mala suerte de rasgar por la mitad la página ilustrada. Guardó el volumen en el escritorio, dio una vuelta a la llave y se echó a llorar de vergüenza y humillación.

—Tom Sawyer, eres un cerdo. Siempre andas espiando a la gente para ver lo que está mirando una.

—¿Cómo iba yo a saber que mirabas algo?

—Vergüenza te debería dar, Tom Sawyer; ahora seguro que me acusarás. ¡Ay!, ¿qué voy a hacer? ¿Qué voy a hacer? Me darán azotes y a mí nunca me ha pasado eso en la escuela.

Luego dio una patadita en el suelo y dijo:

—Si quieres me *acusas,* ¡a mí qué! Yo sé algo que te va a pasar. ¡Ya verás! ¡Eres odioso, más que odioso! —y salió disparada de la escuela con otra explosión de llanto.

Tom se quedó quieto, bastante aturdido por aquel arrebato. Al rato se dijo para sus adentros: «Mira que son tontas las chicas. ¡Nunca la han azotado en la escuela! ¡Vaya cosa, unos azotes! Todas las chicas son iguales: unas cobardicas y unas gallinas. Como si yo me fuera a chivar de esa tontorrona al viejo Dobbins; porque hay maneras mejores de arreglar cuentas con ella. Bueno, ¿y a mí qué? El viejo Dobbins preguntará quién rompió su libro. Nadie le contestará. Entonces hará lo que hace siempre... preguntará primero a uno y luego a otro y cuando llegue a la chica culpable, lo adivinará sin que nadie se lo cuente. A las chicas siempre se les nota en la cara. No tienen agallas. Le dará azotes. Bueno, en menudo lío se ha metido Becky Thatcher, porque no tiene otra salida». Tom siguió cavilando otro poco y luego añadió: «Bueno, le está muy bien empleado; después de todo, a ella le encantaría verme a mí en semejante apuro... ¡Que se fastidie!».

Tom salió a unirse con los bulliciosos escolares que jugaban fuera. Al cabo de un poco llegó el maestro y entraron en clase. Tom no acababa de centrarse en el estudio. Cada vez que echaba una ojeada hacia el lado de la sala donde se sentaban las chicas, la cara de Becky le preocupaba.

Se acordaba de todo lo sucedido y no quería compadecerse de ella, pero no conseguía evitarlo. A pesar de todo no se alegraba de la situación en que se encontraba la chica. Al rato fue descubierto lo del cuaderno de ortografía y la mente de Tom estuvo ocupada con sus propios asuntos durante algún tiempo. Becky pareció salir de su apatía y su preocupación y mostró un vivo interés en el proceso. Bien sabía ella que Tom no lograría evitar el castigo negando que había derramado la tinta en el cuaderno, y tenía razón. Al negarlo, Tom sólo consiguió empeorar las cosas. Becky había dado por supuesto que se alegraría del castigo e intentó convencerse de que así era, pero resulta que no estaba tan segura. Cuando la cosa se puso muy negra estuvo a punto de levantarse y delatar a Alfred Temple, pero hizo un esfuerzo y se quedó callada... porque, se decía para sus adentros, «él se chivará de que he roto la lámina, seguro. No diré ni una palabra, ¡ni aunque le fuera en ello la vida!».

Tom recibió los azotes y regresó a su asiento tan tranquilo, convencido de que a lo mejor él mismo había derramado la tinta sin darse cuenta, enredando o jugando... Al principio lo negó por pura fórmula y porque era costumbre, luego había insistido en negarlo por cuestión de principio.

Transcurrió lentamente una hora entera; el maestro daba cabezadas sentado en su trono; el aire estaba aletargado con el zumbido de las voces que repasaban la lección. Al rato el señor Dobbins se enderezó, bostezó, abrió el escritorio y extendió la mano hacia el libro; pero parecía indeciso, sin saber si tomarlo o dejarlo. La mayoría de los alumnos le miró sin gran interés, pero había dos entre ellos que observaban sus movimientos con ojos muy despiertos. El señor Dobbins acarició un rato el libro con los dedos, distraído, y luego lo sacó ¡y se acomodó en la silla para leer! Tom lanzó una mirada hacia Becky. El chico había visto un conejo perseguido e indefenso, con una escopeta apuntándole a la cabeza, un conejo que tenía el mismo aspecto que ella. Inmediatamente se olvidó del enfado. Rápido... ¡había que hacer algo! ¡Y además a toda velocidad! Pero la inminencia del peligro paralizó su imaginación. ¡Bueno! ¡Se le ocurrió una cosa! Echaría a correr, agarraría el libro y saldría disparado por la puerta. Pero vaciló un pequeño instante y perdió la oportunidad... el maestro estaba abriendo el volumen. ¡Ay, cuánto daría Tom por poder dar marcha atrás! Demasiado tarde. Lo de Becky ya no tenía remedio. De pronto, el maestro se encaró con la escuela. Todo el mundo bajó los ojos ante su mirada. Había algo en ésta que asustaba incluso a los inocentes. Se hizo un silencio en el que todos contaron hasta diez; el maestro hacía acopio de su ira. Entonces habló:

—¿Quién ha roto este libro?

No se oyó ni un sonido. Se podía haber oído caer un alfiler. Nada interrumpía el silencio; el maestro escrutaba cara tras cara buscando señales de culpabilidad.

—Benjamin Rogers, ¿has roto este libro?

Una negación. Otra pausa.

—Joseph Harper, ¿lo hiciste tú?

Otra negación. La inquietud de Tom iba en aumento bajo la lenta tortura de estos procedimientos. La mirada del maestro recorrió las filas de los muchachos, se quedó un rato pensativo y luego se volvió hacia las chicas:

—¿Amy Lawrence?

Un movimiento negativo de la cabeza.

—¿Gracie Miller?

La misma respuesta.

—Susan Harper, ¿lo hiciste tú?

Otra negativa. La siguiente era Becky Thatcher. Tom temblaba de pies a cabeza de emoción y por lo inevitable de la situación.

—Rebecca Thatcher —Tom echó una ojeada a su cara, que estaba blanca de pánico—, ¿has roto...? No, mírame a la cara —ella alzó las manos, rogando—, ¿has roto tú este libro?

Como un rayo cruzó por la mente de Tom un pensamiento. Se puso de pie y gritó:

—¡He sido *yo*!

La escuela se quedó estupefacta al escucharlo. Tom se detuvo un momento como para recobrar sus maltrechas facultades y, cuando se adelantó para recibir el castigo, la sorpresa, la gratitud y la adoración que pudo leer en los ojos de la pobre Becky le hubieran recompensado por cien azotes. Enardecido por la grandeza de su propio acto, recibió sin chistar el vapuleo más despiadado que el señor Dobbins jamás había administrado y recibió también con indiferencia la cruel orden adicional de quedarse retenido dos horas después de que terminaran las clases... porque sabía quién le estaría esperando hasta que acabara su cautiverio, sin importarle tampoco la larga y aburrida espera.

Tom se acostó aquella noche planeando vengarse de Alfred Temple, porque Becky, arrepentida y avergonzada, se lo había contado todo, sin omitir su propia traición; pero incluso las ansias de vengarse se esfumaron enseguida cediendo ante meditaciones más agradables, y por fin se durmió con las últimas palabras de Becky resonándole vagamente en el oído:

—¡Tom, cómo *has podido* ser tan generoso!

Capítulo 21

Se acercaban las vacaciones. El maestro, severo siempre, estaba cada día más severo y exigente, porque quería que la escuela se luciera en los «exámenes de fin de curso». Por aquellos días la vara y la palmeta apenas descansaban, al menos entre los alumnos más pequeños. Sólo los muchachos mayores y las señoritas de dieciocho a veinte años se libraban de los azotes. Además, los azotes del señor Dobbins eran muy vigorosos, porque a pesar de que bajo su peluca tenía una cabeza perfectamente calva y brillante, sólo había alcanzado la edad madura y sus músculos no mostraban ninguna señal de debilidad. Según se iba acercando el gran día, le salía a la superficie toda la tiranía que llevaba dentro; parecía recrearse en castigar la menor falta. Resultado de ello era que los chicos más pequeños se pasaban los días llenos de terror y de sufrimiento y las noches conspirando para vengarse. No perdían ninguna oportunidad de hacerle una mala pasada. Pero él siempre les llevaba la delantera. El castigo que seguía a cualquier jugarreta de los chicos era tan duro e impresionante que ellos se retiraban del campo de batalla muy mal parados. Por fin se reunieron y tramaron juntos un plan que prometía ser un éxito deslumbrante. Llamaron al hijo del pintor de rótulos, le hicieron jurar que les guardaría el secreto, le contaron el plan y le pidieron su ayuda. Aquél tenía sus propias razones para colaborar encantado, porque el maestro se hospedaba en su casa y había dado al chico motivos suficientes para odiarle. La mujer del maestro se disponía a pasar unos días en el campo, lo cual facilitaba los planes: el maestro solía prepararse para las grandes ocasiones cogiendo una buena borrachera, y el hijo del pintor de rótulos dijo que en cuanto el dómine estuviera a punto la tarde de los «exámenes», él «se ocuparía del asunto» mientras el maestro dormitaba en su butaca; luego mandaría que le despertaran a la hora precisa, con el tiempo justo de llegar a la escuela.

A su debido tiempo se presentó la ocasión. A las ocho de la tarde la escuela aparecía brillantemente iluminada y adornada con coronas y cadenetas de hojas y flores. El maestro estaba sentado en su gran trono sobre una tarima alta, delante de la pizarra. Parecía algo achispado. Tres filas de bancos a cada lado y seis filas enfrente de él estaban ocupadas por las autoridades del pueblo y los padres de los alumnos. A su izquierda, detrás de las filas de vecinos, habían montado una amplia plataforma sobre la que se sentaban los alumnos que iban a participar en los ejercicios aquella tarde: filas de muchachotes desgarbados; bancos impecables de niñas y jovencitas vestidas de batista y muselina blanca y visiblemente pendientes de sus brazos desnudos, de las antiguas alhajas de sus abuelas, de los trocitos de cinta rosa y azul y de las flores prendidas en su pelo. El resto del local lo llenaban los alumnos que no participaban en el acto.

Los ejercicios empezaron. Un niño pequeñito se levantó y recitó tímidamente: «Quién se iba a suponer que alguien de mi edad, etcétera», acompañándose con gestos penosamente exactos y espasmódicos, semejantes a lo que podía haber hecho una máquina, suponiendo que la máquina se encontrara algo descompuesta. Pero consiguió salir sano y salvo de la prueba, aunque asustadísimo, y recibió un fuerte aplauso cuando hizo una mecánica reverencia y se retiró.

Una niña pequeña con cara de mucha vergüenza balbuceó: «María tenía un corderito, etcétera», hizo una reverencia que inspiraba compasión, recibió su recompensa de aplausos y se sentó, toda ruborizada y feliz.

Tom Sawyer se adelantó con mucho aplomo y atacó estos versos tan sublimes e imperecederos: «Dadme la libertad o si no dadme la muerte» con gran ardor y gesticulando frenéticamente, pero se atascó al llegar a la mitad. Un horrible miedo al público hizo presa en él, le empezaron a temblar las piernas y estuvo a punto de atragantarse. La verdad es que contaba con la simpatía del público... pero todo el mundo guardaba silencio, y esto era aún peor que la simpatía. Para colmo de males, el maestro frunció el ceño. Tom luchó un poco y luego se retiró, totalmente derrotado. Se insinuó un débil conato de aplauso, que no tuvo eco.

Siguió: «El muchacho se quedó en la cubierta en llamas», y luego «Desplomose el asirio» y otras joyas del arte de la declamación. Después hubo ejercicios de lectura y una batalla de ortografía. La escasa clase de latín intervino muy lucidamente. Estaba a punto de empezar la atracción especial de la tarde: las «composiciones» originales de las señoritas. Una por una se fueron adelantando hasta el borde de la tarima; carraspeaban, levantaban el manuscrito (atado con una delicada cinta) y comenzaban a leer, prestando especial atención a la «entonación» y a la puntuación. Los temas eran los mismos que, en ocasiones semejantes, habían ilustrado antes que ellas sus madres, sus abuelas y, sin duda, todos sus antepasados del género femenino hasta la época de las Cruzadas. Un tema era «La amistad»; otros, «Recuerdos de otros tiempos», «La religión en la historia», «El mundo de los sueños», «Las ventajas de la cultura», «Distintas formas de gobierno político, comparadas y contrastadas», «Melancolía», «El amor filial», «Los anhelos del corazón», etcétera.

Lo que prevalecía en todas estas composiciones era, por un lado, una melancolía cultivada y fomentada, por otro, un chorro opulento y arrollador de «palabras finas», además de una tendencia a meter con calzador palabras y frases especialmente estimadas hasta que acababan por carecer de sentido; y, para colmo, una peculiaridad que indefectiblemente las marcaba y desfiguraba era la intolerable e inevitable moraleja que coleaba lastimosamente al final de cada una de las composiciones. Cualquiera que fuese el tema, todo el mundo se empeñaba en devanarse los sesos hasta darle la vuelta al mismo, de modo que adquiriera algún matiz edificante para la gente religiosa y de buenas costumbres. La notoria insinceridad de estas moralejas no era suficiente para desterrar esta moda de las escuelas; todavía hoy no se ha perdido y quién sabe si perdurará mientras exista el mundo. No hay una escuela en todo nuestro país en la que las señoritas no se sientan obligadas a concluir sus composiciones con una moraleja, y con toda seguridad el sermón de la chica más frívola y menos religiosa de la escuela siempre es el más largo y el más inflexiblemente piadoso. Pero basta ya de divagaciones. La verdad lisa y llana siempre resulta desagradable.

Volvamos a los «exámenes». La primera composición que se leyó fue una titulada «¿Así que esto es la Vida?». Quizá el lector pueda aguantar un fragmento de ella:

En todos los estados de la vida ¡con qué placenteras emociones espera la mente joven alguna anticipada escena de regocijo! La imaginación traza afanosa alegres cuadros de color de rosa. En su fantasía, la voluptuosa esclava de la moda se imagina entre la festiva multitud «observada por todos los observadores». Su figura graciosa, ataviada con níveas vestiduras, vuela girando por los laberintos del baile gozoso; sus ojos son los más brillantes, su paso, el más ligero de la alegre reunión.

En tan deliciosas fantasías, el tiempo se desliza veloz y llega el ansiado momento de penetrar en el elíseo universo de sus hermosos ensueños. ¡Qué semejante a los cuentos de hadas aparece todo ante su visión encantada! Cada nueva escena es más encantadora que la última. Pero al cabo se percata de que, bajo esta apariencia agradable, todo es vanidad: la adulación, que otrora cautivaba su alma, raspa ahora ásperamente en su oído; el salón de baile ha perdido sus atractivos y, con la salud arruinada y el corazón amargado, se aleja convencida de que los placeres de este mundo no bastan para satisfacer los anhelos del alma.

Y así sucesivamente. De vez en cuando, durante la lectura se oía un murmullo de aprobación, acompañado por exclamaciones en voz baja de «¡Qué encanto!», «¡Qué elocuente!», «¡Qué verdades dice!». Y, si el asunto concluía con una moraleja especialmente conmovedora, los asistentes aplaudían con entusiasmo.

Luego se levantó una muchacha delgada y melancólica, cuya cara tenía la «interesante» palidez producto de un exceso de píldoras y malas digestiones, y leyó un «poema». Para muestra bastan unas estrofas:

UNA DONCELLA DE MISSOURI SE DESPIDE DE ALABAMA

¡Adiós, adiós, oh Alabama! ¡Mucho te quiero yo!
Pero ¡voy a abandonarte una corta temporada!
¡Tristes pensamientos, sí, dilatan mi corazón,
y ardientes recuerdos bruman mi frente acongojada!

Porque he estado paseando por tus bosques floridos;
he vagado con mi libro cerca del río Tallapoosa;
también las aguas guerreras del Tallassee he oído,
y he perseguido la aurora a las orillas del Coosa.

Pero no me da vergüenza que pene mi corazón,
ni me pongo colorada por mirar atrás,
llorando; no es una tierra extranjera la que ahora dejo yo,
ni extranjeros son aquellos por quienes voy suspirando.

Tenía yo en este Estado mi hogar, mi gozo y juguete,
pero abandono sus valles, sus torres huyen de mí;
¡y fríos estarán mis ojos, mi corazón y mi *tête*,
cuando, ¡oh, querida Alabama!, te miren fríos a ti!

Había poca gente allí que supiera el significado de *tête*, pero el poema resultó muy satisfactorio.

Luego apareció una señorita morena, de ojos y pelo negros, que hizo una pausa impresionante, adoptó una expresión trágica y empezó a leer en un tono rítmico y solemne:

Oscura y tempestuosa era la noche. Alrededor del trono en las alturas ni una estrella titilaba; pero las profundas entonaciones de los truenos violentos vibraban incesantes en el oído; mientras los relámpagos terroríficos se recreaban enojados por las cámaras nubosas del cielo, ¡y parecían desdeñar el poder ejercido sobre su terror por el ilustre Franklin*! Aun los vientos furiosos salían unánimemente de sus místicos hogares y soplaban sus ráfagas violentas como para aumentar con su ayuda la ferocidad de la escena.

En una hora como ésta, tan oscura, tan negra, todo mi espíritu ansiaba hallar alguna simpatía humana; sin embargo, en vez de ella:

Mi más cara amiga, mi consejera, mi guía y consolación,
mi gozo en la pena, segunda dicha en el gozo, a mi lado
apareció.

Se movía como uno de esos luminosos seres imaginados en los paseos soleados del Edén por la fantasía de los jóvenes y los románticos, una reina de la belleza sin más adornos que su propia hermosura trascendental. Tan suave era su paso que no hacía ni un ruido y, a no ser por el estremecimiento mágico impartido por su toque afable, hubiera pasado inadvertida, no buscada. Una extraña tristeza se posaba sobre sus facciones como lágrimas heladas sobre el manto de diciembre, mientras señalaba a las fuerzas de la Naturaleza en pugna, y me pidió que contemplara los dos seres recién aparecidos.

Esta pesadilla ocupaba unos diez folios de manuscrito y terminaba con una moraleja tan carente de esperanza para los que no eran presbiterianos, que ganó

---

* Benjamin Franklin (1706-1790), filósofo, físico y político norteamericano. Entre otras muchas actividades, investigó los fenómenos eléctricos e inventó el pararrayos.

el primer premio. Se consideró que la composición era la obra más excelente de la tarde. El alcalde de la aldea, al entregar el premio a la autora, hizo un caluroso discurso en el que dijo que era la cosa más «elocuente» que jamás había escuchado y que el mismo Daniel Webster[*] hubiera estado orgulloso de ella.

Se puede añadir, de paso, que la cantidad de composiciones en las que se abusaba de la palabra «bello» y se hacía referencia a la experiencia humana como «el libro de la vida», alcanzaba su promedio acostumbrado.

Entonces el maestro, tan achispado que casi resultaba afable, corrió a un lado su sillón, se volvió de espaldas al público y empezó a dibujar un mapa de América en la pizarra, para hacer ejercicios con la clase de geografía. Pero le salió una lamentable chapuza, porque le temblaba la mano, y por toda el aula se oyó una ahogada ola de risitas. Se dio cuenta de que estaba mal y se dispuso a enmendarlo. Con la esponja borró unas líneas y las volvió a trazar, pero sólo consiguió deformarlas más que antes, y las risitas aumentaron. Entonces puso gran empeño en la tarea, como si estuviera resuelto a no dejarse vencer por el regocijo general. Sentía todos los ojos fijos en él; le parecía que iba logrando su propósito y, sin embargo, no cesaban las risitas; incluso aumentaban sin lugar a dudas. Y con mucha razón. Encima del aula había una guardilla, a la que se llegaba por una claraboya o trampilla que quedaba justo encima de la cabeza del maestro, y por aquella trampilla iba bajando un gato, colgado de una cuerda atada alrededor de sus patas traseras; le habían amarrado un trapo alrededor de la cabeza para que no maullara; el animalillo bajaba lentamente, arqueando el lomo y arañando la cuerda, y luego se revolvió hacia abajo, dando zarpazos al aire intangible. Las risitas se intensificaban por momento... El gato estaba a quince centímetros de la cabeza del absorto maestro... y seguía bajando, bajando, ba-

---

[*] Político norteamericano (1782-1852) famoso por su elocuente retórica, ejercida principalmente en defensa de los esclavos y en contra del movimiento secesionista.

jando, hasta que enganchó desesperadamente la peluca y se agarró a ella, e inmediatamente lo izaron hacia la guardilla y desapareció, llevándose el trofeo de la peluca entre sus patas. ¡Y cómo resplandecía la calva cabeza del maestro!... ¡Porque el hijo del pintor de rótulos se la había *dorado* toda con purpurina!

Aquello puso fin al acto. Los muchachos habían conseguido su venganza. Empezaban las vacaciones.

---

* *Nota:* Las supuestas «composiciones» citadas en este capítulo se han tomado al pie de la letra de un volumen titulado *Prosa y poesía de una dama del Oeste*. Se ajustan exacta y fielmente al modelo utilizado por las colegialas, de modo que resultan mucho más acertadas que lo que hubiera sido cualquier otra imitación.

Capítulo 22

Tom se afilió a la nueva orden de los Cadetes de la Templanza,[*] atraído por el carácter llamativo de sus «galas reales». Prometió abstenerse de fumar, de mascar tabaco y de blasfemar mientras fuera miembro de la orden. Y entonces descubrió otra cosa: que el prometer no hacer algo es la manera más eficaz del mundo para que uno tenga unas ganas irresistibles de hacerlo. A Tom le entraron inmediatamente unos deseos locos de beber y de blasfemar, y eran tan intensos que sólo la esperanza de llegar a lucir el fajín rojo le impedía darse de baja en la orden. Faltaba poco para el cuatro de julio, día de la Independencia, pero acabó por renunciar a figurar en el desfile —renunció antes de haber llevado los grilletes de la abstención más de cuarenta y ocho horas— y puso todas sus esperanzas en el viejo Frazer, juez de paz, que al parecer se encontraba en su lecho de muerte y por quien se celebraría un solemne funeral, digno de un personaje de tanta categoría. Durante tres días, Tom estuvo pendiente del estado del juez, preguntando continuamente por su salud. A veces concebía grandes esperanzas, tanto que se atrevía a sacar sus galas y probárselas delante del espejo. Pero el juez sufría tantos altibajos que resultaba deprimente. Por fin declararon que iba mejorando... y luego que estaba convaleciente. Tom se llevó un disgusto y hasta se sintió algo ofendido. Inmediata-

---

* Organización a la que perteneció Samuel Clemens cuando tenía trece años y cuyo principal atractivo consistía, en palabras suyas, en poder lucir un hermoso fajín rojo.

mente presentó su dimisión... y aquella misma noche el juez sufrió una recaída y murió. Tom se juró que nunca volvería a fiarse de un hombre como aquél. El entierro resultó espléndido. Los Cadetes desfilaron con un aire calculado para matar de envidia al ex miembro. Claro que Tom era de nuevo libre, y eso valía mucho. Ya podía beber y blasfemar, pero, con gran asombro, descubrió que no le apetecía hacerlo. El simple hecho de poder hacerlo le privó del deseo y del encanto que había en ello.

Después de algún tiempo a Tom le extrañó descubrir que sus ansiadas vacaciones empezaban a aburrirle bastante.

Trató de escribir un diario... pero no ocurrió nada durante tres días, así que lo dejó.

Por primera vez llegó al pueblo una compañía de revista cómica, con actores disfrazados de negros, y causó sensación. Tom y Joe Harper organizaron una cuadrilla de actores y se lo pasaron en grande durante dos días.

Incluso el Glorioso Cuatro de Julio* fue hasta cierto punto un fracaso, porque llovió torrencialmente, así que no hubo desfile, y el hombre más ilustre del mundo (según suponía Tom Sawyer), el señor Benton, un verdadero Senador de los Estados Unidos, resultó de lo más decepcionante... porque no medía ocho metros de altura, ni cosa por el estilo.

Llegó un circo. Los muchachos jugaron al circo durante los tres días siguientes, con tiendas hechas de alfombras viejas —entrada: tres alfileres para los chicos, dos para las chicas—, y luego se abandonaron las actividades circenses.

Vinieron un frenólogo y un hipnotizador... y se volvieron a marchar, y dejaron la aldea más aburrida y triste que nunca.

---

* Aniversario de la promulgación de la Independencia de los Estados Unidos ocurrida el 4 de julio de 1776.

Hubo algunas reuniones de chicos y chicas, pero fueron tan pocas y resultaron tan agradables que el tiempo transcurrido entre una y otra se hacía todavía menos llevadero.

Becky Thatcher se había ido a su casa de Constantinopla a pasar las vacaciones con su familia... así que la vida no le sonreía por ninguna parte.

El horroroso secreto del asesinato era un suplicio crónico, un verdadero cáncer que le roía incesantemente.

Luego vino el sarampión.

Durante dos largas semanas, Tom estuvo en cama, prisionero, muerto para el mundo y sus acontecimientos. Estuvo muy enfermo; todo le daba igual. Cuando por fin se levantó y pudo caminar hasta el centro del pueblo, vio que un cambio melancólico había afectado a todas las cosas y a todos los seres. Habían predicado una «Misión» y todo el mundo se había «renovado en la fe», no sólo los adultos, sino incluso los chicos y las chicas. Tom paseaba por el pueblo aferrándose a la esperanza de ver siquiera la bendita cara de un solo pecador, pero sufrió decepciones por doquier. Encontró a Joe Harper con una Biblia en las manos y Tom se alejó tristemente ante tan deprimente espectáculo. Fue a ver a Ben Rogers y le encontró visitando a los pobres con una cesta llena de folletos religiosos. Fue en busca de Jim Hollis y éste le comentó que su reciente sarampión había sido una bendición preciosa, como una advertencia del cielo. Cada muchacho que Tom encontraba añadía otra tonelada de peso a su depresión y cuando, ya desesperado, voló por último a refugiarse en el pecho de Huckleberry Finn y éste lo recibió con una cita de las Escrituras, se le rompió el corazón, convencido de que era el único en todo el pueblo que estaba perdido y condenado para siempre jamás.

Además, aquella noche hubo una tormenta horrorosa, con lluvia torrencial, gran estruendo de truenos y cegadores fogonazos de rayos. Tom se tapó la cabeza con las mantas y esperó acongojado su última hora, porque no le cabía la menor duda de que todo aquel alboroto era por su culpa. Puede que fuera una exageración, algo así como matar moscas a cañonazos, pero no le parecía incongruente que se preparase una tormenta tan aparatosa como aquélla sólo por darle un revolcón a un bicho como él.

Poco a poco fue amainando el temporal y desapareció sin lograr su objetivo. El primer impulso del chico fue dar gracias al Cielo y enmendarse. Su segundo impulso fue dejarlo para más adelante, por si no había más tormentas.

Al día siguiente volvieron a llamar al médico; Tom había recaído. Las tres semanas durante las cuales tuvo que guardar cama le parecieron un siglo entero. Cuando al fin se levantó y salió a la calle, apenas se alegró de haber salvado la vida, al recordar la soledad que le aguardaba, abandonado y sin amigos. Bajó caminando apáticamente por la calle y se encontró a Jim Hollis, que hacía de juez en un tribunal de menores donde, en presencia de la víctima, se juzgaba a un gato por el asesinato de un pájaro. Encontró a Joe Harper y a Huck Finn escondidos en una callejuela comiéndose un melón robado. ¡Pobres chicos! Ellos —como Tom— habían sufrido una recaída.

Capítulo 23

Por fin, aquel ambiente aletargado se conmocionó... ¡y de qué manera! Se celebraba el juicio por el asesinato del médico. El tema se convirtió en comidilla de todas las conversaciones en la aldea. Tom no podía zafarse del asunto. Cada vez que hablaban del asesinato se le encogía el corazón, porque su conciencia atormentada y sus miedos le tenían convencido de que la gente hacía aquellos comentarios «con segundas»; le resultaba incomprensible que sospecharan que él sabía algo sobre el asesinato; sin embargo, no se encontraba cómodo en medio de aquellos chismorreos. Llevó a Huck a un lugar solitario para hablar seriamente con él. Sería un alivio romper por un momento la mordaza que lo atenazaba y poder compartir su agobiante carga con su compañero de fatigas. Además, quería asegurarse de que Huck no se había ido de la lengua.

—Huck, ¿le has contado aquello a alguien?

—¿El qué?

—Ya sabes el qué.

—Hombre, claro que no.

—¿Ni una palabra?

—Ni una sola palabra, te lo juro. ¿Por qué me lo preguntas?

—Bueno, tenía miedo.

—Hombre, Tom Sawyer, ya sabes *tú* que no estaríamos vivos ni dos días si alguien se entera de eso.

Tom se sentía más aliviado. Después de una pausa, dijo:

—Huck, no hay manera de que te hagan hablar, ¿verdad?

—¿De que me hagan hablar? Pues como no tuviera ganas de que me ahogara ese diablo mestizo, no sé por qué iba a hablar. Ya me dirás si no.

—Bueno, entonces vale... Supongo que no hay peligro mientras no abramos el pico. Pero vamos a jurarlo otra vez, por si acaso. Es más seguro.

—De acuerdo.

Así que renovaron el juramento con gran solemnidad.

—¿Qué dicen por ahí, Huck? He oído un montón de cosas.

—¿Que qué dicen? No hablan más que de Muff Potter; Muff Potter, por aquí, Muff Potter, por allá, todo el rato. Me hacen sudar la gota gorda, ¡ojalá pudiera esconderme en alguna parte!

—Igual me pasa a mí. Me parece que ése no tiene salvación. ¿No te da pena de él a veces?

—Ya lo creo, muchas veces. Es un *desgraciao,* pero nunca le ha hecho mal a nadie. Pesca cualquier cosa, sólo *pa* ganar unas perras *pa* emborracharse... y es un holgazán, pero al fin y al cabo todos somos así... o casi todos... hasta los predicadores y gente de ésa. Pero no es mala persona... un día me dio medio *pescao,* y eso que era bien pequeño, ¡y la de veces que me ha *echao* una mano cuando yo estaba en apuros!

—Anda, y a mí me ha *arreglao* las cometas, Huck, y me ha puesto anzuelos en el sedal. Ojalá pudiéramos sacarle de allí.

—¡Calla, hombre! ¿Cómo le íbamos a sacar? Y además, ¿*pa* qué? Enseguida le volverían a coger.

—Sí... es verdad. Pero ¡me da una rabia oír que hablan de él como si fuese el mismísimo Barrabás, cuando él no hizo... aquello!

—Lo mismo me pasa a mí, Tom. Dicen que es el asesino más cerdo de todo el país, y que qué lástima que no lo hayan ahorcado antes.

—Sí, todo el rato están igual. Les he oído decir que si se escapa lo linchan.

—No te quepa la menor duda.

Los muchachos siguieron charlando un buen rato, sin que ello les sirviera de gran consuelo. Al empezar a anochecer, se encontraron rondando los alrededores de la pequeña y aislada cárcel, quizá con la vaga esperanza de que sucedería algo que resolviera sus dificultades. Pero no pasó nada; al parecer, ni los ángeles ni las hadas se interesaban por aquel desgraciado cautivo.

Los muchachos hicieron lo que muchas veces habían hecho antes: se acercaron a la reja de la celda y dieron a Potter un poco de tabaco y fósforos. Él estaba en el piso de abajo y no había guardias.

Les agradecía tanto los obsequios, que en ocasiones anteriores siempre les había remordido la conciencia..., pero esta vez les resultaba insufrible. Se sintieron cobardes y traidores hasta el último grado cuando Potter les dijo:

—Os habéis portado muy bien conmigo, chicos..., mejor que ninguna otra persona de este pueblo. Y no lo olvido, no. Muchas veces me digo: «Yo les arreglaba las cometas y los cacharros a todos los chicos y les decía dónde había buenos sitios *pa* pescar y les hacía un favor si podía, y ahora todos se han *olvidao* del pobre de Muff que está en un buen lío; pero Tom no se olvida, ni Huck tampoco... *ellos* no se olvidan», digo, «y yo tampoco me olvido de ellos». Bueno, chicos, he hecho una cosa horrible... borracho y loco en aquel momento... sólo así me lo explico... y ahora me ahorcarán por ello, y bien merecido me lo tengo. Bien merecido, y nada más, digo yo, por lo menos eso me supongo. Bueno, no vamos a hablar de eso. No quiero haceros pasar un mal rato, que *pa* eso sois amigos míos. Pero lo que quiero deciros es que no os emborrachéis nunca... *pa* no acabar como yo. *Poneros* un poco hacia poniente... así... eso es; cómo consuela ver caras amigas cuando uno está en semejante lío y nadie viene por aquí más que vosotros. Son caras buenas y amigas, caras buenas y amigas. *Subiros* uno a caballito de otro *pa* que os toque la cara. Eso es. *Darme* la mano... las vuestras caben entre las rejas, pero las mías son demasiado grandes. Qué manitas tan débiles... pero hay que ver lo que han ayudado a Muff Potter, y aún le ayudarían más si pudieran.

Tom se fue a casa muy triste y aquella noche soñó un montón de pesadillas. Se pasó el día siguiente y el otro rondando por los alrededores de la sala del tribunal, atraído por un impulso casi irresistible de entrar, pero lo venció y se quedó afuera. A Huck le pasaba exactamente igual. Pusieron gran empeño en no encontrarse. De vez en cuando se alejaban del lugar, pero la misma fascinación lúgubre acababa por hacerlos regresar. Tom aguzaba el oído en cuanto salía de la sala algún ocioso oyente, pero las noticias eran invariablemente inquietantes: el cerco se estrechaba inexorablemente cada vez más alrededor del pobre Potter. Al levantarse la sesión el segundo día, se comentaba por el pueblo que Joe el Indio se mantenía firme e inquebrantable en sus declaraciones y que no había duda alguna de cuál iba a ser el veredicto del jurado.

Aquella noche Tom estuvo fuera de casa hasta muy tarde y entró por la ventana a acostarse. Estaba alteradísimo. Tardó horas en dormirse. A la mañana siguiente el pueblo entero acudió en tropel al palacio de justicia, porque había llegado el gran día. Hombres y mujeres se apiñaban por igual en el auditorio. Después de una larga espera, los miembros del jurado entraron en fila y tomaron asiento; poco después traían a Potter, pálido y macilento, alicaído y desesperanzado, cargado de cadenas, y le hicieron sentarse donde todos los ojos curiosos pudieran mirarle fijamente; lugar preferente ocupaba también Joe el Indio, tan imperturbable como siempre. Hubo otra pausa y luego llegó el juez, y el sheriff declaró abierta la sesión. Se produjo la consabida actividad entre los abogados: cuchicheos y preparativos de papeles. Estos detalles y las consiguientes demoras contribuían a crear un ambiente de expectación tan impresionante como fascinador.

Entonces llamaron a un testigo, que declaró que había encontrado a Muff Potter lavándose en el riachuelo, a altas horas de la madrugada, el día en que se descubrió el asesinato, y que Potter se había escabullido enseguida. Después de otras preguntas el fiscal dijo:

—La defensa puede interrogar al testigo.

El preso levantó los ojos un momento, pero los bajó de nuevo cuando su propio abogado dijo:

—No tengo nada que preguntar.

El testigo siguiente declaró sobre el descubrimiento de la navaja cerca del cadáver. El fiscal dijo:

—La defensa puede interrogar al testigo.

—No tengo nada que preguntar —replicó el abogado de Potter.

Un tercer testigo juró que había visto con frecuencia la navaja en posesión de Potter.

—La defensa puede interrogar al testigo.

El abogado de Potter rehusó interrogarle.

El público empezaba a dar muestras de irritación. ¿Tenía aquel abogado la intención de tirar la vida de su cliente sin hacer el más mínimo esfuerzo?

Varios testigos hicieron declaraciones sobre el comportamiento culpable de Potter el día en que lo trajeron a la escena del crimen. La defensa los dejó bajar del estrado sin interrogarles.

Numerosos testigos fidedignos fueron relatando con todo detalle los acontecimientos, desfavorables para el acusado, que habían tenido lugar en el cementerio aquella mañana, como muy bien recordaban todos los presentes, pero el abogado de Potter no interrogó a ninguno de ellos. La perplejidad y el descontento del público se expresaban en murmullos que a su vez provocaron una protesta del tribunal. Entonces el fiscal tomó la palabra:

—Por los testimonios de los ciudadanos, cuya palabra queda fuera de toda sospecha, imputamos este espantoso crimen, sin duda de ninguna clase, al desdichado preso que se sienta en el banquillo. No tenemos nada más que alegar.

Al pobre de Potter se le escapó un gemido; se cubrió la cara con las manos y se mecía el cuerpo suavemente hacia delante y hacia detrás, mientras un penoso silencio reinaba en la sala. Muchos hombres se emocionaron y la compasión de muchas mujeres se exteriorizó en lágrimas. El abogado defensor se levantó y dijo:

—Señoría, en nuestras observaciones en la apertura del proceso, anunciamos nuestro propósito de probar que nuestro cliente cometió este horrible acto bajo la influencia de un delirio ciego e irresponsable producido por al bebida. Hemos cambiado de opinión. No alegamos esa circunstancia.

Entonces se dirigió al alguacil y le dijo:

—¡Llame a Thomas Sawyer!

La sorpresa se pintó en todos los rostros, incluso en el de Potter. Todos los ojos se clavaron con sorprendido interés en Tom al levantarse éste e ir a ocupar su puesto en el estrado de los testigos. El muchacho parecía fuera de sí, porque estaba muerto de miedo. Le tomaron juramento.

—Thomas Sawyer, ¿dónde estabas el diecisiete de junio a eso de medianoche?

Tom miró de reojo el rostro implacable de Joe el Indio y se le trabó la lengua. El público escuchaba sin respirar, pero las palabras se negaron a salir. Al cabo de unos momentos, sin embargo, el muchacho logró hacer acopio de valor y poner suficiente energía en la voz para que le oyera una parte del público:

—¡En el cementerio!

—Un poco más alto, por favor. No tengas miedo. Así que estabas...

—En el cementerio.

Una sonrisa desdeñosa cruzó rápidamente la cara de Joe el Indio.

—¿Estabas cerca de la tumba de Horse Williams?

—Sí, señor.

—Habla claro... un poco más alto. ¿A qué distancia estabas?

—Tan cerca como estoy ahora de usted.

—¿Estabas escondido o no?

—Estaba escondido.

—¿Dónde?

—Detrás de los olmos que hay al borde de la tumba.

Joe el Indio se sobresaltó con un gesto apenas perceptible.

—¿Había alguien contigo?

—Sí, señor. Fui allí con...

—Espera... espera un momento. Dejaremos de momento el nombre de tu compañero. Ya lo revelaremos en el momento oportuno. ¿Llevabas algo contigo?

Tom vaciló y parecía confundido.

—Habla claro, muchacho..., no seas tímido. Siempre hay que ir con la verdad por delante. ¿Qué habías llevado?

—Sólo un... un gato muerto.

Hubo una ola de risas que el juez cortó en seco.

—Mostraremos el esqueleto de ese gato. Ahora, hijo mío, cuéntanos todo lo que ocurrió... cuéntalo con tus propias palabras... y no omitas nada ni tengas miedo.

Tom empezó... Al principio vacilaba, pero, según se iba acalorando, las palabras brotaban con mayor lucidez, y al poco rato no se oía ningún ruido salvo su voz; todos los ojos estaban fijos en él; con la boca abierta y la respiración contenida, el público escuchaba cada una de sus palabras, sin darse cuenta del tiempo que pasaba, absorto por la atroz fascinación del relato. La tensión de la emoción contenida llegó a su máximo cuando el chico dijo:

—... Y cuando el médico giró la tabla y Muff Potter cayó, Joe el Indio saltó con la navaja y...

¡Crac! ¡Veloz como el rayo, el mestizo saltó por una ventana, se abrió paso a través de todos los que intentaban detenerle y desapareció sin dejar rastro!

Capítulo 24

Tom volvía a ser un héroe resplandeciente... mimado por los viejos y envidiado por los jóvenes. Su nombre se vio incluso en inmortales letras de imprenta, enaltecido en el periódico local. Hubo gente que pronosticó que llegaría a ser presidente de la nación, a menos que acabase ahorcado.

Como suele suceder, el mundo, inconstante e irracional, acogió a Muff Potter en su seno y le mimó con tanto entusiasmo como antes le había injuriado. Pero ese tipo de comportamiento honra al mundo, así que no vamos a criticarlo.

Los días para Tom transcurrían llenos de esplendor y júbilo, pero las noches eran una auténtica pesadilla. Joe el Indio plagaba todos sus sueños, siempre con aquella mirada asesina, y apenas había cosa que lo tentara a salir de casa después del anochecer. El pobre Huck se hallaba en el mismo estado de congoja y de terror, porque Tom había contado toda la historia al abogado la noche anterior al gran día del proceso, y Huck tenía miedo de que alguien se enterase de su intervención en el asunto, a pesar de que la huida de Joe el Indio le había evitado el tormento de tener que prestar testimonio ante el tribunal. El pobre chaval había conseguido que el abogado le prometiera guardar el secreto, pero ¿cómo podía fiarse de él? Desde que los remordimientos de conciencia habían conseguido que Tom fuera de noche a casa del abogado y que de sus labios, sellados por el más macabro y formidable de los juramentos, saliera aquel espantoso relato, la confianza de Huck en el género humano casi se había esfumado. Durante el día la gratitud de Muff Potter le hacía a Tom alegrarse de haber hablado, pero por las noches deseaba haber mantenido sellada la lengua.

Por una parte, Tom temía que nunca lograran apresar a Joe el Indio; por otra, temía que lo hicieran. Estaba seguro de que no podría respirar en paz y a salvo hasta que supiera que aquel hombre estaba muerto y, además, hubiera visto el cadáver.

Se habían ofrecido recompensas por su captura y se había registrado toda la región, pero nadie dio con Joe el Indio. Una de esas maravillas que todo lo saben y causan pasmo y admiración, o sea, un detective, llegó de San Luis*, anduvo husmeando por los alrededores, meneó la cabeza, puso cara de sabio y logró esa clase de éxito sobresaliente que los miembros de su gremio suelen conseguir. Es decir, encontró una «pista». Pero no se puede ahorcar a una «pista» por asesinato, así que cuando aquel detective dio por terminada su misión y se marchó a casa, Tom se sintió tan inseguro como antes.

Los días transcurrían lentamente y con cada uno de ellos se aligeraba un tanto el peso de sus preocupaciones.

---

* Ciudad en el estado de Missouri (EE. UU.), situada a orillas del río Mississippi cerca de su confluencia con el Missouri, y centro de gran importancia por su actividad comercial e industrial. Fundada en 1764 por los franceses, se la llamó así en honor de Luis IX, rey de Francia.

Capítulo 25

En la vida de cualquier chico normal llega un momento en el que se siente un deseo irresistible de salir a donde sea en busca de un tesoro escondido. Un día, de repente, este deseo le sobrevino a Tom. Salió resueltamente a buscar a Joe Harper, pero no lo encontró. Luego fue a por Ben Rogers, que se había ido a pescar. Al rato se tropezó con Huck Finn, el Manos Rojas. Huck le serviría. Tom se lo llevó a un lugar apartado y le expuso el asunto confidencialmente. Huck accedió. Huck siempre estaba dispuesto a emprender cualquier asunto que ofreciera diversión y no requiriese inversión de capital, pues tenía a manos llenas un capitalazo de aquel tipo de tiempo que *no* es oro.

—¿Dónde vamos a cavar? —preguntó Huck.

—Pues en cualquier sitio.

—¡Anda!, ¿es que está escondido en todas partes?

—No, claro que no. Está escondido en lugares muy, muy especiales, Huck... A veces en islas, a veces en cofres podridos debajo de la rama de un árbol seco,* exactamente donde cae la sombra a medianoche, pero, en la mayoría de los casos, debajo del piso de las casas encantadas.

—¿Quién lo esconde?

—Hombre, pues los ladrones... ¿Quién iba a ser si no, los superintendentes de las escuelas dominicales?

---

* Como Mark Twain conocía sobradamente la narrativa de Edgar Allan Poe, parece evidente la referencia a *El escarabajo de oro,* relato en el que también se busca un tesoro en un lugar sobre el que se proyecta la sombra de una rama seca.

—No sé. Si yo tuviera un tesoro, no lo escondería; me lo gastaría y me lo pasaría fenómeno.

—Y yo. Pero los ladrones son distintos. Siempre lo esconden y ahí se queda.

—¿No vuelven a recogerlo nunca?

—No; piensan hacerlo, pero se les olvidan las señales o, si no, se mueren. El caso es que se queda escondido mucho tiempo y se pone todo mohoso, y después de mucho tiempo alguien se encuentra un papelajo amarillento donde pone cómo encontrar las señales... un papel que te lleva casi una semana descifrarlo porque está lleno de signos y jeroglíficos.

—¿Jero... qué?

—Jeroglíficos... dibujos y cosas, sabes, que parece que no dicen nada.

—¿Tú tienes uno de esos papeles, Tom?

—No.

—Pues entonces, ¿cómo vas a encontrar las señales?

—No me hacen falta. Siempre lo entierran debajo de una casa encantada, o en una isla, o debajo de un árbol seco que tiene una rama que sobresale. Bueno, ya hemos explorado un poco la isla de Jackson, y podemos volver a hacerlo otro día; y luego está la casa encantada allá arriba, donde el riachuelo de la destilería; y hay montones de árboles con ramas secas... cantidades de ellos.

—¿Y en todos hay un tesoro?

—¿Qué dices? ¡No!

—Entonces, ¿cómo vas a saber en cuál tienes que buscar?

—¡Buscaremos en todos!

—Pero, Tom, nos vamos a pasar todo el verano cavando.

—Bueno, ¿y qué? Suponte que encuentras una olla de cobre con cien dólares dentro, todos llenitos de verdín, o un cofre carcomido y hasta arriba de diamantes. ¿Qué te parece?

A Huck le brillaron los ojos.

—Sería estupendo. La verdad que sí. Pero a mí dame los cien dólares, que no quiero diamantes.

—Muy bien. Pero te aseguro que *yo* no voy a hacer ascos a los diamantes. Los hay que valen a veinte dólares cada uno... y por los peores te dan por lo menos sesenta centavos o un dólar.

—¡No me digas!

—Claro que sí... eso lo sabe cualquiera. ¿Nunca has visto un diamante, Huck?

—Que yo recuerde, no.

—Huy, pues los reyes los tienen a montones.

—Claro, pero como yo no conozco a ningún rey, Tom...

—Ya sé que no. Pero si fueras a Europa, los verías a montones saltando por todas partes.

—¿Es que saltan?

—¿Que si saltan? ¡No seas bobo, claro que no!

—Ah, bueno, ¿entonces por qué lo has dicho?

—Bah, sólo quería decir que los *verías*... no saltando, por supuesto... ¿para qué iban a saltar? Pero quiero decir que los verías... por todas partes, o sea, que hay muchos. Como aquel viejo Ricardo el jorobado.

—¿Ricardo? ¿Cómo se llama de apellido?

—No tenía apellido. Los reyes no tienen más que nombre.

—¿No?

—No, no tienen apellido.

—Bueno, Tom, pues allá ellos; pero yo no quiero ser rey y tener sólo nombre de pila, como si fuera un negro. Pero oye... ¿dónde vas a cavar primero?

—Pues no lo sé. ¿Qué te parece si probamos debajo de aquel árbol seco que hay en la colina al otro lado del riachuelo de la destilería?

—De acuerdo.

Así que cogieron un pico roto y una pala y emprendieron una caminata de cinco kilómetros. Llegaron jadeantes y con mucho calor, y se tumbaron a la sombra de un olmo vecino para descansar y fumar.

—Me gusta esto —dijo Tom.

—A mí también.

—Oye, Huck, si encontramos un tesoro aquí, ¿qué vas a hacer con tu parte?

—Bueno me tomaré una tarta y un vaso de gaseosa todos los días, y además iré a todos los circos que vengan. Me lo voy a pasar de lo lindo.

—¿Y no piensas ahorrar nada del dinero?

—¿Ahorrarlo? ¿*Pa* qué?

—Pues para tener algo de qué vivir pasado algún tiempo.

—No vale la pena. Igual papá volvía al pueblo el día menos *pensao* y le echaba el guante en cuanto me descuidara, y ése sí que se sacude los cuartos a toda velocidad. ¿Qué vas a hacer con el tuyo, Tom?

—Me voy a comprar un tambor nuevo y una espada de verdad, y una corbata roja y un cachorro de bulldog, y voy a casarme.

—¡A casarte!

—Eso es.

—Tom, tú... chico, tú no estás bien de la cabeza.

—Bueno, ya veremos.

—Pero, hombre, ¿cómo se te ocurre esa tontería? Mira, por ejemplo, a mi papá y a mi madre. ¿Que si se peleaban? Siempre estaban peleándose. Me acuerdo muy bien.

—Y a mí qué. La chica con la que me voy a casar no armará peleas.

—Tom, yo creo que todas son iguales. Lo primero que hacen es dejarle a uno *desplumao*. Mira que te lo pienses bien. ¿Cómo se llama la moza?

—No es una moza... es una chica.

—Digo yo que será igual; unos dicen moza, otros chica... Qué más da, ¿no? De todas formas, Tom, ¿cómo se llama?

—Ya te lo diré algún día... ahora, no.

—Muy bien... de acuerdo. Pero anda que, si te casas, me voy a quedar más solo que la una.

—Ya verás como no. Te vendrás a vivir conmigo. Venga, vamos a dejarlo, que hay que cavar.

Trabajaron y sudaron durante media hora. Sin resultado. Prosiguieron con ahínco durante otra media hora. Y seguían sin resultado. Huck dijo:

—¿Siempre lo entierran tan abajo?

—A veces... no siempre. Por lo general, no. Me parece que no hemos *dao* con el sitio.

Así que escogieron otro lugar y volvieron a empezar. Trabajaban con menos energías, pero aún hicieron algunos progresos. Cavaron en silencio un rato. Por fin Huck se apoyó en la pala, se limpió con la manga las gotas de sudor de la frente y dijo:

—¿Dónde vas a cavar luego, cuando acabemos con éste?

—¿Qué te parece si probamos debajo del árbol viejo que hay en la colina Cardiff, detrás de la casa de la viuda?

—Yo creo que está bien. Pero, ¿y si la viuda nos quita el tesoro, Tom? Es su finca.

—¡Que se cree *ella* eso! Ganas no le faltarán, pero el que encuentra un tesoro escondido se queda con él. No importa de quién sea la finca.

Huck se quedó satisfecho con la explicación. Siguieron trabajando. Al poco rato Huck dijo:

—¡Maldita sea! Otra vez nos hemos *equivocao* de sitio. ¿Qué te parece?

—Mira que es raro, ¿eh, Huck? No lo entiendo. A veces se meten por medio las brujas. Seguro que es eso lo que pasa ahora.

—Bah, las brujas no tienen poder durante el día.

—Eso sí que es verdad. No me daba cuenta. ¡Huy, *ya sé* lo que pasa! ¡Mira que somos tontos! Hay que averiguar dónde cae la sombra de la rama a medianoche, y allí es donde hay que cavar.

—Entonces, ¡qué diablos! Hemos estado trabajando a lo tonto y a lo bobo. Y encima, maldita sea, tenemos que volver por la noche. Con lo lejos que queda. ¿Podrás escaparte?

—Ya lo creo que sí. Hay que hacerlo esta noche sin falta, porque si alguien ve estos agujeros enseguida se dará cuenta de lo que hay aquí y nos lo birla.

—Bueno, iré a buscarte esta noche y maullaré.

—Muy bien. Vamos a esconder las herramientas entre los matorrales.

Los muchachos regresaron aquella noche a la hora convenida. Se sentaron en la oscuridad a esperar. El lugar era solitario y la hora solemne, según las tradiciones. Los espíritus murmuraban entre las hojas susurrantes, los fantasmas estaban al acecho en oscuros escondrijos, el profundo aullido de un sabueso se elevó en la lejanía, un búho respondió en tono fúnebre. Los muchachos, intimidados por tanta solemnidad, hablaban poco. Al cabo de un rato calcularon que ya eran las doce; hicieron una señal en el suelo, donde caía la sombra, y empezaron a cavar. Cada vez tenían más esperanza y más interés y, por lo tanto, cavaban con mayor ahínco. El agujero era cada vez más grande. En cuanto el pico chocaba contra algo, les pegaba un brinco el corazón. Pero todo en vano. Al final sólo resultaba ser una piedra o un duro terrón de tierra. Por fin, Tom dijo:

—Es inútil, Huck, nos hemos equivocado otra vez.

—Pero si *no puede* ser. Marcamos la sombra tal cual.

—Ya lo sé, pero hay algo más.

—¿El qué?

—Hombre, que calculamos la hora aproximadamente. No sería extraño que empezásemos demasiado tarde o demasiado temprano.

Huck dejó caer la pala y dijo:

—Claro, eso es lo malo. Pues así no vamos a ninguna parte. Nunca vamos a saber la hora exacta, y además a mí estas cosas me dan mucho miedo, a estas horas de la noche y todo lleno de brujas y fantasmas. Me parece que tengo a alguien detrás de mí todo el tiempo, y me da miedo volverme, por si hay otros por delante dispuestos a cazarme. Tengo la carne de gallina desde que estamos aquí.

—Bueno, yo estoy casi igual, Huck. Suelen meter a un hombre muerto donde entierran un tesoro, para vigilarlo.

—¡Ay, Señor!

—Sí que lo hacen. Siempre lo he oído decir.

—Tom, a mí no me gusta jugar con los muertos. Siempre acaba uno metido en un lío.

—Hombre, a mí tampoco me gusta molestarles. ¡Mira que si sale por ahí una calavera y nos dice cualquier cosa!

—¡No digas eso, Tom! ¡Ay, qué espanto!

—La verdad que sí, Huck; yo tampoco estoy nada a gusto.

—Oye, Tom, vámonos de aquí y buscamos en otro sitio.

—Sí, más nos vale.

—¿Dónde te parece?

Tom se quedó un rato pensando y luego dijo:

—En la casa encantada. ¡Eso es!

—Maldita sea, no me gustan las casas encantadas, Tom. Yo creo que son peores aún que los muertos. Los muertos a veces hablan, pero por lo menos no andan por ahí envueltos en una mortaja, ni se te aparecen cuando menos te lo esperas, ni se te asoman por encima del hombro de repente, rechinando los dientes, como hacen los fantasmas. Me parece que no puedo aguantar una cosa como ésa, Tom.... no hay quien lo aguante.

—Sí, Huck, pero los fantasmas sólo andan sueltos por la noche. No nos van a molestar si cavamos durante el día.

—Bueno, es verdad. Pero tú sabes muy bien que la gente no se acerca a esa casa encantada ni de día ni de noche.

—Bueno, eso es porque a nadie le gusta nunca ir a donde han asesinado a un hombre... Pero nadie ha visto nada por los alrededores de la casa más que de noche... y aun entonces sólo han visto unas luces azules por las ventanas... Nadie ha visto un fantasma de verdad.

—Bueno, Tom, pero siempre que hay luces azules de ésas por ahí, *segurismo* que viene el fantasma detrás. No hay más vueltas. Porque *tú* sabes que nadie más que los fantasmas las usan.

—Sí, es verdad. Pero de todas maneras los fantasmas no salen de día, así que no hay de qué tener miedo.

—Bueno, pues muy bien. Vamos a la casa encantada si te parece... pero creo que es bastante arriesgado.

Caminaban cuesta abajo según hablaban. Allí en medio del valle, bajo la luz de la luna, se veía la casa «encantada», completamente aislada: la valla había desaparecido hacía mucho tiempo, la maleza lo invadía todo, ocultando hasta los mismos escalones, la chimenea se había desmoronado, las ventanas carecían de cristales y una esquina del tejado se había hundido. Los muchachos se quedaron un buen rato contemplándola, esperando a medias ver una luz azul cruzar la ventana; luego, hablando en voz baja, como convenía a la hora y las circunstancias, se alejaron mucho hacia la derecha, para dar un buen rodeo a la casa encantada, y se fueron atravesando el bosque que embellecía la ladera opuesta de la colina Cardiff.

Capítulo 26

Al día siguiente, a mediodía, los muchachos llegaron junto al árbol seco; habían ido a buscar las herramientas. Tom estaba impaciente por llegar a la casa encantada; Huck también lo estaba algo, aunque moderadamente... pero de repente dijo:

—Fíjate, Tom, ¿tú sabes qué día es hoy?

Tom repasó mentalmente los días de la semana y levantó rápidamente los ojos con una mirada asustada.

—¡Dios mío! ¡No se me había ocurrido, Huck!

—Ni a mí tampoco, pero de repente me he *acordao* que es viernes

—Maldita sea, Huck, ya podemos andarnos con cuidado. Mira que si nos metemos en un buen lío por hacer una cosa de éstas en viernes. *

—¿Que si nos metemos en un lío? Eso *tenlo por seguro*. Habrá días con suerte, pero el viernes, nada.

—Eso lo sabe cualquiera. No pensarás que fuiste *tú* el primero en saberlo, Huck.

—Ya, ¿es que he dicho yo que lo fuera? Y no te creas que es sólo por lo del viernes. Anoche tuve una pesadilla: soñé con ratas.

---

* La creencia de que el viernes es un día aciago se remonta probablemente a tiempos muy antiguos, habiendo sido crucificado Jesucristo en viernes. Se consideraba de mala suerte iniciar un viaje en viernes, o emprender cualquier asunto que no se pudiera concluir en el mismo día. Según otra superstición, soñar con ratas significa tener muchos enemigos secretos.

—¡No me digas! Eso sí que es una señal segura de mala suerte. ¿Se peleaban las ratas?

—No.

—¡Uf!, menos mal, Huck. Si no se peleaban, por lo menos es señal de que sólo habrá dificultades, ¿sabes? Con tal de que nos andemos con cuidado y no nos metamos en líos. Mira, vamos a dejarlo por hoy, y nos ponemos a jugar. ¿Sabes quién era Robin Hood, Huck?

—No. ¿Quién era Robin Hodd?

—Pues uno de los hombres más grandes que hubo jamás en Inglaterra... y buenísimo. Era un bandolero.

—Caramba, cuánto me gustaría ser bandolero. ¿A quién robaba?

—Sólo a sheriffs y a obispos, a la gente rica y a reyes y a gente por el estilo. Pero nunca se metía con los pobres. A ellos los quería. Siempre lo repartía todo con ellos, a partes iguales.

—Pues sí que tenía que ser un tío estupendo.

—¡Cómo te lo diría, Huck! Era el hombre más noble que jamás ha existido. Ya no hay hombres como él ahora, te lo aseguro. Era capaz de ganarle a cualquier hombre de Inglaterra con una mano atada a la espalda y de coger su arco de tejo y, de cada disparo, atravesar una moneda de diez centavos a dos kilómetros de distancia.

—¿Qué es un arco de *tejo*?

—No lo sé. Es una clase de arco, por supuesto. Y si le daba a la moneda sólo en el borde se sentaba a llorar... y maldecía. Pero vamos a jugar a Robin Hood... es divertidísimo. Te enseñaré.

—De acuerdo.

Así que se pasaron la tarde jugando a Robin Hood; de vez en cuando echaban una mirada anhelante hacia la casa encantada y comentaban de pasada las perspectivas y posibilidades que allí les esperaban al día siguiente. Cuando el sol empezó a ponerse se encaminaron a casa atravesando las largas sombras de los árboles y pronto se perdieron de vista en los bosques de la colina Cardiff.

El sábado, un poco después de mediodía, los muchachos llegaron de nuevo junto al árbol muerto. Fumaron y charlaron un rato en la sombra, y luego cavaron un poco en el último agujero, no con grandes esperanzas, sino solamente porque Tom dijo que había habido muchos casos en que la gente abandonaba la búsqueda de un tesoro cuando estaban sólo a quince centímetros de él, y luego llegaba otro y lo descubría de una sola paletada. Pero en este caso no hubo suerte, así que los chicos se echaron las herramientas al hombro y se marcharon, convencidos de que no se habían limitado a probar fortuna a la ligera, sino que habían cumplido con todos los requisitos inherentes al oficio de buscadores de tesoros.

Cuando llegaron a la casa encantada había algo tan sobrenatural y espeluznante en el silencio absoluto que reinaba allí bajo el sol ardiente y algo tan deprimente en la soledad y la desolación del lugar, que al principio les dio miedo hasta de entrar. Luego se acercaron a la puerta con muchas precauciones y se asomaron temblando. Vieron un cuarto sin suelo, invadido de maleza, con las paredes sin enyesar; había una chimenea antigua, las ventanas carecían de cristales, la escalera estaba medio hundida y aquí y allá, por todas partes, colgaban restos y jirones de telarañas. Al rato entraron, sin hacer ruido, con el corazón palpitante, hablando en susurros, con el oído alerta y dispuestos a detectar el ruido más leve, con los músculos tensos y listos para una retirada inmediata.

Después de un rato se acostumbraron y dominaron sus temores, así que inspeccionaron el lugar con gran atención e interés, a la vez admirados y sorprendidos de su propio atrevimiento. Luego quisieron mirar el piso de arriba. Esto era algo así como cortarse la retirada, pero se pusieron a retarse el uno al otro y la cosa acabó como tenía que acabar: tiraron las herramientas en un rincón y subieron. Arriba encontraron las mismas señales de abandono. En un rincón había un armarito que parecía muy misterioso, pero el misterio se quedó en nada: estaba vacío. Para entonces los chicos rebosaban de valor y eran dueños de la situación. Estaban a punto de bajar la escalera y ponerse a cavar cuando...

—¡Chist! —dijo Tom.

—¿Qué pasa? —susurró Huck, lívido del susto.

—¡Chist!... ¡Ahí...! ¿Lo oyes?

—¡Sí! ¡Por Dios! ¡Corramos!

—¡Quédate quieto! No te muevas. Vienen derecho hacia la puerta.

Los chicos se tiraron al suelo, mirando por los agujeros del entarimado, y allí se quedaron, muertos de espanto.

—Se han parado... No, vienen... aquí están. No digas ni pío, Huck. Ay, Señor, ojalá estuviéramos bien lejos.

Entraron dos hombres. Cada uno de los chicos se dijo para sus adentros: «Pero si es ese viejo español sordomudo que hemos visto por el pueblo un par de veces en los últimos días... Al otro nunca le he visto antes».

El «otro» era un tipo harapiento y sucio, con una cara de lo más desagradable. El español iba envuelto en un *sarape**, tenía una barba blanca y enmarañada, el pelo largo y blanco le asomaba por debajo del sombrero y llevaba gafas verdes. Cuando entraron, el «otro» hablaba en voz baja; se sentaron en el suelo, mirando hacia la puerta, con la espalda contra la pared, y el que hablaba siguió haciendo comentarios. Poco a poco fue perdiendo su aspecto receloso y hablando en voz más alta. Decía:

—No. Me lo he pensado muy bien y no me gusta nada. Es peligroso.

—¡Peligroso! —gruñó el español «sordomudo», y los chicos se quedaron de pasmo—. ¡Mantecón!

Al oír la voz los chicos pegaron un respingo. ¡Era la voz de Joe el Indio! Durante un rato hubo silencio. Luego Joe dijo:

_____

* En México, capote de monte, de lana o algodón, generalmente con franjas de vivos colores.

—Pues sí que no era peligroso aquel robo de allá arriba... y ya ves, no pasó nada.

—Aquello era distinto. Río arriba tan lejos, y sin ninguna casa por los alrededores. No se sabrá nunca que lo intentamos, porque no logramos nada.

—¡Pues anda que no es peligroso venir aquí en pleno día! Cualquiera que nos viera sospecharía de nosotros.

—Ya lo sé. Pero no había otro sitio tan a mano, después del fracaso del robo. Quiero largarme de este cuchitril. Ya me quería marchar ayer, pero cualquiera lo hacía con esos condenados chicos a la vista jugando allí en plena colina.

Los «condenados chicos» temblaron otra vez al oír el comentario y pensaron en la suerte que habían tenido al recordar que era viernes y esperar un día. Ojalá hubieran esperado un año.

Los dos hombres sacaron algo de comer, y Joe el Indio se quedó un buen rato en silencio y pensativo y luego dijo:

—Mira, chaval: tú vuelves allá río arriba, que es donde debes estar. Espera allí hasta que te avise. Voy a arriesgarme a pasar por el pueblo otra vez, para echar un vistazo. Haremos ese robo «peligroso» cuando me haya *enterao* de unas cuantas cosas y me parezca oportuno. Y luego, ¡a Texas!* ¡Allá que nos vamos!

El otro estaba de acuerdo. Al rato los dos hombres empezaron a bostezar y Joe el Indio dijo:

—Estoy muerto de sueño. Te toca vigilar a ti.

Se hizo un ovillo entre la maleza y pronto empezó a roncar. Su compañero le sacudió una o dos veces y se calló. Al rato el vigilante empezó a dar cabezadas; cada vez se le iba cayendo más la cabeza, y al poco estaban los dos roncando.

Los chicos dieron un hondo suspiro de alivio. Tom susurró:

_____

* Texas era a mediados del siglo XIX el refugio de todos los criminales perseguidos por la justicia.

—Ésta es la nuestra, ¡vámonos!

Huck dijo:

—No puedo. Me muero si se despiertan.

Tom le instaba... Huck se negaba. Por fin Tom se levantó lenta y suavemente y empezó a marcharse solo. Pero al primer paso provocó un crujido tan horroroso en el decrépito suelo, que se dejó caer casi muerto de miedo. No lo intentó otra vez. Los muchachos se quedaron allí tumbados, contando los interminables minutos hasta que les pareció que el tiempo se había muerto y la eternidad peinaba canas, y entonces se percataron, aliviados, de que por fin se ponía el sol.

Entonces cesó uno de los ronquidos. Joe el Indio se incorporó, miró a su alrededor... sonrió amargamente al ver a su compañero con la cabeza apoyada en las rodillas... le empujó con el pie y le dijo:

—¡Menudo vigilante estás *tú* hecho! Y menos mal que no ha *pasao* nada.

—¡Anda! ¿Me he dormido?

—Hombre, ya lo creo. Espabílate, socio, que ya es hora de marcharnos. ¿Qué vamos a hacer con las *miajas* de botín que tenemos?

—Qué sé yo... Dejarlo aquí como otras veces. *Pa* qué nos lo vamos a llevar hasta que vayamos al Sur. Seiscientos cincuenta en plata es un buen peso *pa* cargar con él.

—Bueno, muy bien. Aún podemos acercarnos por aquí otro día.

—No, si yo lo que digo es volver por la noche, como hacíamos antes... Es mejor

—Sí, pero fíjate bien: lo mismo pasa bastante tiempo antes de que se presente una buena ocasión *pa'l* golpe; igual pasa cualquier cosa; el sitio no es muy allá, más vale que lo enterremos, y bien hondo.

—Buena idea —dijo su compañero.

Luego se dirigió al otro extremo de la habitación, se arrodilló, levantó una de las piedras del fondo de la chimenea y sacó una bolsa que tintineaba agradablemente. Quitó de ella veinte o treinta dólares para sí y una cantidad igual para Joe el Indio, y entregó la bolsa a éste, que, arrodillado en el rincón, cavaba un hoyo con su cuchillo de caza.

Inmediatamente los muchachos olvidaron todos sus miedos y todas sus penas. Con mirada satisfecha observaban cada movimiento. ¡Qué suerte! ¡El esplendor de la realidad sobrepasaba toda imaginación! Seiscientos dólares era dinero más que suficiente para hacer ricos a media docena de chicos. La búsqueda del tesoro se presentaba bajo los mejores auspicios: nada de preocupaciones buscando un sitio adecuado donde cavar. A cada momento se hacían señas y se daban codazos, gestos elocuentes y fáciles de entender, porque querían decir simplemente: «¡Qué! Y *ahora,* ¿no te alegras de que estemos aquí?».

El cuchillo de Joe chocó con algo.

—¡Caramba! —dijo.

—¿Qué pasa? —preguntó su compañero.

—Una tabla medio podrida... No, me parece que es un cajón. Ven... échame una mano a ver qué es esto. Bah, déjalo, ya le he hecho un agujero.

Metió la mano y la volvió a sacar:

—Oye, ¡si es dinero!

Los dos hombres examinaron el puñado de monedas. Eran de oro. Los chicos, allá arriba, estaban tan emocionados y tan contentos como los hombres.

El compañero de Joe dijo:

—Esto lo arreglamos en un santiamén. Hay un pico todo mohoso metido en ese rincón, entre la maleza, al otro lado de la chimenea. Lo vi hace un momento.

Corrió y trajo el pico y la pala de los chicos. Joe el Indio cogió el pico, lo observó con detenimiento, meneó la cabeza, farfulló algo entre dientes y luego se puso a usarlo. Pronto tuvieron el cajón desenterrado. No era muy grande; estaba revestido de hierro y había sido muy fuerte antes de que el paso de los años lo hubiera deteriorado. Los hombres se quedaron un rato contemplando el tesoro en gozoso silencio.

—Socio, aquí hay miles de dólares —dijo Joe el Indio.

—Siempre han dicho que esa cuadrilla de Murrel[*] anduvo por aquí un verano —comentó el forastero.

—Lo sé —dijo Joe el Indio—. Y esto lo demuestra, diría yo.

—Ya no necesitas dar ese golpe.

El mestizo frunció el entrecejo. Luego dijo:

—No me conoces. Mejor dicho, no estás *enterao* de todo en el asunto este. Lo de menos es el robo... Se trata de una *venganza* —y un brillo de maldad resplandeció en sus ojos—. Tienes que echarme una mano. En cuanto acabemos, ¡hale, a Texas! Vete a casa con tu Nance y tus chavales, y espera a que te avise.

—Bueno... lo que tú digas. ¿Qué hacemos con esto?... ¿Lo volvemos a enterrar?

—Sí. *(Arriba, una dicha inmensa.)* ¡No! ¡Por todos los demonios, no! *(Profunda inquietud arriba.)* Casi me olvido. ¡Ese pico tenía tierra fresca! *(Inmediatamente los chicos se pusieron enfermos de terror.)* ¿Cómo es que había aquí un pico y una pala? ¿Y cómo es que tenían tierra fresca encima? ¿Quién los trajo aquí?... ¿Y dónde están ahora? ¿Has oído a alguien? ¿Has visto a alguien? ¡Qué! No lo vamos a enterrar otra vez *pa* que cuando vengan vean la tierra removida. No, por cierto... No, vamos a llevarlo a mi escondrijo.

—¡Hombre, claro! ¡Cómo no se nos ha ocurrido antes! ¿Quieres decir al Número Uno?

—No, al Número Dos, bajo la cruz. El otro sitio no vale... Demasiado conocido.

—De acuerdo. Ya casi es de noche, yo creo que podemos irnos.

---

[*] John A. Murrell era un bandolero proscrito que acaudillaba una banda de salteadores. Sus componentes (casi quinientos) tuvieron aterrorizadas a las poblaciones que se asentaban a orillas del Mississippi durante los años mozos de Samuel Clemens. Robaban y asesinaban con absoluta impunidad, en connivencia con algunos jueces y representantes del orden; llegaron a planificar una sublevación de esclavos que contó con la simpatía de muchos abolicionistas del norte, pero el complot se descubrió en 1834.

Joe el Indio se levantó y fue de ventana en ventana, asomándose con cautela. Al rato dijo:

—¿Quién pudo haber traído aquí esas herramientas? ¿Tú crees que estarán arriba?

Los chicos se quedaron sin aliento. Joe el Indio se llevó la mano al cuchillo, se detuvo un momento, indeciso, y luego se dirigió hacia la escalera. Los muchachos pensaron en el armario, pero se vieron incapaces de moverse. Los pasos subían haciendo crujir las escaleras... Ante el intolerable peligro de la situación los chicos hicieron acopio de todos sus fuerzas... Estaban a punto de saltar hacia el armario, cuando se oyó un estrépito de tablas podridas y Joe el Indio aterrizó en el suelo entre los restos de la escalera desmoronada. Se enderezó, blasfemando, y su compañero le dijo:

—¡Anda, qué más da! Si hay alguien y está ahí arriba, que se *quede*... a nosotros, ¿qué? Como si quieren bajar de un salto y buscar camorra, ¿quién se lo impide? Dentro de un cuarto de hora habrá oscurecido... y entonces que nos sigan si quieren. Yo estoy dispuesto. *Pa* mí que los que tiraron esas cosas ahí dentro nos vieron y se creyeron que éramos fantasmas o diablos o cosa por el estilo. Apuesto a que todavía están corriendo por ahí.

Joe refunfuñó un rato; luego convino con su amigo en que debían aprovechar la luz del día que quedaba para arreglar las cosas y marcharse. Poco después salieron cautelosamente de la casa protegidos por la oscuridad del anochecer, que era cada vez más densa, y se fueron hacia el río llevándose su preciada caja.

Tom y Huck se levantaron desfallecidos pero enormemente aliviados y continuaron observándolos a través de las rendijas de las paredes. ¿Que si los siguieron? No, ni pensarlo. Se dieron por contentos con lograr llegar al piso de abajo sin romperse la crisma, y se encaminaron hacia el pueblo atravesando la colina. No hablaban mucho. Bastante tenían con odiarse... Maldecían la hora en que habían dejado allí el pico y la pala. Si no fuera por aquello, Joe el Indio no hubiera sospechado nada. Hubiera escondido la plata con el oro, para dejarlos allí hasta después de la «venganza», y entonces hubiera tenido la desgracia de encontrar que el dinero había desaparecido. ¡Qué mala, pero qué malísima suerte haber dejado las herramientas allí!

Decidieron vigilar al español cuando viniera al pueblo buscando la ocasión de preparar la venganza, y seguirle al «Número Dos», donde quiera que estuviese. Entonces se le ocurrió a Tom un espeluznante pensamiento:

—¿Venganza? ¿Y si quiere decir de *nosotros,* Huck?

—¡Ay, no me lo digas! —dijo Huck, casi desmayándose.

Lo discutieron bien y para cuando llegaron al pueblo habían concluido que probablemente se refería a otra persona... Por lo menos puede que se refiriera sólo a Tom, puesto que él era el único que había declarado.

Claro que a Tom no le consolaba nada encontrarse solo ante el peligro. Pensaba que hubiera sido preferible estar acompañado.

Capítulo 27

La aventura de aquel día perturbó muchísimo los sueños de Tom por la noche. Cuatro veces se había apoderado del rico tesoro y cuatro veces el tesoro se le había desvanecido en la nada, entre sus dedos, cuando por fin el sueño le abandonó y tuvo que enfrentarse con la dura realidad de su mala suerte. Cuando, aún en la cama, recordaba muy de madrugada los incidentes de la gran aventura, se dio cuenta de que le parecían extrañamente amortiguados y lejanos... y un poco como si hubieran ocurrido en otro mundo, o en una época del remoto pasado. ¡Luego se le pasó por la cabeza que hasta la gran aventura debía de ser un sueño! Había un argumento muy fuerte en favor de esta idea, y era éste: que la cantidad de monedas que había visto era demasiado enorme para ser real. Nunca hasta entonces había visto ni siquiera cincuenta dólares juntos, y él, como otros chicos de su edad y condición, suponía que todas las referencias a «cientos» y «miles» eran simplemente figuras retóricas muy exageradas, y que en todo el mundo no existía realmente semejante cantidad de dinero. Nunca, ni por un momento, se le había pasado por la imaginación que alguien pudiera tener tanto como cien dólares. Si se hubiera analizado el concepto de lo que para él era un tesoro escondido, se hubiera encontrado que consistía en un puñado de monedas auténticas de diez centavos y una fanega de dólares vagos, espléndidos e intangibles.

Pero los incidentes de su aventura se hacían sensiblemente más claros y nítidos al pensar en ellos, así que al poco rato estaba dispuesto a creer que, después de todo, la cosa podría no haber sido un sueño. Tenía que disipar aquella incertidumbre. Desayunaría cualquier cosa a toda prisa y se iría a buscar a Huck.

Huck estaba sentado en la regala* de una chalana, con los pies metidos en el agua y un aspecto distraído y melancólico. Tom decidió dejar a Huck abordar el tema. Si no lo hacía, sería prueba de que la aventura había sido sólo un sueño.

—¡Hola, Huck!

—Hola, tú.

Silencio durante un minuto.

—Tom, si hubiéramos dejado las malditas herramientas junto al árbol muerto habríamos conseguido el dinero. ¡Ay, es horrible!

—¡Entonces, no es un sueño, no es un sueño! Casi me gustaría que lo fuera. Diablos, cómo me gustaría.

—¿Que no es un sueño qué?

—Pues eso que pasó ayer. He llegado casi a pensar que lo era.

—¡Sueño! Si no se vienen abajo las escaleras, ¡menudo sueño hubiera sido! Me he *pasao* toda la noche soñando... con ese maldito español del parche en el ojo, que no dejaba de perseguirme... ¡Por ahí se pudra!

—No, más vale que no se pudra. Hay que *encontrarle*. ¡Dar con el dinero!

—Tom, pero cómo vamos a encontrarle. A un tipo sólo se le presenta una oportunidad en la vida de echarle el guante a un montón como aquél... A ése ya no hay quien le vuelva a ver el pelo. De todas formas, a mí me daría mucho miedo volvérmelo a encontrar.

—Bueno, y a mí; pero en todo caso me gustaría verle... y seguirle la pista al Número Dos.

—El Número Dos... sí, eso es. He estado dándole vueltas, pero no me aclaro. ¿Tú qué crees que será?

—Ni idea. No se me ocurre nada. Oye, Huck... ¡Igual es el número de una casa!

_____

* Tablón que cubre el extremo superior de las ligazones y forma el borde del barco.

—¡Claro, eso es! No. Tom, no puede ser. Si lo es, no está en este pueblucho indecente. Aquí las casas no tienen número.

—Claro, es verdad. Déjame pensar un momento. A ver... es el número de un cuarto... ¡de una posada, sabes!

—¡Has *dao* en el clavo! Sólo hay dos posadas, así que enseguida nos enteramos.

—Huck, quédate aquí hasta que vuelva.

Tom se marchó inmediatamente. No le convenía que lo vieran con Huck en lugares públicos. Tardó media hora en regresar. Se había enterado de que en la mejor posada el número 2 llevaba mucho tiempo ocupado por un joven abogado, que seguía hospedado allí. En la casa de menos categoría, el número 2 era en cambio un misterio. El joven hijo del mesonero le dijo que el cuarto estaba siempre cerrado con llave, y que nunca veía a nadie entrar ni salir de él salvo por la noche; no le pudo dar explicación del motivo de esto; el asunto le había intrigado un tanto, pero no le daba mayor importancia; le gustaba pensar que el misterio se debía al hecho de que el cuarto estaba «encantado»; por cierto que anoche había visto luz dentro.

—Eso es lo que he averiguado, Huck. Creo que ése es el número 2 que buscamos.

—Seguro que sí, Tom. Ahora, ¿qué vas a hacer?

—Déjame pensarlo.

Tom estuvo pensando un buen rato. Luego dijo:

—A ver qué te parece. La puerta trasera de ese número 2 es esa que da al callejoncito estrecho que hay entre la posada y el almacén de ladrillos aquel tan cochambroso. Mira, a ver si te haces con todas las llaves que puedas encontrar, y yo le birlaré todas las que pueda a mi tiíta, y la primera noche oscura vamos allí y las probamos. Y cuida que no se te despiste Joe el Indio, que dijo que se iba a pasar por el pueblo a echar un vistazo y buscar la oportunidad de vengarse. Si le ves, síguele, y si no entra en ese número 2, entonces no es el sitio.

—¡Ay, Señor! Es que no quiero seguirle solo.

—Pero si seguro que será de noche. Ya verás como no te ve... y si te ve, lo mismo ni piensa nada.

—Bueno, si es muy de noche lo mismo le sigo. No sé... no sé. Bueno, lo intentaré.

—Si es de noche, te apuesto a que *yo* le sigo, Huck. Además, lo mismo se ha *enterao* de que no puede vengarse y se larga directamente a coger el dinero.

—Es verdad, Tom, es verdad. Le seguiré, pase lo que pase. ¡Vaya que sí!

—¡Así se *habla*! No te eches atrás nunca, Huck, que yo tampoco lo haré.

Capítulo 28

Aquella noche Tom y Huck se dispusieron para la aventura. Anduvieron rondando por los alrededores de la posada hasta pasadas las nueve: uno vigilaba el callejón desde lejos y el otro la puerta de la posada. Por el callejón no entró ni salió nadie; por la otra puerta de la posada tampoco entró ni salió nadie ni remotamente parecido al español. La noche se presentaba despejada, así que Tom se fue a casa después de haber acordado que, si llegaba a oscurecer lo suficiente, Huck vendría a maullar y entonces él saldría a hurtadillas y probaría las llaves. Pero la noche seguía clara, así que Huck dio por concluida la guardia y a eso de medianoche se fue a dormir en un barril de caña vacío.

El martes los muchachos tuvieron también mala suerte. Y lo mismo sucedió el miércoles. Pero la noche del jueves presentaba mejor cariz. Al oír la señal, Tom salió a escondidas con la vieja linterna de hojalata de su tía envuelta en una toalla grande. Escondió la linterna en el barril de Huck y se pusieron a vigilar. Una hora antes de medianoche cerraron la posada y apagaron las luces, que eran las únicas que por allí se veían. No había ni rastro de ningún español. Nadie había entrado ni salido del callejón. La ocasión se presentaba de lo más feliz. Reinaba la oscuridad de las tinieblas;* sólo de vez en cuando el rugido de algún trueno lejano turbaba el silencio.

---

* Véase la nota de la página 137.

Tom cogió la linterna, la encendió dentro del barril, la envolvió bien con la toalla y los dos aventureros se fueron, entre tinieblas, hacia el mesón. Huck se quedó de guardia y Tom se metió a tientas por el callejón. Entonces hubo un tiempo de espera ansiosa que pesaba como una montaña sobre el espíritu de Huck. Empezó a desear ver el destello de la linterna... Seguro que le asustaría, pero por lo menos sería prueba de que Tom seguía vivo todavía. Parecía que habían pasado horas desde que Tom se había marchado. No cabía duda de que se había desmayado; lo mismo se había muerto; quizá se le había paralizado el corazón de terror y emoción. Con todas estas preocupaciones Huck fue acercándose cada vez más al callejón; temía toda clase de cosas espantosas y suponía que en cualquier momento sucedería alguna catástrofe que lo dejaría totalmente sin aliento. Aunque no es que tuviera ya demasiado, pues respiraba con dificultad, y el corazón no le iba a durar mucho, con aquella manera que tenía de latirle. De repente hubo un resplandor de luz y Tom pasó disparado por delante de él:

—¡Corre! —dijo—. ¡Sálvate, si puedes!

No hacía falta repetírselo, con una vez bastaba; Huck ya iba a eso de sesenta kilómetros por hora antes de oír la segunda frase. Los muchachos no se detuvieron hasta llegar al cobertizo de un matadero abandonado que había en las afueras de la aldea. No habían hecho más que meterse dentro cuando estalló la tormenta y se puso a llover a cántaros. En cuanto Tom recobró el aliento, dijo:

—Huck, ¡fue horrible! Probé dos de las llaves con muchísimo cuidado, pero hacían un ruido tan endemoniado que casi no podía respirar con el susto que tenía. Además no giraban ni a la de tres. Bueno, pues sin darme cuenta de lo que hacía, toqué el picaporte ¡y la puerta se abrió! No estaba cerrada con llave. Me metí dentro y quité la toalla de la linterna ¡y por todos los demonios, lo que había!

—¿Qué?... ¿Qué había, Tom?

—Huck, ¡casi le piso la mano a Joe el Indio!

—¡No!

—¡Sí! Estaba tumbado en el suelo, dormido como un tronco, con una botella a su lado.

—¡Ay, Señor! ¿Qué hiciste? ¿Se despertó?

—No, no se movió. Seguro que estaba borracho. ¡No hice más que agarrar la toalla y salir volando!

—Yo no me hubiera *acordao* ni de la toalla.

—Pues yo sí. Buena me la armaría mi tía si se la pierdo.

—Oye, Tom, ¿has visto la caja?

—Huck, no me paré ni a echar un vistazo. No vi la caja, ni la cruz, sino nada más que una botella y una taza de hojalata en el suelo junto a Joe el Indio, eso; y además había dos barriles y muchas más botellas en el cuarto. ¿No te das cuenta ahora de lo que pasa en ese cuarto encantado?

—¿Y qué pasa?

—¡Pues que está encantado con whisky! Lo mismo todas las posadas de la Templanza* tienen un cuarto encantado, ¿eh, Huck?

—Bueno, me supongo que sí. ¡Quién lo hubiera dicho! Pero oye, Tom, es una ocasión estupenda para coger la caja, si Joe el Indio está borracho.

—Ah, sí, ¿eh? ¡Pues ya puedes ir tú!

Huck se estremeció.

—Pues, no... me parece que no.

—A mí también me parece que no, Huck. Sólo había una botella junto a Joe el Indio, y eso no es nada. Si fueran tres puede que estuviera bastante borracho, y a lo mejor yo también me atrevía.

Hubo una larga pausa mientras reflexionaban, y luego Tom dijo:

—Mira, Huck, más vale no intentarlo hasta que sepamos que Joe el Indio no está allí. Da demasiado miedo. Pero si vigilamos todas las noches, segurísimo que

---

* Establecimiento donde supuestamente no se consumían bebidas alcohólicas. Un lugar tan pequeño como Hannibal tenía hacia 1840 tres destilerías y seis tabernas y además era frecuente que se sirvieran bebidas alcohólicas aun en lugares que no tenían licencia para ello.

un día u otro sale, y entonces agarramos esa caja más rápido que un rayo.

—Bueno, de acuerdo. Yo vigilo toda la noche, y además todas las noches, y tú haces el resto.

—Muy bien, eso hacemos. Sólo tienes que subir una manzana por la calle Hooper y maullar... y si estoy dormido tiras unas chinitas a la ventana y con eso me despertaré.

—De acuerdo, trato hecho.

—Bueno, Huck, la tormenta ha amainado; me voy a casa. Dentro de un par de horas amanecerá. Volverás allí a vigilar hasta entonces, ¿no?

—He dicho que lo haría, Tom, y lo haré. ¡Como si tengo que vigilar la posada todas las noches un año entero! Dormiré de día y montaré guardia de noche.

—Estupendo. ¿Y dónde vas a dormir?

—En el henal de Ben Rogers. Me ha *dao* permiso, y también el tío Jake, el negro de su papá. Al tío Jake le acarreo agua cuando me lo pide, y siempre que se lo pido me da un poco de comer, cuando le sobra algo. Es un negro buenísimo, Tom. Le caigo bien, porque nunca le miro por encima del hombro. A veces hasta me he *sentao* a comer a su lado. Pero no se lo digas a nadie. Cuando uno pasa hambre tiene que hacer cosas que no le gustaría hacer normalmente.

—Bueno, si no me haces falta durante el día, te dejaré dormir. No iré por allí a molestarte. En el momento en que veas que pasa algo, por la noche, vienes corriendo y me llamas con un maullido.

Capítulo 29

Lo primero que Tom oyó la mañana del viernes fue una noticia alegre: la familia del juez Thatcher había regresado al pueblo la noche anterior. De momento Joe el Indio y el tesoro pasaron a segundo plano y Becky ocupó el lugar de preferencia en el interés del chico. Fue a verla y disfrutaron de lo lindo jugando al escondite y al rescate con un montón de compañeros de escuela. El día terminó gloriosamente de la manera más satisfactoria: Becky importunó a su madre para que la dejara organizar para el día siguiente la excursión con merienda —prometida y aplazada desde hacía tiempo— y la madre le dio permiso. La alegría de la niña no tenía límites y la de Tom tampoco era para menos. Enviaron las invitaciones antes del anochecer y enseguida los jóvenes de la aldea se encontraron inmersos en preparativos febriles y júbilo anticipado. La emoción de Tom lo mantuvo despierto hasta muy tarde; tenía la esperanza de oír el «miau» de Huck y hacerse con el tesoro para dejar pasmada a Becky y a los excursionistas al día siguiente, pero fue en vano. Aquella noche no se oyó ninguna señal.

Por fin se hizo de día, y entre las diez y las once de la mañana se reunió en casa del juez Thatcher una pandilla ruidosa e inquieta: todo estaba listo para la partida. No era costumbre que los mayores estropearan estas meriendas con su presencia. Se consideraba que los niños iban con bastante seguridad bajo las alas de unas cuantas señoritas de dieciocho años de edad y unos jóvenes de unos veintitrés, más o menos. Alquilaron para la ocasión el viejo transbordador de vapor; al poco rato el alegre grupo desfilaba por la calle principal con las cestas de comida al brazo. Sid estaba enfermo y tuvo que perderse la diversión, y Mary se quedó en casa para distraerle. La última cosa que la señora Thatcher le dijo a Becky fue:

—Se os va a hacer tarde, hija. Más vale que te quedes a dormir en casa de cualquiera de las chicas que vive cerca del embarcadero.

—Entonces me quedo con Susy Harper, mamá.

—Muy bien. Procura portarte bien y no dar la lata.

Al rato, mientras iban caminando, Tom dijo a Becky:

—Oye... ¿sabes lo que podemos hacer? En vez de ir a casa de Joe Harper, subimos a casa de la viuda Douglas. ¡Seguro que tiene helado! Lo tiene casi todos los días, y a montones. Y además se alegrará de vernos.

—¡Huy, qué divertido!

Entonces Becky reflexionó un momento y dijo:

—Pero ¿y qué dirá mi mamá?

—¿Cómo se va a enterar?

La chica se quedó dándole vueltas a la idea y dijo vacilando:

—Me parece que eso no está muy bien... pero...

—¡Anda, ya! Tu madre no se va a enterar, así que ¿por qué va a estar mal? Lo único que le importa es que no te pase nada, y seguro que, si se le hubiera ocurrido, te habría dicho que te fueras allí. ¡Estoy segurísimo!

La espléndida hospitalidad de la viuda Douglas era una tentación. Ésta y las dotes de persuasión de Tom ganaron la batalla. Así que decidieron no comunicarle a nadie los planes que tenían para aquella noche. Al rato se le ocurrió a Tom que quizá Huck vendría a dar la señal esa misma noche y este pensamiento le aguó un poco la fiesta. Sin embargo, no estaba dispuesto a perderse el convite en casa de la viuda Douglas. Y además, ¿por qué iba a ser más probable que se produjera esa noche? Más valía la diversión segura que el tesoro incierto y, como es de suponer en un muchacho de su edad, decidió ceder ante el deseo más fuerte y no acordarse más aquel día del cofre de monedas.

A cinco kilómetros río abajo del pueblo el transbordador se detuvo en la entrada de una hondonada boscosa y atracó. La chiquillería saltó a tierra y enseguida los últimos confines del bosque y las cumbres de todos los peñascos resonaron con gritos y risas. Se ensayaron todas las posibilidades existentes para cansarse y sofocarse y al cabo de un rato los exploradores regresaron al campamento, con muy buen apetito, y dieron buena cuenta de todos los ricos manjares. Después del banquete hubo un momento restaurador, dedicado a charlar y descansar a la sombra de los grandes robles. Pasado un rato, alguien gritó:

—¿Quién quiere ir a la cueva?

Todo el mundo quería ir. Sacaron paquetes de velas y enseguida se fueron correteando cuesta arriba. La boca de la cueva estaba en la ladera; era una abertura en forma de letra A. Su gruesa puerta de roble se encontraba desatrancada. Dentro había una pequeña cámara, fresca como un depósito de hielo, provista por la Naturaleza de sólidas paredes de piedra caliza perladas de frío sudor. Era romántico y misterioso encontrarse allí, en las profundas tinieblas, y mirar hacia fuera al verde valle que brillaba bajo el sol. Pero pronto se cansaron de tan solemne situación y reanudaron los juegos. En cuanto alguien encendía una vela, se lanzaban todos sobre él; su dueño intentaba defenderse como podía, pero irremediablemente la vela se caía al suelo o la apagaban de un soplo, con grandes risas y alborotos, y el juego volvía a empezar. Pero todas las cosas llegan a su fin. Al rato los chicos empezaron a bajar en fila por la empinada cuesta del pasadizo principal y las centelleantes hileras de luces iluminaban casi por completo las altas paredes de roca hasta su punto de unión a unos veinte metros por encima de sus cabezas. Esta calle principal no medía más de unos dos o tres metros de ancho. Cada pocos pasos otras hendiduras altísimas y más estrechas se bifurcaban a ambos lados, porque la cueva de McDougal no era más que un enorme laberinto de retorcidos pasillos que se juntaban y se separaban y no llegaban a ninguna parte. La gente decía que podía pasarse uno días y noches recorriendo aquel laberinto de grietas y abismos sin encontrar la salida de la cueva; que podía uno bajar y bajar y seguir bajando hacia el centro de la tierra con idéntico resultado: laberinto bajo laberinto, y ninguno tenía fin. Nadie «conocía» la cueva. Era absolutamente imposible. La mayoría de los hombres jóvenes conocían una parte de ella y no solían aventurarse más allá de aquella parte. Tom Sawyer la conocía más o menos como los demás.

La comitiva siguió por la galería principal durante casi un kilómetro y luego los grupos y las parejas empezaron a apartarse hacia los pasillos laterales, perdiéndose por oscuras galerías para volver a encontrarse por sorpresa donde éstas se unían otra vez. Los grupos podían evitarse durante media hora sin salirse del terreno «conocido».

Poco a poco, fueron llegando todos hasta la boca de la cueva, jadeantes, riéndose, cubiertos de pies a cabeza con sebo de velas y barro y encantadísimos con el éxito del día. Descubrieron, con sorpresa, que el tiempo se les había pasado volando y que estaba casi anocheciendo. La estrepitosa campana del transbordador llevaba media hora llamándoles. Sin embargo, esta manera de concluir las aventuras del día era romántica y por ello satisfactoria. Cuando el transbordador con sus alegres pasajeros enfiló hacia la corriente, a nadie le importaba un rábano el tiempo perdido, excepto al capitán del barco

Huck ya estaba de guardia cuando las centelleantes luces del transbordador pasaron frente al muelle. No oyó ruido a bordo, porque los jóvenes iban tan pacíficos y mansos como suele ir la gente que está casi muerta de cansancio. Se preguntó qué barco sería aquél y por qué no paraba en el muelle... y luego dejó de pensar en él y prestó atención a sus asuntos. La noche se ponía nublada y oscura. Dieron las diez y cesó el ruido de vehículos; las escasas luces empezaron a apagarse, todos los transeúntes desaparecieron, la aldea se sumió en el sueño y el pequeño vigía quedó a solas con el silencio y los fantasmas. Ya daban las once y las luces de la posada se apagaron; entonces la oscuridad reinó por doquier. Huck estuvo esperando durante un tiempo que le pareció largo y cansino, pero no pasó nada. Su fe se iba debilitando. ¿Valdría aquello la pena? Realmente, ¿valdría la pena? ¿No sería mejor darse por vencido e irse a dormir?

De pronto oyó un ruido e inmediatamente se puso al acecho. La puerta que daba al callejón se cerró suavemente. Huck se ocultó en un rincón del almacén de ladrillos. Al momento dos hombres pasaron rozándole y al parecer uno de ellos llevaba algo bajo el brazo. ¡Debía de ser el cofre! ¡Conque se llevaban el tesoro! No podía ir a llamar a Tom ahora. Sería absurdo... Los hombres se largarían con el cofre y ya no los volvería a ver más. No, se pegaría a su sombra y los seguiría; probablemente la oscuridad evitaría que lo descubrieran. Con estos razonamientos, Huck salió de su escondrijo y se deslizó tras los hombres como un gato, descalzo, manteniendo suficiente distancia como para que no se percataran de su presencia.

Subieron tres manzanas por la calle del río, luego doblaron a la izquierda por una calle lateral. Siguieron todo recto hasta llegar a la senda que subía la colina Cardiff y enfilaron por allí. Pasaron por delante de la casa del viejo galés, a medio camino cuesta arriba, y siguieron subiendo sin vacilar. «Bien», pensó Huck, «lo van a enterrar en la vieja cantera». Pero no se detuvieron en la cantera. Pasaron de largo, hacia la cima. Entraron por una senda estrecha entre los altos arbustos de zumaque*, y enseguida desaparecieron en la oscuridad. Huck apresuró el paso, acortando la distancia ahora que ya no podían verle. Corrió un buen trecho y luego disminuyó la marcha, temiendo acercarse demasiado rápido;

---

* «Arbusto de la familia de las anacardiáceas, de unos tres metros de altura, con tallos leñosos, hojas compuestas de hojuelas ovales, dentadas y vellosas: flotes en panoja, primero blanquecinas y después encarnadas, y fruto drupáceo, redondo y mojizo. Tiene mucho tanino y lo emplean los zurradores como curtiente» (DRAE).

adelantó otro poco y luego se detuvo; escuchó; no se oía nada, nada salvo los latidos de su propio corazón, o eso le parecía a él. El ulular de un búho le llegó del otro lado de la colina... ¡Era un sonido de mal agüero! Pero no oyó pasos. ¡Cielos, todo estaba perdido! Estaba a punto de escapar de allí al vuelo, cuando un hombre carraspeó a poco más de un metro de él. El corazón de Huck casi se le escapa por la garganta, pero se lo volvió a tragar, y luego se puso a temblar como si lo asaltaran una docena de fiebres al mismo tiempo; estaba tan débil que pensó que se iba a caer redondo. Sabía dónde se encontraba. Sabía que estaba a cinco pasos del portillo de la finca de la viuda Douglas. «Muy bien», pensó, «que lo entierren ahí; no será difícil encontrarlo».

Entonces se oyó una voz, una voz muy baja, la de Joe el Indio:

—Maldita mujer, seguro que tiene visita... Está la luz encendida, con lo tarde que es.

—No la veo.

Aquélla era la voz del forastero... el forastero de la casa encantada. A Huck le heló el corazón un terrible escalofrío: o sea, que ésta era la «venganza». Lo primero que se le ocurrió fue salir volando. Luego recordó que la viuda Douglas se había portado bien con él en más de una ocasión y pensó que quizá estos hombres iban a asesinarla. Ojalá fuera capaz de ir a avisarla, pero sabía que no se atrevería: lo mismo venían y le agarraban a él. Todo esto y mucho más se le pasó por la cabeza durante el momento transcurrido entre el comentario del forastero y la respuesta de Joe, que fue la siguiente:

—No la ves porque hay un árbol delante. Pero mira por este lado, ¿a que la ves?

—Sí. Pues sí que parece que tiene visita. Mejor lo dejamos.

—¡Dejarlo, cuando estoy a punto de irme de aquí para siempre! ¡Dejarlo, cuando puede que no tenga otra oportunidad! Te lo vuelvo a repetir, y ya te lo he dicho antes: no me importa la pasta... te puedes quedar con ella. Pero su marido me trató mal... y muchas veces... y además,

era el juez de paz que me mandó enchironar por maleante. Y no acaba ahí la cosa, ¡no es ni la milésima parte de lo que me hizo! ¡Mandó que *me dieran latigazos*!
¡Que me dieran latigazos delante de la cárcel como a un
negro! Todo el pueblo mirándome. ¡Latigazos! ¿Me oyes?
Murió sin pagármelas, pero ahora me las va a pagar *ella*.

—Oye, no la mates. ¡No se te ocurra!

—¿Matarla? ¿Quién ha *hablao* de matarla? Le mataría a *él* si estuviera aquí, pero a ella no. *Pa* vengarse de
una mujer no hace falta matarla... ¡bah! Le marcas la
cara. ¡Le cortas las narices, le mellas las orejas como
a una cerda!

—Por Dios, es...

—¡Guárdate los comentarios, más te vale! La ataré a
la cama. Si se muere desangrada, ¿tengo yo la culpa? No
voy a llorar porque se muera. Y tú, amigo, me vas a echar
una mano... Lo harás *por mí*... *pa eso* estás aquí... porque
igual no puedo hacerlo solo... ¿sabes? Si te echas *pa'trás*,
te mato. ¿Me oyes? Y si tengo que matarte, la mato a ella
también... y entonces veremos quién se entera de lo que
ha *pasao*.

—Bueno, si hay que hacerlo, vamos allá. Cuanto antes mejor..., estoy temblando.

—¿Hacerlo *ahora*? ¿Y con visitas? Mira... me estás poniendo pero que muy mosca. No... esperaremos hasta
que se apaguen las luces... no hay prisa.

Huck se dio cuenta de que a continuación se iba a
producir un silencio, lo que resultaba aún más horrible
que cualquier conversación sobre crímenes, así que contuvo el aliento y cautelosamente dio un paso hacia atrás;
plantó el pie cuidadosa y firmemente, después de ba-
lancearse sobre una pierna de forma precaria y casi
caerse primero a un lado y luego al otro. Dio otro paso
hacia atrás de la misma forma compleja y con los mismos
riesgos; luego otro paso y otro, y... ¡una ramita chasqueó
bajo su pie! Dejó de respirar y escuchó. No había ningún sonido... el silencio era total. Sintió un agradecimiento inmenso. Entonces giró sobre sus talones entre
la espesura de los arbustos de zumaque, fue girando con

muchísimo cuidado como si fuera un barco y se alejó con rapidez pero con precaución. Cuando se encontró cerca de la cantera se sintió a salvo, así que salió volando a toda velocidad. Bajó la cuesta a todo correr hasta llegar a casa del galés. Llamó a la puerta con fuertes golpes y al momento las cabezas del viejo y de sus dos fornidos hijos se asomaron a la ventana.

—¿Quién hace ese ruido? ¿Quién da esos golpes? ¿Qué es lo que quiere?

—Déjenme entrar, ¡pronto! Ahora mismo.

—Pero ¿quién eres?

—Huckleberry Finn... ¡Rápido, déjenme entrar!

—¡Vaya con Huckleberry Finn! ¡Pues no es un nombre como para abrir muchas puertas, digo yo! Bueno, chicos, dejadle entrar y vamos a ver qué pasa.

—Por favor, no diga nunca que yo se lo conté —fueron las primeras palabras de Huck al entrar—. Por favor, no lo diga... me matarían seguro... pero la viuda ha sido muy buena conmigo a veces y quiero contarlo... Lo *contaré* si me promete que nunca dirá que fui yo.

—Por Dios, este chico *sabe* algo o no estaría como está —exclamó el viejo—. Anda, desembucha ya, que ninguno de nosotros ha de descubrirte.

Tres minutos después, el viejo y sus hijos, bien armados y con el dedo en el gatillo, subían de puntillas por la senda de los zumaques. Huck no les acompañó más allá. Se escondió detrás de una gran piedra y se quedó escuchando. Hubo un lento y angustioso silencio y, de repente, una detonación y un grito.

Huck no quiso saber más. Dio un salto y salió corriendo cuesta abajo tan rápido como se lo permitían sus piernas.

Capítulo 30

El domingo por la mañana, apenas se veían las primeras luces del alba cuando Huck subía ya a tientas por la colina y llamaba despacito a la puerta en casa del viejo galés. Sus habitantes estaban dormidos, pero era un sueño que pendía de un hilo a causa del emocionante episodio de la noche anterior. Alguien gritó desde la ventana.

—¿Quién está ahí?

La voz asustada de Huck respondió en tono bajo:

—¡Por favor, déjeme entrar! Soy Huck Finn.

—¡Ese nombre siempre tendrá esta puerta abierta, noche y día, chico! ¡Y bienvenido!

Aquéllas eran palabras insólitas para los oídos del muchacho vagabundo y las más agradables que había oído nunca. No recordaba que lo hubieran recibido con palabras de bienvenida jamás. Enseguida descorrieron el cerrojo y Huck entró. Le ofrecieron asiento y el viejo y sus dos buenos hijos se vistieron inmediatamente.

—Bueno, hijo mío, supongo que tendrás buen apetito; el desayuno estará a punto en cuanto salga el sol, ya verás qué cosa tan rica y calentita te preparamos... ¡de eso no tienes que preocuparte! Los muchachos y yo creíamos que te vendrías a dormir aquí anoche.

—Estaba muy *asustao* —dijo Huck— y me fui corriendo. Eché a correr cuando dispararon las pistolas y no paré en cinco kilómetros. Ahora he venido porque quería enterarme de lo que pasó, sabe, y vine antes del amanecer porque no quería toparme con esos diablos, aunque estuvieran muertos.

—Bueno, pobrecillo, menuda noche has debido de pasar... pero ahí tienes una cama para después de desayunar. No, no están muertos, muchacho... y bien que lo sentimos. Por lo que nos habías contado sabíamos exactamente dónde cazarles, así que nos acercamos de puntillas hasta estar a cinco metros de ellos... La senda esa de los zumaques estaba oscura como un sótano... y en ese momento me dieron ganas de estornudar. ¡Mira que hace falta tener mala suerte! Intenté contenerme, pero no hubo manera... Tenía que pasar ¡y pasó! Yo iba por delante con la pistola levantada y cuando el estornudo asustó a esos bribones y comenzaron a moverse para alejarse de la senda, grité: «¡Fuego, chicos!», y disparé hacia el sitio donde se oían los movimientos. Los chicos dispararon también. Pero los muy tunantes se largaron en un santiamén, y nosotros detrás de ellos, por el bosque abajo. Yo creo que ni les tocamos. Según se iban, nos respondieron con un tiro cada uno, pero las balas pasaron silbando y no nos hicieron nada. En cuanto dejamos de oír sus pasos, abandonamos la persecución y fuimos al pueblo a avisar a la policía. Ésta reunió una cuadrilla armada y se fueron a vigilar la orilla del río; en cuanto sea de día, el sheriff y otra cuadrilla van a batir el bosque. Dentro de un rato mis hijos se unirán a ellos. Me gustaría saber la pinta que tienen esos bribones... eso nos ayudaría mucho. Pero tú, chico, supongo que en la oscuridad no pudiste ver cómo eran.

—Huy, sí, les vi en el centro del pueblo y les seguí.

—¡Estupendo! ¡Anda, dime cómo son, dímelo, hijo mío!

—Uno es ese viejo español sordomudo que ha *estao* por aquí un par de veces, y el otro es un tipo mal *encarao* y cubierto de harapos...

—¡Basta, chico, ya sabemos quiénes son! Nos tropezamos con ellos un día en el bosque, detrás de la casa de la viuda, y se escabulleron. Marchaos ya, chicos, y contádselo al sheriff... ¡Dejad el desayuno para mañana por la mañana!

Los hijos del galés se dispusieron a salir. En ese momento, Huck se levantó de un salto y exclamó:

—¡Ay, por favor, no digan a nadie que fui yo quien les delató! ¡Ay, por favor!

—Bueno, Huck, si tú lo dices, así se hará, pero lo que hiciste tiene mucho mérito.

—¡Ay, no, no! ¡Por favor, no lo cuenten!

Cuando los jóvenes se habían ido, el viejo galés dijo:

—Descuida, que no lo contarán... ni yo tampoco. Pero ¿por qué no quieres que se sepa?

Huck no quiso dar explicaciones; se limitó a decir que ya sabía demasiado de uno de los dos hombres y que por nada del mundo quería que se enterara de que sabía aquellas cosas... porque el malvado le mataría sin duda por saberlas.

Una vez más el viejo prometió guardar el secreto y dijo:

—¿Cómo es que ibas siguiendo a esos tipos, chico? ¿Te parecían sospechosos?

Huck guardó silencio mientras inventaba una respuesta prudente. Luego dijo:

—Bueno, verá usted, yo soy bastante granuja, o por lo menos eso es lo que dice todo el mundo, y yo ¿qué le voy a hacer? Y a veces no me puedo dormir, porque ando dándole vueltas al asunto, a ver si encuentro un camino mejor. Eso es lo que me pasaba anoche. No me podía dormir, así que andaba por la calle a eso de medianoche, pensando en todo esto, y de pronto llego al viejo almacén de ladrillo que hay cerca de la posada de la Templanza y me apoyo en la pared y sigo pensándolo. Bueno, en ese momento pasaron por mi lado aquellos dos hombres con una cosa bajo el brazo y yo creí que la habían robado. Uno estaba fumando y el otro quería fuego; así que se pararon justo delante de mí y los cigarros les iluminaron las caras y vi que el grande era ese español sordomudo, le reconocí por las barbas blancas y el parche en el ojo, y que el otro era ese demonio feo y harapiento.

—¿Pudiste ver los harapos a la luz de los cigarros?

Huck se quedó confuso un momento. Luego dijo:

—Bueno, no lo sé... pero me parece que sí que los vi.

—Luego ellos siguieron andando, y tú...

—Yo les seguí, sí. Eso es. Como andaban con tanto misterio, quería ver en qué andaban metidos. Los fui siguiendo hasta el portillo de la viuda, y allí me quedé escondido, y al oír al harapiento pedirle que no matara a la viuda y al español jurar que le marcaría la cara, como les dije a usted y a sus dos...

—¡Qué! ¡El *sordomudo* dijo todo eso!

¡Huck había cometido otro terrible error! Estaba tratando, lo mejor que podía, de evitar que el viejo vislumbrara quién podía ser el español, y sin embargo su lengua parecía empeñada en meterle en líos a pesar de todos sus esfuerzos. Hizo varios intentos por escaparse del enredo, pero el anciano le observaba atentamente y Huck metió la pata una y otra vez. Al rato el galés dijo:

—Hijo mío, no tengas miedo de mí. No te tocaría ni un pelo de la cabeza ni por todo el oro del mundo. No... yo te cuidaré... yo te cuidaré. Ese español no es sordomudo; se te ha escapado sin querer, así que ya no tiene remedio. Sabes algo de ese español que quieres ocultar. Anda, confía en mí... cuéntame lo que sea y confía en mí, que no te traicionaré.

Huck contempló un momento los honrados ojos del viejo, luego se inclinó y le susurró al oído:

—No es un español... ¡Es Joe el Indio!

El galés casi saltó de la silla de la sorpresa. Al momento dijo:

—Ahora lo entiendo. Cuando nos contaste lo de mellar orejas y cortar narices creí que te lo estabas inventando, porque los blancos no suelen vengarse de esa manera. Pero ¡si es un indio, eso ya es otra cosa! Eso es un asunto completamente distinto.

Mientras desayunaban siguieron hablando y en el curso de la conversación el viejo dijo que la última cosa que habían hecho él y sus hijos, antes de acostarse, había sido ir hasta allí con una linterna y examinar los escalones y sus alrededores por si había manchas de sangre. No había ninguna, pero encontraron un bulto grande de...

—¿De qué?

Si las palabras hubieran sido rayos no hubieran surgido con mayor rapidez de los pálidos labios de Huck. Tenía los ojos clavados en el anciano y contuvo el aliento... esperando la respuesta. El galés se sobresaltó, le miró también fijamente durante tres segundos... cinco segundos... diez... y luego replicó:

—De herramientas de ladrón. Pero bueno, *¿qué te pasa?*

Huck se dejó caer contra el respaldo de la silla, jadeando suavemente, pero profunda e indeciblemente agradecido. El galés le miró con seriedad, con curiosidad, y al rato dijo:

—Sí, herramientas de ladrón. Parece que estás más aliviado. Pero ¿por qué te asustaste tanto? ¿Tú que creías que íbamos a encontrar?

Huck estaba en un aprieto. El ojo inquisitivo caía sobre él. Habría dado cualquier cosa por tener una respuesta verosímil. No se le ocurría nada. El ojo inquisitivo penetraba cada vez más hondo. Pensó en una réplica sin sentido. No tenía tiempo ni de pensarla, así que dijo, al azar, débilmente:

—Libros de la escuela dominical, quizá.

El pobre Huck estaba demasiado angustiado como para sonreír, pero el viejo soltó una sonora carcajada que le sacudió de los pies a la cabeza, y concluyó diciendo que reírse de tan buena gana era mejor para un hombre que tener dinero en el bolsillo, porque ahorraba más cuentas del médico que cualquier otro remedio. Luego añadió:

—Pobre mozo, estás pálido y agotado... no estás nada bien... No es de extrañar que digas algunas tonterías. Pero ya te pondrás bien. El descanso y el sueño te dejarán como nuevo, me parece a mí.

Huck estaba furioso por haber sido tan bobalicón y haber dejado traslucir una emoción tan sospechosa, porque ya había descartado la posibilidad de que el bulto sacado de la posada fuera el tesoro en cuanto oyó la conversación junto al portillo de la viuda. Sin embargo, se había limitado a *pensar* que aquello no era el tesoro, aunque no lo sabía con certeza, así que, en cuanto oyó que habían encontrado un bulto, perdió los nervios. De todas maneras, acabó por alegrarse de lo sucedido, porque ahora tenía la completa seguridad de que aquel bulto no era el *bulto,* así que se quedó la mar de tranquilo. De hecho, todo parecía tomar un rumbo favorable: el tesoro aún estaría en el Número Dos, aquel mismo día apresarían y encarcelarían a los hombres, y él y Tom podrían apoderarse del oro por la noche sin ninguna dificultad ni temor a que los descubrieran.

Acababan de desayunar cuando llamaron a la puerta. Huck corrió a esconderse, porque no estaba dispuesto a que lo relacionaran ni por lo más remoto con el incidente recién ocurrido. El galés invitó a entrar a varias señoras y señores, entre los que se encontraba la viuda Douglas, y vio que otros grupos de vecinos venían subiendo por la colina e iban a mirar el portillo, señal de que la noticia se había propagado.

El galés tuvo que contar a las visitas lo sucedido la noche anterior. La viuda no se cansaba de agradecerle lo que habían hecho por ella.

—No diga ni una palabra de eso, señora. Hay otra persona a quien debe usted más que a mí y a mis hijos, pero no me permite revelar su nombre. Si no fuera por él, no hubiéramos sabido nada.

Por supuesto, estas palabras despertaron una curiosidad tan enorme que casi se eclipsó el asunto principal... pero el galés permitió que royera las entrañas de sus visitantes y que a través de ellos fuera transmitida al pueblo entero, y se negó a revelar el secreto. Cuando terminaron de escuchar el resto de la historia, la viuda dijo:

—Estuve leyendo en la cama y me quedé dormida, y seguí durmiendo a pesar de todo aquel jaleo. ¿Por qué no vino a despertarme?

—Pensamos que no valía la pena. Seguro que esos tipos no iban a volver... Se habían quedado sin herramientas de trabajo, ¿de qué servía despertarla y darle un susto mortal? Mis tres hombres negros montaron guardia en su casa todo el resto de la noche. Acaban de regresar ahora.

Llegaron más visitas y el galés tuvo que repetir una y otra vez la historia durante otro par de horas.

No había escuela dominical durante las vacaciones de verano, pero aquel día todo el mundo llegó temprano a la iglesia. El emocionante acontecimiento se convirtió en la comidilla de todos los lugareños. No habían descubierto ni rastro de los dos villanos. Cuando se terminó el sermón, la mujer del juez Thatcher se acercó a la señora Harper, que salía entre la muchedumbre por la nave lateral, y le dijo:

—¿Mi Becky piensa pasar todo el día durmiendo? Ya sabía yo que estaría muerta de cansancio.

—¿Su Becky?

—Sí —contestó sobresaltada—, ¿no pasó la noche con ustedes?

—Pues, no... No vino.

La señora Thatcher palideció y se dejó caer en un banco, justo en el momento en que pasaba la tía Polly hablando enérgicamente con una amiga. La tía Polly saludó:

—Buenos días, señora Thatcher. Buenos días, señora Harper. Uno de mis chicos no acaba de aparecer. Creo que mi Tom pasó la noche en su casa, ¿no? En la casa de una de ustedes... Ahora no se atreverá a venir a la iglesia. Ya le arreglaré yo las cuentas.

La señora Thatcher hizo un leve gesto negativo con la cabeza y se puso aún más pálida.

—Con nosotros no se quedó —dijo la señora Harper, comenzando a inquietarse. Una notable ansiedad apareció también en la cara de la tía Polly.

—Joe Harper, ¿has visto a mi Tom esta mañana?

—No, señora.

—¿Cuándo le viste por última vez?

Joe trató de recordar, pero no estaba seguro. La gente había terminado de salir de la iglesia. Las noticias corrían de boca en boca, y una inquietud cargada de presagios tomó posesión de cada rostro. Se interrogó ansiosamente a los niños y a los jóvenes maestros. Todos dijeron que no se habían fijado si Tom y Becky iban a bordo del transbordador en el viaje de regreso a casa, por la noche, a nadie se le había ocurrido preguntar si faltaba alguien. Por fin, un joven expresó a las claras su temor de que aún siguieran en la cueva. La señora Thatcher se desmayó. La tía Polly se echó a llorar y empezó a retorcerse las manos.

La alarma voló de boca en boca, de grupo en grupo, de calle en calle, y a los cinco minutos las campanas sonaban estrepitosamente y todo el pueblo se ponía en marcha. Inmediatamente el episodio de la colina Cardiff se convirtió en una insignificancia; olvidaron a los ladrones, ensillaron caballos, dispusieron esquifes, ordenaron que zarpase el transbordador y, antes de que el horror tuviera media hora de vida, doscientos hombres salían por la carretera y por el río hacia la cueva.

Durante toda aquella interminable tarde la aldea pareció muerta y vacía. Muchas mujeres visitaron a la tía Polly y a la señora Thatcher y trataron de consolarlas. Además lloraron con ellas, y eso valía más que las palabras. Durante toda aquella tediosa noche el pueblo esperó noticias; pero cuando por fin amaneció, el único mensaje que llegó fue: «Enviad más velas... y comida». La señora Thatcher estaba casi enloquecida, y la tía Polly también. El juez Thatcher envió mensajes de esperanza y de aliento desde la cueva, pero no comunicaron ningún ánimo verdadero.

El viejo galés volvió a casa hacia el amanecer, salpicado de sebo de vela y manchado de barro, y casi agotado. Encontró a Huck todavía acostado en la cama que le habían preparado, delirando de fiebre. Los médicos estaban todos en la cueva, así que la viuda Douglas vino y se encargó del paciente. Dijo que haría todo lo que pudiera por él, porque tanto si el muchacho era bueno, malo o regular, lo cierto es que era una criatura de Dios, y nada que fuera del Señor debía ser descuidado. El galés dijo que Huck tenía mucho de bueno, y la viuda añadió:

—Puede usted estar seguro de ello. Es la señal del Señor. Nunca deja de poner su toque de bondad. Nunca se le olvida. Todas las criaturas que salen de Sus manos llevan la señal del Señor en alguna parte.

Por la mañana, antes del mediodía, fueron llegando a la aldea algunos grupos de hombres agotados, pero los vecinos más resistentes proseguían la búsqueda. Las únicas noticias que llegaban eran que se estaba explorando la cueva hasta extremos que nunca hasta entonces se habían visitado; que se iba a registrar a fondo cada rincón y cada hendidura; que se veían luces a lo lejos moviéndose de acá para allá por todo aquel intrincado laberinto de pasadizos, y que los gritos y los disparos de pistolas retumbaban por todas aquellas oscuras galerías. En un lugar algo distante de la zona normalmente frecuentada por los excursionistas encontraron escritos en la pared rocosa con el humo de una vela los nombres de *Becky* y *Tom,* y allí cerca descubrieron un trozo de cinta manchada de grasa. La señora Thatcher reconoció la cinta y lloró con ella en la mano. Dijo que era la última reliquia que le quedaba de su hija y que valía más que cualquier otro recuerdo de ella, porque aquello había sido lo último que había tocado su cuerpo vivo antes de que le llegara la pavorosa muerte. Algunos dijeron que de vez en cuando se vislumbraba dentro de la cueva un resplandor lejano de luz, luego resonaba un grito de alegría y una veintena de hombres corrían en tropel hacia el pasadizo por donde retumbaban los ecos... y entonces venía la gran desilusión: los niños no estaban allí; aquello era solamente la luz de uno de los que se dedicaban a buscar.

Pasaron tres días y tres noches terribles con sus interminables horas y la aldea se sumió en un sopor desesperanzado. Nadie tenía el ánimo para nada. El descubrimiento casual y recientísimo de que el propietario de la posada de la Templanza almacenaba alcohol en su local apenas alteró al personal, por tremendo que fuera el hecho. En un momento de lucidez, Huck había mencionado como sin darle importancia el tema de las posadas, y por fin preguntó, tímidamente y temiéndose lo peor, si se había descubierto algo en la posada de la Templanza desde que él estaba enfermo.

—Sí —dijo la viuda.

Huck se incorporó en la cama, con los ojos enloquecidos.

—¿Qué? ¿Qué fue?

—¡Alcohol!... y han cerrado el local. Acuéstate, niño... ¡qué susto me has dado!

—Dígame sólo una cosa... sólo una, ¡por favor! ¿Fue Tom Sawyer quien lo encontró?

La viuda se echó a llorar.

—¡Calla, calla, hijo, cállate! Ya te he dicho que no debes hablar. ¡Estás muy, muy malito!

Entonces, seguro que no habían encontrado nada más que alcohol; habría habido un gran alboroto si hubieran descubierto el oro. De modo que el tesoro se había perdido para siempre... ¡para siempre! Pero ¿por qué estaría llorando la viuda? Era curioso que estuviera llorando.

Estos pensamientos pasaban de forma confusa por la mente de Huck y se quedó dormido por el cansancio que le causaban. La viuda se dijo para sí:

«Bueno, ya se ha dormido, pobre criaturita. ¡Mira que preguntar si lo encontró Tom Sawyer! ¡La pena es que nadie encuentra a Tom Sawyer! Ay, ya no queda casi nadie que tenga esperanzas ni fuerzas suficientes para seguir buscando».

Capítulo 31

Ahora volvamos al papel desempeñado por Tom y Becky en la excursión. Anduvieron brincando por los oscuros pasadizos con otros chicos, visitando las conocidas maravillas de la cueva, maravillas bautizadas con nombres exageradamente rimbombantes como «El Salón», «La Catedral», «El Palacio de Aladino» y cosas por el estilo. Luego estuvieron jugando al escondite y participaron en el juego entusiasmados hasta que el ejercicio resultó algo agotador; entonces se metieron por una calle sinuosa, llevando las velas en alto para poder descifrar la enmarañada confusión de nombres, fechas, señas y lemas pintados al fresco (con humo de velas) sobre las paredes rocosas. Siguieron caminando al azar mientras hablaban y apenas se dieron cuenta de que habían llegado a una parte de la cueva en cuyas paredes no había nada pintado. Entonces escribieron con humo sus propios nombres en un saliente del muro y siguieron caminando. Al poco rato llegaron a un lugar donde una pequeña corriente de agua, que goteaba por el borde de una roca arrastrando un sedimento calizo, había formado, con el paso lento de los siglos, una especie de catarata del Niágara de encaje y rizos sobre la piedra brillante e imperecedera. Tom logró meter su pequeño cuerpo por detrás de aquella cortina de piedra para iluminarla y que Becky pudiera admirarla. Descubrió que la catarata tapaba una especie de escalera natural muy empinada que quedaba encerrada estrechamente entre paredes y le asaltaron inmediatamente las ansias de convertirse en un descubridor. A Becky también le atraía el plan, así que hicieron una señal con humo para futura referencia y emprendieron la búsqueda. Giraban en una y otra dirección, adentrándose cada vez más en las recónditas profundidades de la cueva; hicieron otra señal y se metieron por pasadizos laterales en busca de novedades que contar luego a la gente de allá arriba. En un lugar encontraron una espaciosa caverna, de cuyo techo colgaba una multitud de relucientes estalactitas de tamaño similar a la pierna de un hombre; recorrieron aquella gruta de una punta a la otra, admirándola maravillados, y al rato salieron de ella y se metieron por uno de los numerosos pasadizos que de ella salían. Este pasadizo los condujo hasta un manantial encantador cuya cuenca estaba recubierta con una florecida escarcha de cristales relucientes; se encontraba en medio de una caverna cuyas paredes se apoyaban en numerosos y fantásticos pilares formados por la unión de grandes estalactitas y estalagmitas, resultado del incesante goteo del agua durante siglos. Del techo pendían enormes racimos de murciélagos, que se habían agrupado a millares; las luces les molestaron y bajaron volando en bandadas, chillando y lanzándose furiosamente hacia las velas. Tom conocía sus costumbres y el peligro de este tipo de comportamiento. Agarró a Becky de la mano y la sacó corriendo por el primer pasillo que encontró. Y en buena hora lo hizo, porque un murciélago le apagó a Becky la vela de un aletazo según salía de la caverna. Los murciélagos persiguieron a los niños un buen trecho, pero los fugitivos se fueron metiendo por cualquier pasadizo que encontraban y lograron por fin deshacerse de los peligrosos bichos. Al poco rato Tom encontró un lago subterráneo que extendía su forma oscura hasta perderse entre las sombras. Pensó en explorar sus orillas, pero decidió que más valía sentarse a descansar un rato. Entonces, por vez primera, el denso silencio del lugar pareció extender su mano húmeda y fría sobre el ánimo de los niños. Becky dijo:

—Anda, no me había dado cuenta, pero parece que hace mucho tiempo que no oigo a los otros.

—Ahora que lo dices, Becky, es que estamos muy por debajo de ellos... y no sé a cuánta distancia por el norte, sur o este, o lo que sea. No podemos oírles desde aquí.

Becky se puso algo inquieta.

—Me pregunto cuánto tiempo llevaremos aquí abajo, Tom. Será mejor que volvamos ya.

—Sí, supongo que será lo mejor. Más vale que volvamos.

—¿Tú sabes regresar, Tom? Yo no me aclaro.

—Creo que sí... Lo malo son los murciélagos. Si nos apagan las dos velas, en menudo lío nos metemos. Vamos a probar por otro camino, para no pasar por allí.

—Bueno, ojalá no nos perdamos. ¡Sería horroroso! —y la chiquilla se estremeció al pensar en tan espantosa posibilidad.

Empezaron a caminar por un pasillo y lo recorrieron en silencio durante un buen trecho, echando un vistazo por cada nueva abertura, para ver si algo les resultaba familiar, pero todo les parecía desconocido. Cada vez que Tom examinaba un sitio, Becky observaba su cara buscando una señal favorable, pero él le decía muy animado:

—Anda, no te preocupes. No es éste, pero enseguida encontraremos el que es.

Pero a cada fracaso, él también perdía las esperanzas y al rato empezó a meterse al azar por cualquier galería, tratando desesperadamente de hallar la que les convenía. Seguía diciendo: «No te preocupes», pero el corazón le pesaba como el plomo y las palabras se le quedaban huecas y sonaban exactamente como si dijera: «¡Todo está perdido!». Becky se agarraba a su brazo, angustiada de miedo, y con todas sus fuerzas trataba de contener unas lágrimas que se empeñaban en salir. Por fin dijo:

—Ay, Tom, no me importan los murciélagos. ¡Vamos a volver por allí! Parece que cada vez nos perdemos más.

Tom se paró.

—¡Escucha! —dijo.

Silencio profundo; era un silencio tan profundo que hasta se les oía respirar. Tom gritó. La llamada se alejó haciendo eco por los vacíos corredores y se perdió a lo lejos con un débil sonido que parecía un murmullo de risa burlona.

—¡Ay, no lo vuelvas a hacer, Tom! Es demasiado horrible —dijo Becky.

—Sí, es horrible, pero es mejor gritar, Becky; *puede* que nos oigan, ¿sabes? —y gritó de nuevo.

Aquel «puede» era un horror aún más espeluznante que la risa fantasmal, porque era tanto como admitir que la esperanza se apagaba. Los niños se quedaron quietos, escuchando, pero en vano. Tom regresó muy resuelto por el camino que habían traído. Pero al poco rato la indecisión en sus gestos reveló a Becky otro hecho espantoso... ¡No sabía cuál era el camino de regreso!

—¡Ay, Tom, no dejaste señales!

—¡Becky, he sido muy tonto! ¡Muy tonto! No se me ocurrió que tendríamos que regresar. No... no puedo encontrar el camino. Estoy hecho un lío.

—¡Tom, Tom, nos hemos perdido! ¡Nos hemos perdido! ¡Nunca podremos salir de este horrible lugar! ¡Ay!, ¿por qué nos habremos alejado de los otros?

Ella se sentó en el suelo y se puso a llorar con tanto desconsuelo, que a Tom le horrorizó la idea de que pudiera morirse o trastornarse. Se sentó a su lado y la abrazó; ella escondió la cara en su pecho y se abrazó a él; dejó salir a borbotones sus miedos y sus inútiles remordimientos y los lejanos ecos lo repitieron todo en risas burlonas. Tom le rogó que hiciera acopio de valor y ella dijo que no podía. Él empezó a hacerse reproches y a maldecirse por haberla metido en tan penosa situación; aquello surtió mejor efecto. Ella dijo que intentaría sobreponerse, que se levantaría y le seguiría a donde él quisiera llevarla con tal de no oírle repetir aquellas cosas, porque ella tenía tanta culpa como él.

Así que se pusieron otra vez en marcha, caminando a la deriva, simplemente al azar... No se les ocurría más que moverse, seguir moviéndose. Durante un rato la esperanza aparentó revivir, y no porque tuviera ninguna razón para ello, sino porque la esperanza es así y revive cuando todavía no le han quitado su elasticidad el paso de los años y los repetidos fracasos.

Después de un rato, Tom cogió la vela de Becky y la apagó. ¡Aquel ahorro significaba tanto! No hicieron falta explicaciones, Becky lo entendió y de nuevo la esperanza se le vino abajo. Sabía que Tom tenía una vela entera y tres o cuatro trozos en los bolsillos... sin embargo, era preciso economizar.

Después de un rato empezó a dejarse sentir el cansancio; los niños intentaron no hacerle caso, porque era horroroso pensar en sentarse cuando el tiempo se había hecho tan precioso; moverse en alguna dirección, en cualquier dirección, significaba al menos progresar y podía dar resultado, pero sentarse equivalía a invitar a la muerte y abreviar su llegada.

Por fin las frágiles piernas de Becky se negaron a sostenerla un paso más. Se sentó. Tom se echó a descansar a su lado y hablaron de sus hogares y de los amigos, de sus camas tan cómodas y, sobre todo, ¡de la luz! Becky lloró y Tom trató de inventar algo para consolarla, pero todas sus palabras de aliento se habían desgastado por el uso y sonaban como sarcasmos. El cansancio acabó por vencerla y Becky se adormeció. Tom se alegró de ello. Se quedó sentado, contemplando su cara contraída, y vio cómo ésta se serenaba bajo la influencia de sueños agradables y se iluminaba poco a poco con la dulzura de una sonrisa. La cara sosegada de Becky comunicó un poco de paz y de reposo a su propio espíritu y sus pensamientos retrocedieron hacia otros tiempos y lo sumieron en gratos recuerdos. Mientras el chico se abstraía en aquellas meditaciones, Becky despertó con una risita alegre, que se le murió en los labios, para dejar paso a un gemido.

—¡Ay, cómo he *podido* dormir! ¡Ojalá no me hubiera despertado nunca, nunca! ¡No! ¡No es verdad, Tom! ¡No pongas esa cara! No lo diré más.

—Me alegro de que hayas dormido, Becky, ahora te sentirás descansada y encontraremos la salida.

—Podemos intentarlo, Tom; pero he visto un país tan bonito en mi sueño. Seguro que vamos allí.

—Sí, puede que sí. Animo, Becky; vamos a seguir buscando.

Se levantaron y se pusieron en marcha, cogidos de la mano, descorazonados. Trataron de calcular cuánto tiempo hacía que llevaban en la cueva, que les parecía días y semanas, aunque estaba claro que no podía ser así, porque aún les duraban las velas.

Después de mucho rato, no sabían cuánto, Tom dijo que tenían que andar despacito, por si oían correr agua, pues tenían que encontrar un manantial. Enseguida encontraron uno y Tom dijo que era hora de descansar otra vez. Ambos estaban agotados, pero Becky dijo que le parecía que aún podía seguir caminando. Se sorprendió al oír la negativa de Tom. No podía entenderlo. Se sentaron y Tom fijó su vela en la pared, delante de ellos, con un poco de barro. Luego se quedaron absortos, sumidos en sus propios pensamientos, sin decir nada durante un buen rato. Entonces Becky rompió el silencio:

—¡Tom, tengo un hambre...!

Tom sacó una cosa del bolsillo.

—¿Te acuerdas de esto? —preguntó.

Becky casi sonrió.

—Es nuestra tarta de boda, Tom.

—Sí, ojalá que fuera tan grande como un barril, porque es lo único que tenemos.

—La guardé de la merienda para meterla debajo de la almohada y tener sueños felices, Tom, como hacen los mayores con la tarta de boda... pero ahora va a ser nuestra...

Dejó la frase sin terminar. Tom dividió la tarta en dos trozos y Becky se comió el suyo con ganas, mientras Tom mordisqueaba su porción. Había abundante agua fría para terminar el banquete. Al rato Becky sugirió que debían seguir caminando. Tom se quedó en silencio un momento. Luego dijo:

—Becky, ¿tendrás valor para escuchar una cosa?

Becky se puso pálida, pero dijo que era capaz de aguantarlo.

—Mira, Becky, tenemos que quedarnos aquí, donde hay agua para beber. ¡Ése es el último cabo de vela!

Becky se deshizo en lágrimas y lamentaciones. Tom hizo lo que pudo por consolarla, pero con poco éxito. Después de un rato Becky dijo:

—¡Tom!

—Dime, Becky.

—¡Nos echarán de menos y nos buscarán!

—Sí, es verdad. ¡Claro que nos buscarán!

—A lo mejor nos están buscando ahora, Tom.

—Pues seguro que sí, ya lo verás.

—¿Cuándo nos habrán echado de menos, Tom?

—Supongo que al llegar al transbordador.

—Tom, pero igual era de noche entonces... ¿Se habrán dado cuenta de que no estábamos?

—No lo sé. Pero en todo caso, tu madre te echará de menos en cuanto todos lleguen a casa.

La mirada asustada de Becky hizo comprender a Tom que había metido la pata. ¡Becky no pensaba regresar aquella noche! Los niños se quedaron silenciosos y pensativos. En un momento una nueva explosión de llanto por parte de Becky demostró a Tom que ambos habían tenido el mismo pensamiento: que podía transcurrir media mañana del domingo antes de que la señora Thatcher descubriera que Becky no estaba en casa de la señora Harper.

Los niños clavaron la mirada en aquel cabo de vela y lo vieron derretirse lentamente, sin remedio; vieron cómo quedaban en pie los últimos centímetros de mecha; vieron la débil llama subir y bajar, subir y bajar, elevarse en una fina columna de humo, vacilar un momento en el extremo... y luego se hizo el horror de la oscuridad más absoluta.

Ninguno de los dos podía decir cuánto tiempo había transcurrido hasta que Becky lentamente se dio cuenta de que lloraba en brazos de Tom. Sólo sabían que, después de lo que les parecía una eternidad, ambos se despertaron de un sueño muy profundo y se hallaron de nuevo atenazados por la angustia. Tom dijo que a lo mejor ya era domingo... tal vez lunes. Trató de animar a Becky para que hablara pero la angustia de ella era demasiado opresiva y había perdido toda esperanza. Tom dijo que ya llevarían mucho tiempo echándolos de menos y que seguro que los estaban buscando. Gritaría y a lo mejor venía alguien. Lo intentó, pero en las tinieblas los ecos lejanos sonaron de un modo tan siniestro que no lo volvió a hacer.

Pasaban las horas y el hambre vino de nuevo a atormentar a los cautivos. Les quedaba una parte del trozo de tarta de Tom; la repartieron y se la comieron. Pero luego les pareció que aún tenían más hambre que antes. Aquel exiguo bocado les había abierto el apetito.

Al rato, Tom dijo:

—¡*Chist!* ¿Has oído eso?

Los dos contuvieron el aliento y escucharon. Hubo un sonido como un grito remoto y debilísimo. Al instante Tom lo contestó y, llevando a Becky de la mano, empezó a caminar a tientas por el pasadizo en aquella dirección. Al rato volvió a escuchar otra vez y de nuevo se oyó el sonido, al parecer algo más cerca.

—¡Son ellos! —dijo Tom—. ¡Ya vienen! Ven conmigo, Becky… ¡Estamos salvados!

Los prisioneros no cabían en sí de gozo. Avanzaban lentamente, sin embargo, porque abundaban los hoyos y precipicios y todas las precauciones eran pocas. Al poco se hallaban ante un precipicio y tuvieron que detenerse. Podía tener un metro de profundidad o treinta… En todo caso no había manera de continuar. Tom se tumbó boca abajo y estiró la mano tanto como pudo. No llegaba a alcanzar el fondo. No les quedaba más remedio que quedarse donde estaban y esperar a que llegaran a buscarles. Escucharon: ¡no cabía duda de que los gritos se alejaban! Al cabo de un momento habían desaparecido por completo. ¡Qué angustia y qué desesperación! Tom gritó hasta quedarse ronco, pero fue inútil. Le decía a Becky palabras de aliento pero pasó un siglo de angustiosa espera y no se volvió a oír ningún sonido.

Los niños regresaron a tientas al manantial. El tiempo siguió pasando con toda lentitud; se volvieron a quedar dormidos y se despertaron hambrientos y apesadumbrados. Tom calculó que ya debía de ser martes.

Entonces se le ocurrió una idea. Por allí cerca había unos pasadizos laterales. Era preferible explorarlos a seguir dejando que transcurriera el tiempo sin hacer nada. Sacó una cuerda de cometa del bolsillo, la ató a un saliente, y él y Becky empezaron a caminar; Tom iba por delante y desenrollaba la cuerda según avanzaban en la oscuridad. Al cabo de veinte pasos el corredor terminaba en un corte vertical. Tom se puso de rodillas y extendió la mano hacia abajo y por la esquina, alargando el brazo tanto como pudo; hizo un esfuerzo por extender la mano todavía un poco más hacia la derecha, y en ese momento, a menos de veinte metros de distancia, apareció por detrás de la roca ¡una mano humana que llevaba una vela! Tom lanzó un grito de júbilo e, inmediatamente después, detrás de aquella mano surgió el cuerpo al que pertenecía... ¡Era Joe el Indio! Tom se quedó paralizado; no podía moverse. Pero para alegría suya vio cómo enseguida el «español» se daba la vuelta y se perdía de vista. A Tom le sorprendió enormemente que Joe no hubiera reconocido su voz y hubiera venido a matarle por haber prestado declaración ante el tribunal. Sin duda el eco había desfigurado su voz. Seguro que esto fue lo que pasó, se dijo. El miedo que acababa de pasar dejó a Tom exhausto. Se dijo para sus adentros que, si era capaz de regresar al manantial, se quedaría allí y bajo ningún concepto correría el riesgo de encontrarse otra vez con Joe el Indio. Tuvo cuidado de no revelar a Becky lo que había visto. Le dijo que había gritado sólo porque «daba buena suerte».

Pero, con el tiempo, el hambre y la desgracia superan todos los miedos. Otra aburrida espera junto al manantial y otro largo sueño cambiaron el humor de los niños. Se despertaron con un hambre rabiosa. Tom supuso que sería ya miércoles o jueves, o incluso viernes o sábado, y que la búsqueda habría sido abandonada. Se propuso explorar otro pasadizo. Estaba dispuesto a arriesgarse a dar con Joe el Indio o con cualquier otro monstruo. Pero Becky se encontraba muy débil. Se hallaba sumida en una profunda melancolía y no era capaz de reaccionar. Dijo que prefería quedarse donde estaba y esperar la muerte, que no tardaría mucho. Le dijo a Tom que se fuera con la cuerda de cometa y que explorara si quería, pero le rogó que regresara cada poco para hablar con ella y le hizo prometer que, cuando le llegara el último momento, se quedaría a su lado y le cogería la mano hasta que todo hubiera acabado.

Tom la besó, con una sensación de ahogo en la garganta, y trató de aparentar seguridad en que encontraría a los que los buscaban o descubriría una salida de la cueva; así que, con la cuerda en la mano, se fue a tientas gateando por uno de los pasadizos, acosado por el hambre y angustiado ante los presagios de un destino fatal.

Capítulo 32

Llegó la tarde del martes, y luego fue oscureciendo. La aldea de San Petersburgo seguía lamentándose porque los niños seguían sin aparecer. Por ellos se habían elevado oraciones públicas, y muchas, muchas oraciones privadas, rezadas de todo corazón; pero de la cueva seguía sin llegar ninguna buena noticia. La mayoría de los vecinos habían abandonado la búsqueda y regresado a sus ocupaciones cotidianas, diciendo que era evidente que nunca encontrarían a los niños. La señora Thatcher estaba muy enferma y deliraba la mayor parte del tiempo. La gente decía que se les partía el alma al oírle llamar a su niña, al ver cómo levantaba la cabeza para escuchar durante todo un minuto y luego cómo la volvía a apoyar en la almohada con un gemido. La tía Polly se había sumido en una melancolía resignada y sus cabellos grises se habían vuelto casi blancos. El martes por la noche la aldea se fue a descansar triste y desconsolada.

Y en medio de la noche un enloquecido repiqueteo estalló en todas las campanas de la aldea, y en un momento las calles se llenaron de gente a medio vestir que gritaba: «¡Levantaos y salid! ¡Les han encontrado! ¡Les han encontrado!». Redoblaba el alboroto con ruido de pucheros y de trompetas. El pueblo en masa se fue hacia el río para recibir a los niños, que llegaban en un coche abierto empujado por vecinos que gritaban, apiñados a su alrededor; de este modo se acercaban al pueblo y recorrían gloriosamente la calle principal, gritando hurra tras hurra.

Encendieron todas las luces; nadie volvió a acostarse; fue la noche más emocionante que había visto jamás el pueblo. Durante la primera media hora una procesión de vecinos desfiló por la casa del juez Thatcher; abrazaban a los niños salvados, los besaban, estrechaban la mano de la señora Thatcher, intentaban hablar y no podían... y salían lentamente, derramando lágrimas a moco tendido.

La felicidad de la tía Polly era total, y la de la señora Thatcher, casi completa. Y lo sería en cuanto el mensajero que había salido para la cueva con la buena nueva pudiera avisar a su marido. Tom estaba tumbado en el sofá, rodeado de un público entusiasmado, y narró la historia de la maravillosa aventura, bien aderezada con muchos añadidos; la terminó con una descripción de cómo dejó a Becky y se fue de exploración; cómo siguió por dos pasadizos hasta donde se lo permitió la longitud de la cuerda de cometa; cómo continuó por un tercero hasta donde le alcanzó la cuerda y cómo estaba a punto de regresar cuando avistó una claridad muy lejana que parecía la luz del día; soltó la cuerda y se fue a tientas hacia la luz, sacó la cabeza y los hombros por un agujerito y ¡vio ante sí el ancho río Mississippi! ¡Si le hubiera ocurrido durante la noche no habría visto aquella luz ni habría explorado más aquel pasadizo! Les contó que había vuelto a buscar a Becky y a darle la buena noticia y ella le había contestado que la dejara de tonterías, porque estaba cansada y sabía que se iba a morir, y además quería morirse. Tom les describió su empeño hasta convencerla, y que la niña casi murió de alegría cuando llegaron hasta donde pudo ver de verdad aquel retazo azul de luz; que luego él salió por el agujero y la ayudó a salir; que se sentaron fuera y lloraron de alegría; que pasaron unos hombres en un esquife y Tom les llamó y les explicó lo que les pasaba y el hambre que tenían y que al principio los hombres no creyeron la extravagante historia, «porque —dijeron— estáis a ocho kilómetros río abajo del valle donde está la cueva»... Pero luego los hombres les llevaron a bordo, remaron hasta su casa, les dieron de cenar y les hicieron descansar hasta dos o tres horas después del anochecer y, por fin, les trajeron al pueblo.

Antes del amanecer encontraron al juez Thatcher y al puñado de buscadores que le acompañaban en la cueva siguiendo las cuerdas que habían dejado tendidas detrás de ellos, y les informaron de las buenas noticias.

Tom y Becky se dieron cuenta enseguida de que no era tan fácil sacudirse de encima los tres días y tres noches de penalidades y hambre que habían pasado en la cueva. Tuvieron que guardar cama todo el miércoles y el jueves, y cuanto más tiempo pasaba, más agotados parecían. Tom se levantó un poco el jueves, el viernes anduvo por el pueblo y el sábado ya casi se encontraba como de costumbre, pero Becky no salió de su cuarto hasta el domingo y tenía todo el aspecto de haber padecido una terrible enfermedad.

Tom se enteró de la enfermedad de Huck y fue a verle el viernes, pero no le permitieron entrar al dormitorio; tampoco pudo entrar el sábado ni el domingo. Después le dejaron entrar todos los días, pero le advirtieron que debía callarse lo de su aventura y no hablar de ningún tema emocionante. La viuda Douglas se quedaba cerca para asegurarse de que Tom obedecía sus órdenes. En casa, Tom se enteró del episodio de la colina Cardiff; también supo que el cuerpo del «hombre harapiento» había sido encontrado en el río cerca del embarcadero; puede que se hubiera ahogado al intentar huir.

Un par de semanas después de haber salido Tom de la cueva, se puso en camino para visitar a Huck, que ya estaba lo bastante fuerte como para escuchar historias emocionantes. Tom sabía de algunas que, a su juicio, interesarían a su amigo. La casa del juez Thatcher le cogía de camino y entró para ver a Becky. El juez y algunos amigos empezaron a hablar con Tom y alguien le preguntó irónicamente si le gustaría volver a la cueva. Tom dijo que sí, que no le importaría. El juez dijo:

—Bueno, hay otros que piensan exactamente como tú, Tom, de eso no tengo la menor duda. Pero se acabó. Nadie volverá a perderse otra vez en aquella cueva.

—¿Por qué?

—Porque hace dos semanas que mandé revestir la puerta principal con una chapa de hierro y cerrarla con cerradura triple... y yo tengo las llaves.

Tom se quedó lívido como la cera.

—¿Qué te pasa, muchacho? ¡Vamos, que alguien traiga un vaso de agua, rápido!

Trajeron agua y se la tiraron a la cara.

—Bueno, ya estás mejor, ¿eh? ¿Qué te pasaba, Tom?

—¡Ay, señor juez, Joe el Indio está en la cueva!

Capítulo 33

A los pocos minutos la noticia se había difundido y una docena de esquifes cargados de hombres se encaminaban a la cueva de McDougal; al poco rato les siguió el transbordador, repleto de pasajeros. Tom Sawyer iba en el mismo esquife que el juez Thatcher.

Cuando abrieron la puerta de la cueva pudieron contemplar un triste espectáculo en la densa penumbra del lugar. Joe el Indio estaba tendido en el suelo, muerto, con la cara cerca de la rendija de la puerta, como si sus ojos anhelantes se hubieran fijado hasta el último momento en la luz y la alegría del mundo libre que había afuera. Tom se emocionó, porque sabía por experiencia propia lo que tenía que haber sufrido aquel infeliz. Sentía lástima, pero, a pesar de ello, se hallaba además enormemente aliviado y tranquilo, lo que era prueba, en grado que hasta entonces no había apreciado plenamente, del peso tan angustioso que le venía agobiando desde el día en que había alzado la voz contra aquel proscrito sanguinario.

Cerca encontraron el cuchillo de caza de Joe el Indio, con la hoja rota por la mitad. La gran viga de la base de la puerta estaba completamente astillada y perforada tras un esfuerzo agotador, que además había resultado inútil, porque la roca natural formaba un umbral al otro lado, y sobre aquel material el cuchillo no había logrado ningún efecto; el único daño lo había sufrido el cuchillo. Pero aunque allí no hubiera existido aquella barrera de piedra, el esfuerzo habría sido igualmente inútil, porque incluso destrozando del todo la viga, Joe el Indio no habría logrado deslizarse por debajo de la puerta, y seguro que él lo sabía. Así que se había dedicado a acuchillar la madera por hacer algo... por pasar el tiempo... por emplear en algo sus atormentadas facultades. De ordinario, los visitantes de la cueva hallaban media docena de cabos de velas colocados en las hendiduras de este vestíbulo, que otros excursionistas habían dejado allí, pero ahora no había ninguno. El prisionero los había buscado y se los había comido. Había logrado cazar unos cuantos murciélagos y también se los había comido, dejando sólo las garras. El pobre desdichado había muerto de hambre. En un sitio cercano, una estalagmita había estado formándose lentamente en el suelo durante siglos por la caída de agua, gota a gota, de una estalactita que estaba encima. El cautivo había roto la estalagmita y sobre el tocón había colocado una piedra, en la que había excavado un agujero poco profundo para recoger la preciada gota de agua, que caía cada tres minutos con la lúgubre regularidad del tic-tac de un reloj... una cucharadita cada veinticuatro horas. Aquella gota ya caía cuando las Pirámides estaban recién construidas; cuando la caída de Troya; cuando se pusieron los cimientos de Roma; cuando Cristo fue crucificado; cuando el Conquistador creó el Imperio Británico; cuando zarparon las naves de Colón; cuando la masacre de Lexington* fue «noticia». Seguía cayendo ahora; todavía estará cayendo cuando todos estos acontecimientos se hayan perdido en la tarde de la historia y en el crepúsculo de la tradición y hayan sido devorados por la espesa noche del olvido. ¿Tiene todo acaso un propósito y una misión? ¿Llevaba aquella gota cayendo pacientemente cinco mil años nada más que para prestarse a satisfacer la necesidad de aquel efímero insecto humano? ¿Y tendrá otro objeto importante que cum-

---

* La ciudad de Lexington, en el condado de Middlexex (Massachussets, EE. UU.) a 17 kilómetros al noroeste de Boston, es famosa porque en ella tuvo lugar el 19 de abril de 1775 la primera escaramuza de la guerra de independencia entre británicos y norteamericanos.

plir dentro de diez mil años? No importa. Hace muchos, muchísimos años que aquel desgraciado mestizo raspó la piedra para recoger en ella las preciadas gotas, pero todavía hoy los excursionistas se quedan un buen rato contemplando aquella patética piedra y aquel agua que cae gota a gota cuando vienen a admirar las maravillas de la cueva de McDougal. La Taza de Joe el Indio ocupa el primer lugar en la lista de curiosidades, y ni «El Palacio de Aladino» puede rivalizar con ella.

Enterraron a Joe el Indio cerca de la boca de la cueva y la gente acudió en tropel, en botes y en carretas, desde todos los pueblos y desde todas las granjas y aldeas en siete millas a la redonda; se trajeron a los niños y toda clase de provisiones y confesaron que lo habían pasado casi tan bien en los funerales de Joe el Indio como lo hubieran pasado ante su ejecución en la horca.

Estos funerales detuvieron la propagación de una cosa: la petición al gobernador de un indulto para Joe el Indio. Muchos habían firmado la petición; se habían celebrado muchas reuniones lacrimosas y elocuentes y se había nombrado un comité de mujeres sensibleras, encargadas de ir muy compungidas a lamentarse ante el gobernador e implorarle que se apiadara tontamente, dejando de lado su deber. Ya se sabía que Joe el Indio había matado a cinco vecinos de la aldea, pero eso ¿qué importaba? Aunque se hubiera tratado del mismísimo Satanás, no habrían faltado los consabidos alfeñiques, dispuestos a garabatear sus nombres en una petición de indulto y a derramar sobre ésta una lágrima de sus eternamente averiados grifos.

A la mañana siguiente al funeral, Tom llevó a Huck a un lugar solitario para hablar con él de un asunto importante. Ya para aquel entonces Huck estaba enterado, por el galés y la viuda Douglas, de todos los detalles de la aventura de Tom, pero Tom le aseguró que había algo que no le podían haber contado, y de ello le quería hablar ahora. A Huck se le entristeció el semblante. Dijo:

—Ya sé lo que es. Entraste en el Número 2 y no encontraste más que el whisky. Nadie me dijo que eras tú, pero yo sabía seguro que lo eras, en cuanto me enteré de lo del whisky, y sabía que no tenías el dinero, porque te hubieras *arreglao pa* venir a verme y contármelo, aunque no se lo dijeras a nadie más. Tom, ya sabía yo que nos íbamos a quedar sin la pasta.

—Pero, Huck, si *yo* no acusé al posadero. *Tú* sabes que no había pasado nada el sábado cuando me fui de excursión. ¿No te acuerdas de que tenías que quedarte de guardia aquella noche?

—¡Anda, es verdad! Si parece que fue hace un año. Fue aquella misma noche cuando seguí a Joe el Indio hasta la casa de la viuda.

—¿*Tú* le seguiste?

—Sí... pero no digas ni pío. Te apuesto a que Joe el Indio tiene por aquí algunos amigos y no vaya a ser que la tomen conmigo y me hagan alguna faena. Si no hubiera sido por mí estaría ahora en Texas, sano y salvo.

Entonces, Huck confesó su aventura a Tom, que hasta entonces sólo la conocía según la versión del galés.

—Bueno —dijo Huck al rato, volviendo a la cuestión principal—, el que haya *birlao* el whisky del Número 2 se llevó también el dinero, me supongo... De todas maneras, no lo volveremos a ver, Tom.

—Huck, ¡ese dinero nunca estuvo en el Número 2!

—¡Qué! —Huck escrutó detenidamente la cara de su compañero—. Tom, ¿tienes otra vez la pista de ese dinero?

—Huck, ¡está en la cueva!

A Huck los ojos le hicieron chiribitas.

—Repite eso, Tom.

—¡El dinero está en la cueva!

—Tom... palabra de honor... ¿lo dices en broma o en serio?

—En serio, Huck... Nunca he dicho una cosa más en serio en mi vida. ¿Te vienes allí conmigo para ayudarme a sacarlo?

—¡Ya lo creo que sí! Con tal de que podamos señalar el camino para no perdernos.

—Huck, eso lo podemos hacer sin el menor peligro.

—¡Pues no hay más que hablar! ¿Y por qué crees que el dinero...?

—Huck, espera a que lleguemos allí. Si no lo encontramos, te juro que te doy el tambor y todo lo que tengo en el mundo. Vaya si lo hago, por todos los demonios.

—Muy bien... fantástico. ¿Cuándo nos vamos?

—Ahora mismo, si te parece. ¿Ya estás bien del todo?

—¿Hay que andar mucho dentro de la cueva? Me he levantado hace tres o cuatro días, pero no soy capaz de andar ni dos kilómetros, Tom, o, por lo menos, eso me parece.

—Si fueras con cualquier otra persona tendrías que recorrer casi ocho kilómetros por dentro de la cueva, pero yo me sé un atajo estupendo, Huck, y te llevaré allí derechito en un esquife. El esquife bajará con la corriente hasta allí, y ya remaré yo de vuelta. No tienes ni que mover un dedo.

—Vámonos pitando, Tom.

—Muy bien. Necesitamos algo de pan y carne, y las pipas, y un par de bolsitas, y dos o tres cuerdas de cometa, y algunas de esas cosas nuevas que les dicen fósforos de fricción. No te puedes figurar cuántas veces me acordé de ellos cuando estaba allí dentro.

Poco después del mediodía los chicos cogieron prestado un pequeño esquife de un vecino que se había ausentado y enseguida se pusieron en marcha. Cuando llegaron a varios kilómetros río abajo del «Barranco de la Cueva», Tom dijo:

—Mira, ¿ves ese risco que parece todo igual desde el barranco de la cueva... sin casas, ni aserraderos y con los matorrales todos iguales? ¿Y ves aquella cosa blanca allá arriba donde hubo un desprendimiento de tierra? Bueno, pues es una de mis señales. Aquí desembarcaremos.

Eso hicieron.

—Fíjate, Huck, podrías tocar el agujero por donde salí con una caña de pescar. A ver si eres capaz de encontrarlo.

Huck buscó detenidamente por los alrededores y no encontró nada. Tom se dirigió muy orgulloso hacia un espeso grupo de arbustos de zumaque y dijo:

—¡Ahí lo tienes! Míralo, Huck, es el agujero mejor escondido de toda la zona. No se te ocurra contárselo a nadie. Siempre he querido ser un bandolero, pero para eso hay que tener un sitio así y no había manera de dar con uno. Ya lo tenemos, pero hay que guardar el secreto; sólo se lo contaremos a Joe Harper y a Ben Rogers... porque claro, tiene que haber una Cuadrilla, o si no, vaya gracia. La Cuadrilla de Tom Sawyer... Qué bien suena, ¿verdad, Huck?

—Ya lo creo, Tom. ¿Y a quién vamos a robar?

—Hombre, a cualquiera. Asaltaremos a la gente... eso es lo que se hace.

—¿Y les mataremos?

—No, no siempre. Les esconderemos en la cueva hasta que nos paguen un rescate.

—¿Qué es un rescate?

—Dinero. Sus amigos van por ahí juntando todo el dinero que pueden, y si al cabo de un año no lo han entregado pues les matas. Así es como se hace normalmente. Sólo que no matas a las mujeres. Las encierras, pero no las matas. Siempre son bonitas y ricas y tienen mucho dinero. Les quitas los relojes y todo eso, pero siempre te quitas el sombrero y les hablas muy fino. No hay cosa más fina que un bandolero... eso lo dice cualquier libro. Bueno, las mujeres acaban por enamorarse, y cuando llevan en la cueva un par de semanas, ya no lloran, y luego no hay manera de que se vayan. Si las echas se dan la vuelta y regresan. Es igual en todos los libros.

—Qué fenómeno, Tom. Eso es mejor que ser pirata.

—Sí, *pa* algunas cosas es mejor, porque estás cerca de casa y de los circos y de todo eso.

Los chicos lo tenían ya todo preparado y se metieron por el agujero; Tom iba delante. Caminaron hasta el otro extremo del túnel y al llegar allí ataron las cuerdas de las cometas y siguieron adelante. A los pocos pasos llegaron al manantial y Tom notó que un estremecimiento le recorría el cuerpo. Mostró a Huck el fragmento de mecha de vela pegada a la pared con un trozo de barro y le describió cómo él y Becky habían contemplado la llama mientras pugnaba por expirar.

Entonces los muchachos empezaron a bajar el tono de voz y a hablar en susurros, porque el silencio y la penumbra del lugar les oprimía el ánimo. Siguieron adelante y al rato llegaron hasta el otro pasadizo donde había estado Tom y lo recorrieron hasta llegar al corte vertical. Las velas les descubrieron que, en realidad, no era un precipicio, sino sólo una arcillosa cuesta empinada, de unos siete a diez metros de profundidad. Tom susurró:

—Ahora te voy a enseñar una cosa, Huck.

Levantó la vela todo lo que pudo y dijo:

—Mira a la vuelta de la esquina tan lejos como puedas. ¿Ves aquello? Allá... en la roca grande que hay allá... pintada con humo de vela.

—¡Tom, es una *cruz*!

—¿Ves? Y ahora, ¿dónde está el famoso Número Dos? *«Bajo la cruz»*, ¿eh? ¡En el mismísimo sitio en que vi a Joe el Indio alzar su vela, Huck!

Huck miró fijamente el signo místico durante un rato y dijo luego con la voz temblorosa:

—¡Tom, vamos a largarnos de aquí!

—¿Qué? ¿Y dejar el tesoro?

—Sí... lo dejamos. Seguro que el fantasma de Joe el Indio anda por aquí.

—No, Huck, seguro que no. En todo caso rondaría por donde se murió... allá lejos en la boca de la cueva... a más de siete kilómetros de aquí.

—No, Tom, qué iba a quedarse por allá. Andaría rondando por donde está el dinero. Yo ya sé cómo se las gastan los fantasmas, y tú también lo sabes.

Tom empezó a temer que Huck tuviera razón. La mente se le empezó a llenar de dudas. Pero al momento se le ocurrió una idea:

—Hombre, Huck, ¡qué tontos somos! ¡El fantasma de Joe el Indio no va a acercarse a donde hay una cruz!

El argumento parecía irrefutable y produjo su efecto.

—Tom, no se me había ocurrido. Qué suerte hemos tenido con lo de la cruz. Es mejor que bajemos y nos pongamos a buscar la caja esa.

Tom bajó primero, pisoteando la arcilla para formar unos peldaños rudimentarios. Huck le siguió. De la pequeña caverna donde se hallaba la gran roca salían cuatro pasadizos. Los chicos examinaron tres de éstos sin resultado. Encontraron un pequeño nicho en el pasillo más cercano a la base de la roca y, dentro del nicho, un jergón de mantas extendidas en el suelo, un tirante viejo, algunas cortezas de tocino y los huesos bien roídos de dos o tres aves. Pero la caja del dinero no estaba allí. Los chicos registraron el lugar una y otra vez, pero en vano. Tom comentó:

—Él dijo *bajo* la cruz. Bueno, esto es lo que más se le parece. No puede estar debajo de la roca misma, porque aquello es de piedra maciza.

Volvieron a buscar por todas partes y luego se sentaron, descorazonados. A Huck no se le ocurría nada. Después de un rato, Tom dijo:

—Fíjate en esto, Huck, hay huellas y sebo de vela en el barro por este lado de la roca, pero no por los otros lados. ¿Qué querrá decir esto? Te digo que el dinero *está* debajo de la roca. Voy a cavar en el barro.

—¡No es mala idea, Tom! —dijo Huck, animado.

Tom sacó enseguida su navaja, la «Barlow auténtica», y no había hecho más que cavar diez centímetros cuando chocó con madera.

—¡Eh, Huck! ¿Oyes esto?

Entonces Huck se puso a cavar y a raspar. Pronto descubrieron y sacaron unas tablas. Ocultaban una hendidura natural que se abría debajo de la roca. Tom se metió dentro y bajó la vela todo lo que pudo, pero dijo que no alcanzaba a ver el extremo de la abertura. Se propuso explorarla. Se agachó y bajó por ella; el estrecho corredor descendía poco a poco. Siguió su curso serpenteante, primero a la derecha, luego a la izquierda, con Huck pisándole los talones. Después de un rato, Tom dobló una pequeña curva y exclamó:

—¡Por Dios, Huck, mira!

Era la caja del tesoro, seguro; estaba dentro de una pequeña caverna muy resguardada, junto a un cuñete* de pólvora vacío, un par de fusiles con fundas de cuero y otros trastos muy empapados de agua.

—¡Por fin lo tenemos! —dijo Huck, metiendo la mano entre las deslucidas monedas—. ¡Dios mío, Tom, somos ricos!

—Huck, estaba convencido de que al fin lo conseguiríamos. ¡Parece increíble, pero es *verdad*! Oye... no vamos a perder tiempo por aquí dentro. Vamos a llevarlo afuera. A ver si puedo levantar la caja.

Pesaba más de veinte kilos. Tom logró levantarla a duras penas, pero no era capaz de llevársela.

—Ya me lo parecía a mí —dijo—. Había que ver lo que les pesaba aquel día en la casa encantada. Me di cuenta de eso. Qué bien hice en traer los taleguitos.

Metieron enseguida el dinero en las bolsas y lo subieron hasta la roca de la cruz.

—Ahora vamos a buscar los fusiles y todo lo demás —dijo Huck.

—No, Huck... es mejor dejarlos ahí. Es justo lo que nos hace falta cuando nos hagamos bandoleros. Los guardaremos allí siempre y también celebraremos allí las orgías. Es un sitio realmente fantástico para orgías.

—¿Qué son orgías?

—No lo sé. Pero los ladrones siempre celebran orgías y, por supuesto, nosotros tenemos que celebrarlas también. Ven, Huck, ya llevamos mucho rato aquí dentro. Supongo que se ha hecho tarde. Además, tengo hambre. Vamos a comer y fumar en cuanto lleguemos al esquife.

Al poco rato salían por entre los arbustos de zumaque, miraban hacia afuera cautelosamente y, al cerciorarse de que no había moros en la costa, bajaron hasta el esquife para comer y fumar. Mientras el sol se ponía

---

* Tonel pequeño.

por el horizonte, desatracaron y se pusieron en marcha. Tom iba remando próximo a la orilla, charlando alegremente con Huck, mientras anochecía lentamente; desembarcaron poco después de que hubiera oscurecido.

—Mira, Huck —dijo Tom—, vamos a esconder el dinero en el altillo de la leñera de la viuda, y yo subo allí mañana por la mañana y lo contamos y lo repartimos y luego buscamos un sitio en el bosque donde guardarlo a buen seguro. Tú quédate aquí quieto y vigila las cosas mientras voy corriendo a coger el carrito de Benny Taylor; no tardo ni un minuto.

Desapareció y al rato regresó con el carro, metió en él las dos bolsas, les echó unos trapos por encima y se fueron tirando de la carga. Cuando los chicos llegaron a la casa del galés, se pararon a descansar. En el momento en que se disponían a seguir su camino, el galés salió y les dijo:

—Hola, ¿quién está ahí?

—Huck y Tom Sawyer.

—¡Muy bien! Venid conmigo, chicos, que estáis haciendo esperar a todo el mundo. Anda, daos prisa, id vosotros delante, que yo tiraré del carro. Pues no es tan liviano como parece. ¿Lleváis ladrillos?... ¿o chatarra?

—Chatarra —dijo Tom.

—Ya me parecía; los chicos en este pueblo se toman más molestias y pasan más tiempo buscando tontamente tres cuartos de dólar de chatarra para vender a la fundición del que emplearían para ganar el doble en un trabajo normal. Pero así es la vida. ¡Daos prisa, daos prisa!

Los chicos querían saber por qué tenía tanta prisa.

—No os importa; ya lo veréis cuando lleguemos a casa de la viuda Douglas.

Huck empezó a pedir disculpas, porque estaba acostumbrado desde hacía mucho a que le acusaran equivocadamente:

—Señor Jones, *yo* no he hecho nada.

El galés rió.

—Ay, quién sabe, Huck, hijo mío. No sé nada de este

asunto. ¿No habéis sido buenos amigos tú y la viuda?

—Sí. Bueno, ella ha sido buena conmigo, por lo menos.

—Muy bien. ¿Entonces de qué vas a tener miedo?

La lenta mente de Huck aún no había hallado contestación a esta pregunta cuando él y Tom se encontraron metidos de un empujón en el salón de la señora Douglas. El señor Jones dejó el carro cerca de la puerta y entró tras ellos.

El sitio estaba magníficamente iluminado y todas las personas de algún relieve de la aldea se encontraban allí. Estaban los Thatcher, los Harper, los Rogers, la tía Polly, Sid, Mary, el pastor, el director del periódico y muchos más, todos vestidos de punta en blanco. La viuda recibió a los chicos tan cordialmente como podría recibir cualquiera a dos seres con semejante facha. Estaban cubiertos de barro y de sebo de vela. La tía Polly se sonrojó de vergüenza y de humillación, frunció el ceño y meneó la cabeza a Tom. Nadie sufría tanto, sin embargo, como los dos muchachos. El señor Jones dijo:

—Tom todavía no había llegado a casa, así que desistí de traerle; pero me tropecé con él y con Huck ahí mismo en mi puerta, y me los he traído a toda prisa.

—Y ha hecho usted muy bien —dijo la viuda—. Venid conmigo, chicos.

Se los llevó a un dormitorio y les dijo:

—Ahora, lavaos y vestíos. Aquí tenéis dos trajes nuevos completos: camisas, calcetines, de todo. Son de Huck... No, no me des las gracias, Huck... El señor Jones compró uno y yo el otro. Pero os valdrán a los dos. Ponéoslos. Os esperamos... bajad cuando estéis bien arreglados.

Y salió de la habitación.

Capítulo 34

Huck dijo:

—Tom, podíamos largarnos si encontramos una cuerda. La ventana no está muy lejos del suelo.

—Pero bueno, ¿para qué quieres largarte?

—Es que no estoy *acostumbrao* a este tipo de gente. No puedo soportarlo. Yo no bajo ahí, ¿eh, Tom?

—¡Anda ya, no te preocupes! A mí me tiene sin cuidado. Yo me ocuparé de ti.

Apareció Sid.

—Tom —dijo—. La tiíta te ha estado esperando toda la tarde. Mary te tenía preparado el traje de los domingos y todo el mundo ha estado preocupado por ti. Oye... ¿no es sebo y barro lo que tienes en la ropa?

—Oiga, señorito Siddy, no se meta usted en lo que no le llaman. ¿A qué se debe todo este jaleo?

—Es una de las fiestas que siempre anda organizando la viuda. Esta vez es en honor del galés y sus hijos, por haberle evitado el lío de aquella noche. Oye, te voy a contar una cosa, si te interesa.

—Bueno, ¿qué es?

—Pues, mira, el viejo señor Jones va a tratar de sorprender a la gente esta noche, pero yo le oí algo a la tiíta hoy mismo; lo decía como si fuera un secreto, pero creo que ya no tiene mucho de secreto. Todo el mundo lo sabe... La viuda también, aunque trata de aparentar que no. El señor Jones estaba empeñado en que Huck estuviera aquí... ¡A ver cómo iba a contar su gran secreto sin Huck!

—¿Qué secreto, Sid?

—Pues lo de que Huck siguió la pista de los ladrones hasta la casa de la viuda. El señor Jones se figura que va a dar el golpe con su sorpresa; pero ya verás qué plancha.

Sid soltó una risita, contento y satisfecho.

—Sid, ¿fuiste tú quien lo contó?

—¡Qué importa quién lo hizo! *Alguien* lo contó... y eso basta.

—Sid, en este pueblo sólo hay una persona lo bastante mezquina como para hacer eso, y ése eres tú. Si hubieras sido Huck, te habrías escabullido cuesta abajo como un cobarde y nunca habrías contado a nadie lo de los ladrones. No puedes hacer más que cosas mezquinas y no puedes aguantar que alaben a otro por haber hecho cosas buenas. Toma... y no me des las gracias, como dice la viuda —y Tom le atizó a Sid unos cuantos pescozones y le acompañó hasta la puerta a patadas—. Y ahora, vete a contárselo a la tiíta si te atreves... ¡y te juro que mañana me las pagas!

Unos minutos después, los invitados de la viuda estaban sentados a la mesa y una docena de niños ocupaban asientos improvisados alrededor de pequeñas mesas laterales, como era costumbre del lugar por aquellos tiempos. En el momento oportuno el señor Jones pronunció su discursito, en el que dio las gracias a la viuda por el honor que les hacía a él y a sus hijos, y dijo que había otra persona, sin embargo, cuya modestia...

Y así sucesivamente. Reveló el secreto de la parte que había tenido Huck en la aventura, y lo hizo de la manera más dramática y fina que pudo, pero la sorpresa que causó era esencialmente fingida y no resultó tan clamorosa y efusiva como pudiera haber sido bajo circunstancias más felices. Sin embargo, la viuda aparentó lo mejor que pudo estar asombrada y colmó a Huck de tantos cumplidos y agradecimientos, que éste se olvidó de la incomodidad casi intolerable de convertirse en el blanco de las miradas y las alabanzas de todo el mundo.

La viuda dijo que tenía intención de acoger a Huck bajo su propio techo y de darle educación, y que en cuanto pudiera le montaría un modesto negocio. Tom vio llegada su oportunidad. Dijo:

—A Huck no le hace falta nada. Huck es rico.

Sólo el violento esfuerzo que hicieron los invitados para mantener los buenos modales pudo refrenar la risa que merecía aquel chiste tan gracioso. Pero el silencio resultó algo incómodo. Tom lo rompió:

—Huck tiene dinero. Quizá no lo crean, pero tiene montones de dinero. Vamos, no se sonrían... ahora lo van a ver. Aguarden un poco.

Tom salió corriendo. Los invitados se miraron perplejos... y miraron inquisitivamente a Huck, que no decía ni pío.

—Sid, ¿qué le pasa a Tom? —dijo la tía Polly—. Pues... no hay manera de entender a ese chico. Nunca...

Tom entró abrumado bajo el peso de las bolsas y la tía Polly no terminó la frase. Tom derramó un montón de monedas amarillas sobre la mesa y dijo:

—Ahí lo tienen... ¿qué les había dicho? ¡La mitad es de Huck y la otra mitad es mía!

Todo el mundo se quedó sin aliento. Se limitaron a mirar, sin decir nada. Luego todos, unánimemente, pidieron una explicación. Tom dijo que la tenía, y se la dio. La historia era larga, pero repleta de interés. Y nadie se atrevió a romper el encanto fluido del relato. Cuando hubo terminado, el señor Jones dijo:

—¡Y yo que creía que tenía una pequeña sorpresa para esta ocasión! Pero ya veo que no era nada al lado de lo que acabamos de oír.

Contaron el dinero. La suma se elevaba a algo más de doce mil dólares. Era más de lo que ninguno de los presentes había visto junto hasta entonces, aunque varias personas de las que estaban allí tenían propiedades que valían bastante más que aquello.

Capítulo 35

El lector puede estar seguro de que la suerte inesperada de Tom y Huck levantó gran polvareda en la pobre aldea de San Petersburgo. Una cantidad tan enorme, todo el dinero contante y sonante, parecía casi increíble. Hablaban de él, se regodeaban con él y lo ensalzaban, hasta que la razón de muchos de los vecinos se tambaleó bajo la tensión de tan malsana emoción. Se escrutaron todas las casas «encantadas» de San Petersburgo y de las aldeas vecinas tabla por tabla; se removieron e inspeccionaron los cimientos en busca de tesoros escondidos... y esto no lo hicieron los muchachos, sino hombres... y algunos, además, bastante serios y nada románticos. Donde fuera que aparecieran Tom y Huck, la gente les adulaba y les admiraba y les miraba con asombro. Los chicos no podían recordar que antes sus comentarios tuvieran ninguna importancia; pero ahora sus palabras se valoraban y se repetían; todo lo que hacían se tenía como cosa notable; evidentemente, habían perdido la habilidad de hacer y decir cosas corrientes; además, se desenterró el pasado de los chicos y se descubrió que iba marcado con todos los indicios de una manifiesta originalidad. El periódico de la aldea publicó notas biográficas de los chicos.

La viuda Douglas invirtió el dinero de Huck a un interés del seis por ciento y el juez Thatcher hizo lo mismo con el de Tom, a petición de la tía Polly. Cada chico tenía ahora ingresos que eran sencillamente prodigiosos: un dólar por cada día laborable del año y un domingo sí y otro no. Era exactamente lo que ganaba el pastor de la iglesia... bueno, en realidad era lo que le habían prometido, pero normalmente nunca llegaba a recaudar tanto. Un dólar con veinticinco centavos por semana cubría los gastos de alojamiento, comida y escuela de un chico en aquellos tiempos tan felices... y encima daba para vestirle y lavarle.

El juez Thatcher apreciaba mucho a Tom. Dijo que ningún muchacho corriente hubiera sido capaz de sacar a su hija de la cueva. Cuando Becky le contó a su padre, en secreto, que Tom había recibido los azotes que a ella le correspondían en la escuela, el juez se conmovió visiblemente, y cuando ella le pidió que disculpara a Tom por haber mentido con el fin de que recayeran sobre sus hombros los azotes que ella se merecía, el juez dijo, en palabras muy finas, que aquélla había sido una mentira noble, generosa y magnánima... ¡una mentira digna de mostrarse con la cabeza muy alta y figurar en los libros de historia hombro con hombro con la alabada verdad de George Washington respecto al hacha!* Becky pensó que su padre nunca le había parecido tan alto y tan majestuoso como cuando recorrió el salón de un lado a otro y pronunció estas palabras subrayándolas con una patada. Y la niña se fue enseguida a contárselo a Tom.

El juez Thatcher esperaba que, algún día, Tom fuera un gran abogado o un gran soldado. Dijo que se ocuparía de que Tom fuera admitido en la Academia Militar Nacional y que después se formase en la mejor facultad de derecho del país, para que siguiera una de estas dos carreras o las dos.

La riqueza de Huck Finn y el hecho de que estuviera bajo la protección de la viuda Douglas le introdujo en la sociedad... No, mejor dicho, le arrastró hacia ella, le arrojó a ella... y sus padecimientos le resultaron casi intolerables. Los criados de la viuda le mantenían limpio

---

* La tradición cuenta que, siendo niño, el primer presidente de Estados Unidos, George Washington, cortó con su pequeña hacha un cerezo de su padre. Cuando el padre le preguntó quién lo había hecho, George le confesó la verdad.

y arreglado, peinado y cepillado, y todas las noches le acostaban entre sábanas hostiles que no tenían ni siquiera una pequeña mancha que Huck pudiera apretar contra el corazón y reconocer como amiga. Tenía que comer con un cuchillo y un tenedor; tenía que usar la servilleta, la taza, el plato; tenía que estudiarse el libro, tenía que ir a la iglesia; tenía que hablar tan correctamente que las palabras se volvían insípidas en su boca; a dondequiera que se dirigía, las rejas y los grillos de la civilización se cerraban sobre él y le ataban de pies y manos.

Aguantó valientemente sus miserias durante tres semanas, y luego descubrieron que había desaparecido. Durante cuarenta y ocho horas la viuda le buscó por todas partes con gran angustia. La gente estaba preocupadísima, registraron por todas partes, dragaron el río buscando su cuerpo. A primeras horas de la mañana del tercer día, Tom Sawyer se fue muy astuto a husmear por entre unos viejos toneles que había detrás del antiguo matadero, y dentro de uno de ellos encontró al fugitivo. Huck había dormido allí; acababa de desayunar unos trozos de comida robados y estaba descansando cómodamente, fumando su pipa. Iba sucio y despeinado y vestía aquellos mismos harapos que le habían caracterizado en los días en que era libre y feliz. Tom le hizo salir, le contó las molestias que había causado y le pidió que regresara a casa. La cara de Huck perdió su pacífico continente y se empañó de melancolía. Dijo:

—No me hables de eso, Tom. Lo he *intentao* y no puede ser; no puede ser, Tom. No es para mí; no estoy *acostumbrao* a eso. La viuda es buena conmigo, y amable, pero no aguanto sus costumbres. Me hace levantar a la misma hora todas las mañanas; me obliga a lavarme, me peinan, casi hasta dejarme calvo; ella no me deja dormir en la leñera; tengo que llevar esa condenada ropa que me ahoga; Tom, a mí me parece que esa ropa no deja pasar el aire, y es tan requetefina que no puedo sentarme, ni tumbarme, ni revolcarme en ninguna parte; no me cuelo por la trampilla de un sótano desde hace... pues creo que desde hace años; tengo que ir a la iglesia y sudar y sudar... ¡Odio esos asquerosos sermones! Allí no puedo atrapar una mosca, no puedo mascar tabaco. Los domingos tengo que llevar zapatos todo el día. La viuda come a toque de campana, se acuesta a toque de campana, se levanta a toque de campana... todo con tantísimo orden que no hay quien lo aguante.

—Hombre, todo el mundo vive así, Huck.

—Tom, a mí qué me importa. Yo no soy todo el mundo, y no puedo *soportarlo*. Es horrible estar tan atado. Y el rancho viene con demasiada facilidad... Así no tiene gracia. Tengo que pedir permiso para ir a pescar; tengo que pedir permiso para ir a nadar... *pa* qué demonios no tendré que pedir permiso. Además, tengo que hablar tan fino que prefiero no abrir la boca... y me subo al desván y suelto unas palabrotas un rato todos los días *pa* que la boca me sepa a algo... o si no reviento, Tom. La viuda no me dejaba fumar, no me dejaba gritar, no me dejaba bostezar, ni estirarme, ni rascarme delante de la gente. *(Luego, con un ataque de gran irritación y agravio.)* ¡Maldita sea, y qué manera de rezar! ¡Nunca he visto a una mujer semejante! Tuve que marcharme, Tom..., tuve que hacerlo. Y además, esa escuela va a empezar, y yo hubiera tenido que asistir... Bueno, no soportaría *eso*. Mira, Tom, ser rico no es tan bueno como lo pintan. Es sólo preocupación tras preocupación, y sudar y sudar y ganas de estar muerto todo el tiempo. Ya ves, esta ropa es la que me va, y este barril me va, y aquí me quedo *pa* siempre. Tom, nunca me hubiera metido en todo este lío si no fuera por el dinero aquel; mira, quédate con mi parte y con la tuya y de vez en cuando me das una moneda de diez centavos... No muchas veces, porque a mí sólo me gustan las cosas que son bastante difíciles de conseguir... Anda, vete y pídele disculpas a la viuda de mi parte.

—Pero, Huck, ya sabes que no puedo hacer eso. No estaría bien. Y además, si lo intentas otro poco, seguro que acaba por gustarte.

—¡Gustarme! Sí... como me gustaría una estufa caliente si me sentara encima bastante tiempo. No, Tom, me niego a ser rico y me niego a vivir en esas malditas casas que lo ahogan a uno. Me gustan los bosques y el río y los barriles, y me quedo con ellos. ¡Maldita sea! ¡Ahora que teníamos fusiles y una cueva y todo *arreglao pa* hacernos bandoleros, nos van a echar todos los planes a perder

Tom vio su oportunidad:

—Mira, Huck, el ser rico no me va a impedir hacerme bandolero.

—¡No! ¡Diablos!, ¿lo dices en serio, Tom?

—Absolutamente en serio, tan en serio como que estoy sentado aquí. Pero, Huck, no podemos aceptarte en la Cuadrilla si no eres persona respetable, ya sabes.

La felicidad de Huck se extinguió.

—¿Que no puedes aceptarme, Tom? ¿No me dejaste ir de pirata?

—Sí, pero es distinto. Un bandolero tiene más categoría que un pirata, por regla general. En la mayoría de los países son de la más alta nobleza... duques y cosas por el estilo.

—Oye, Tom, siempre has sido mi amigo, ¿no? Ahora no me vas a dar con la puerta en las narices, ¿verdad? No *serías capaz,* ¿eh, Tom?

—Huck, ni soy capaz ni *quiero* hacerlo... pero ¿qué diría la gente? Pues, diría: «¡Uf! ¡La Cuadrilla de Tom Sawyer! ¡Son unos tipos de la más baja estofa!». Y eso iría por ti, Huck. A ti no te gustaría, ni a mí tampoco.

Huck se quedó un buen rato callado, librando un combate interno. Por fin dijo:

—Bueno, volveré a casa de la viuda por un mes y lo intentaré a ver si puedo llegar a soportarlo, si me metes en la Cuadrilla, Tom.

—Muy bien, Huck, ¡eso está hecho! Vamos, viejo, y le pediré a la viuda que no te ponga las cosas tan difíciles, Huck.

—¿Lo harás, Tom, lo harás? Qué bien. Si ella se salta algunas de las cosas más duras, yo fumo a solas y suelto las palabrotas a solas, y salgo adelante o reviento. ¿Cuándo montamos la Cuadrilla y nos hacemos bandoleros?

—Huy, enseguida. Reuniremos a los chicos y lo mismo hacemos la iniciación esta noche.

—¿Hacemos la qué?

—Hacemos la iniciación.

—Y eso ¿qué es?

—Es jurar ser leales unos a otros y nunca revelar los secretos de la Cuadrilla, aunque te hagan picadillo, y matar a cualquiera que haga daño a uno de la Cuadrilla, y luego a toda su familia.

—Es divertido... Eso sí que es divertido, Tom, te lo digo yo.

—Bueno, me parece que sí. Y tenemos que hacer los juramentos a medianoche, en el lugar más solitario y espeluznante que podamos encontrar... Lo mejor es una casa encantada, pero ahora todas están desmanteladas.

—Bueno, pero siempre lo podemos hacer a medianoche, ¿eh, Tom?

—Sí, es verdad. Y tienes que jurar sobre un ataúd y firmar el juramento con sangre.

—Huy, ¡eso sí que es *bárbaro*! Es muchísimo mejor que la piratería. Me quedo con la viuda hasta que me pudra, Tom, y si llego a ser un bandolero famoso y todo el mundo habla de mí, creo que ella se sentirá orgullosa de haberme acogido bajo su techo.

Conclusión

Así se acaba esta crónica. Como es, estrictamente, la historia de un *muchacho,* tiene que terminar aquí; de prolongarse más, el relato se hubiera convertido en la historia de un *hombre.* Cuando uno escribe una novela sobre adultos sabe exactamente dónde parar... es decir, con una boda; pero cuando se escribe sobre jóvenes hay que ponerle fin donde se pueda.*

La mayor parte de los personajes que aparecen en este libro aún viven, próspera y felizmente. Algún día tal vez valga la pena reanudar de nuevo la historia de los más jóvenes para ver qué clase de hombres y mujeres resultaron ser; por eso parece más sensato no revelar ahora nada de aquel período de sus vidas.

---

* En principio Twain pensó continuar la narración hasta dejar a Tom convertido en adulto (a lo que le incitaba su amigo el editor Howells, que hizo además una serie de observaciones y correcciones en el manuscrito original). No obstante, Twain tuvo el acierto de terminar la historia en su justo momento. La novela, escrita entre 1872 y 1875, apareció por primera vez en Inglaterra el 9 de junio de 1876; en julio se publicó en Canadá una edición pirata, que al parecer inundó el mercado americano, con gran irritación por parte de Clemens: por último, el 8 de diciembre del mismo año, la publicó en Estados Unidos el editor Elisha Bliss.

Este libro se terminó de
imprimir en los talleres gráficos
de Mateu Cromo, S. A., Pinto, Madrid, España,
en el mes de diciembre de 2003